남쪽으로 튀어!

Southbound

2

오쿠다 히데오 奧田英朗

일본문학 독자들로부터 절대적 지지를 받고 있는 대표적인 작가. 1959년에 기후에서 태어났다. 기획자, 잡지 편집자, 카피라이터, 구성작가 등으로 일하며 다양한 경험을 쌓은 그는 1997년 소설가로 데뷔했다. 2002년 《인 더 풀》로 나오키상 후보에 올랐으며, 같은 '이라부'를 주인공으로 한 《공중그네》로 제131회 나오키상을 수상했다. 그 외 대표작으로는 제43회 요시카와에이지 문학상을 수상한 《올림픽의 몸값》을 비롯해 《면장 선거》 《스무 살, 도쿄》 《꿈의 도시》 《나오미와 가나코》 《시골에서 로큰롤》 등이 있다.

옮긴이 양윤옥

일본문학 전문번역가. 2005년 히라노 게이치로의 《일식》 번역으로 일본 고단샤가 수여하는 노마 문예번역상을 수상했다. 사쿠라기 시노의 《호텔 로열》 《굽이치는 달》, 무라카미 하루키의 《1Q84》 《여자 없는 남자들》, 히가시노 게이고의 《악의》 《나미야 잡화점의 기적》, 오쿠다 히데오의 《올림픽의 몸값》 《꿈의 도시》 등 다수의 작품을 우리말로 옮겼다.

SOUTHBOUND

© Hideo OKUDA 2014
All rights reserved.
Original Japanese edition published by KODANSHA LTD.
Korean translation rights arranged with KODANSHA LTD.
through Shinwon Agency Co.

이 책의 한국어판 저작권은 신원에이전시를 통한 KODANSHA LTD와의 독점 계약으로 (주)은행나무출판사가 소유합니다.
저작권법에 의해 한국 내에서 보호를 받는 저작물이므로 무단전재와 무단복제를 금합니다.

남쪽으로 튀어!
Southbound
2

오쿠다 히데오
장편소설
양윤옥 옮김

은행나무

Southbound

34

 머리띠를 두른 아름다운 소녀가 수풀 사이에서 손짓을 한다. 컬러풀한 민속의상 차림이었다. 얼굴은 삿사를 닮았는데 훨씬 더 윤곽이 또렷했다. 눈은 상큼하고 입술은 도톰하고, 무엇보다 가슴이 불룩했다. "이쪽이야, 이쪽……." 하얀 이가 내보였다.
 지로의 마음속에 달콤한 기분이 끓어올랐다. 오키나와에 오기를 정말 잘했어. 이렇게 예쁜 여자애를 만나다니. 소녀는 밀림 속으로 달렸다. 지로는 그 뒤를 쫓았다. 한 번도 본 적이 없는 이상한 나무들이 하늘을 뒤덮을 듯 무성했다. 쿠쿠쿠쿠쿠. 새 울음소리가 마치 사람의 웃음소리 같았다.
 소녀를 놓쳐버렸다. "어디 있어?" 소리 내어 불렀다. 수목을 헤치며 안으로 안으로 들어갔다. 바로 곁에서 쓰윽 사람 그림자가 나타났다. 소녀가 와앗 하고 뛰쳐나와 지로를 깜짝 놀라게 했다. "지로~." 장난꾸러기처럼 깔깔거렸다.
 손이 쑥 다가왔다. 귀를 잡아당겼다. 아야얏, 놔!
 "오빠!" 불현듯 모모코의 목소리가 날아들었다. 몸뚱이가 서서히 붕 뜨는 듯한 감각과 함께 천천히 의식이 깨어났다.

"잠잘 거면 자리 바꿔줘." 모모코가 옆 자리에서 귀를 잡아당기고 있었다. 비행기에 탈 때, 가위바위보에 이겨서 지로가 창가 자리를 차지했던 것이다.

둘 다 비행기는 처음이었다. 하네다(羽田) 공항 12시 30분발, 이시가키 섬행. 비행시간이 세 시간이나 된다는 말을 듣고, 정말 먼 곳이라는 생각에 약간 긴장했었다.

"오빠, 빨리 바꿔줘."

"알았어." 불쌍해서 바꿔주기로 했다. 모모코는 창문에 몸을 바짝 들이대고 푸른 하늘에 푹 빠져들었다. 지로는 한바탕 한숨을 내쉬고 기내 잡지를 펼쳤다. 광고 지면에 오키나와 민속의상을 입은 여자가 미소를 짓고 있었다. 아, 그렇군. 이게 꿈에 보였구나. 자세히 들여다보니 삿사보다 오히려 누나와 비슷했다.

누나와는 집을 나서는 길에 잠시 이야기를 나누었다. "아버지랑 함께 못 살겠거든 전화해." 그러면서 휴대전화 번호를 적은 메모지를 건네주었다.

"아직 엄마한테도 말 안 했는데, 어쩌면 나, 결혼할지도 몰라." 누나는 마음속을 감추려는 듯 무표정하게 말했다. "나이 차가 많고 게다가 부인도 있는 사람이라서 아버지는 엄청 화를 내지만, 사람 좋아하는 건 어쩔 수가 없어. 지로 너도 어른이 되면 알 거야. 진심으로 사람을 좋아한다는 건 인생을 모조리 걸어야 하는 일이야."

지로는 말없이 듣고만 있었다. 어째서 내게 그런 속마음을 털어놓을까, 하고 생각했다. 남동생이 그나마 가장 만만해서일까.

언젠가 오쿠보의 러브호텔 거리에서 누나를 본 적이 있다. 삼십 대로 보이는 남자와 팔짱을 끼고 걸어갔었다. 식구들에게는 한 번도 보여준 적이 없는 '여자의 얼굴'을 하고 있었다. 그때 그 사람일까.

자세히는 물어보지 않았다. 누나와 동생 사이라도 그런 것까지 캐묻는 건 실례일 것 같았다.

"나, 다음 달에 열두 살이야."

"응, 알아. 축하한다."

"그게 아니라 내가 열두 살이 되면 우리 집안 이야기 해준댔잖아? 아버지와는 핏줄이 다르니 뭐니 하는 이야기."

"아, 그 얘기는 열두 살이 된 다음에." 입 끝으로만 웃는다.

"그때는 누나가 없는데?"

누나는 지로의 볼을 꼬집더니 "에구, 벌써 160센티미터까지 컸어?" 하고 말을 돌렸다. 그리고는 자기 방으로 사라졌다. 누나는 사흘 안에 짐들을 새집으로 옮겨갈 거라고 했다.

언제 또 만날 수 있을까. 누나는 식구들이 없어도 괜찮은 모양이었다.

"오빠, 섬이 보여."

"어디, 어디?" 지로가 모모코를 덮치며 창밖을 내다보았다.

"너무 많아서 어떤 게 어떤 섬인지 하나도 모르겠다."

"오키나와 본섬은 벌써 지나갔으니까 큼직한 게 두 개 있으면 앞쪽이 이시가키 섬이고, 뒤쪽이 이리오모테 섬이야."

통로 건너 좌석에서 어머니가 말했다. 아버지는 그 곁에서 입을 헤벌린 채 자고 있었다.

아닌게아니라 큼직한 섬 두 개가 보였다. 새파란 바다 위에서 그것은 떠있다기보다 잘 오려낸 초록빛 종이가 얹혀있는 듯한 느낌이었다. 색깔들이 유난히 진하게 보였다. 상상했던 것보다 훨씬 더 아름다웠다. 불안한 마음이 어디론가 멀리 날려갔다.

안전벨트를 착용하라는 안내 방송이 나왔다. 이제 슬슬 착륙하려나 보다.

기체가 하강하기 시작했다. 위가 꼿꼿해지려는 것을 침을 꿀꺽꿀꺽 삼키며 꾹 참았다. 모모코는 아직도 창문에 붙어있었다.

기체가 선회하기 위해 크게 기울었다. 창으로 섬의 민가가 보였다. 빨래가 펄럭이고 있었다. 길거리에는 자동차가 달렸다.

쑥쑥 하강해 착륙 태세에 들어갔다. 저도 모르게 바닥에 발을 대고 버텼다. 자신이 직접 바퀴를 내리는 것처럼.

기우웅 하는 제트엔진 소리에 귀가 먹먹해지더니 기체가 덜컹덜컹 흔들렸다. 활주로에 착륙한 것이다. 좀 더 부드럽게 착륙하는 줄 알았던 터라 속으로 깜짝 놀랐다. 비행기는 의외로 원시적이었다. 공항 건물로 서서히 다가갔다. 하네다 공항에 비하면 기껏해야 시민회관 수준이었다. 마침내 비행기가 정지하고 문이 열리자 후끈한 열기가 안에까지 끼쳐들었다.

"영차." 아버지가 코를 울리며 일어서더니 기지개를 켰다. 천장에 머리를 부딪쳤다.

통로를 지나 트랩에 나섰다. 강렬한 햇살이 온몸에 쏟아졌다. 저도 모르게 이마에 손차양을 만들었다. 이쪽은 벌써 장마가 끝났는지 한여름 태양이었다.

승객들이 줄지어 공항 건물로 걸어 들어갔다. 지로의 짐은 배낭 하나뿐이었다. 가족 전부 합해서 트렁크 세 개뿐이었다. 짐이란 짐은 거의 다 처분하고 온 것이다.

그나저나 앞으로 어떻게 할 것인가. 지로는 아무 얘기도 듣지 못했다. 아무튼 이리오모테 섬까지는 배를 타고 간다는 말만 들었다.

"이치로 씨!"

혼잡한 사람들 틈에서 아버지를 부르는 소리가 들렸다. 까무잡잡한 얼굴의 아저씨가 웃는 얼굴로 손을 흔들고 있었다.

누굴까. 지로는 의아했다. 우리를 마중 나올 사람이 있었나?

다음 순간, 수많은 사람들의 탄성이 터졌다.

"야아, 이치로 씨다, 이치로 씨!"

대체 어떻게 된 것인가. 도통 알 수 없었다.

"빼다 박았네, 빼다 박았어. 틀림없는 간진 어른의 혈육이야. 한번 척 보니 알겠어."

모모코를 돌아보니 입을 헤벌리고 멀거니 서있었다.

마중 나온 사람들은 젊은이부터 노인까지 수십 명에 달했다. 앞치마를 두른 아줌마도 있었다. 어른의 손을 잡고 나온 어린애도 있었다. 저마다 반가운 기색으로 아버지를 에워쌌다.

"잘 오셨소. 오~리토~리."

"정말로 키도 크시네. 간진 어른도 후두마기였는데, 역시 피는 못 속이는 법이야."

지로는 말을 알아들을 수 없었다. 후두마기? 이거, 우리나라 말 맞아?

"신세가 많습니다." 아버지가 머리를 숙였다.

뒤에서 어머니도 인사를 했다. 영문도 모른 채 지로와 모모코도 따라서 고개를 숙였다.

"이쪽이 아드님? 여기도 닮았네, 닮았어." 한 아주머니가 지로를 마구 만져댔다. 주위의 시선이 일제히 쏟아졌다. 아뇨, 나는 어머니를 닮았는데요. 그런 말이 튀어나오려고 했다.

"따님은 굉장히 추라카~기~." 이번에는 모모코 주위에 몰렸다. 무슨 소린지는 모르지만 아무튼 칭찬을 해주는 것 같았다.

사람들의 얼굴 모습도 놀라웠다. 아버지와 동족이라는 게 한눈에 느껴졌다. 하나같이 눈썹이 짙고 눈이 부리부리했다. 이게 바로 오키나와 사람들의 얼굴인가. 그건 그렇다 치고, 아버지는 어째서 이쪽에 아는 사람이 이렇게나 많은 걸까.

"아무튼 상라 어른한테 모시고 가자고!"

짐을 빼앗아 들더니 앞장을 선다. 공항 건물 밖으로 나왔다. 자동차가 몇 대씩이나 기다리고 있어서 그중 왜건 한 대에 지로네 네 식구가 탔다. 경찰이 나와서 "이런 곳에 차를 세워두면 안 된다고요"라며 주의를 주었다. 한 사람이 "간진 어른의 손자 되는 분을 마중하러 나온 길이야"라고 대꾸하자 경찰 아저씨가 호기심 가득한 얼굴로 왜건 차 안을 들여다보았다.

"엄마, 간진 어른이라는 게 누구야?"

어머니에게 작은 소리로 물었다.

"아버지의 할아버지, 너한테는 증조할아버지. 아주 오래 전에 돌아가셨지만."

다음 질문이 생각나지 않았다. 너무 갑작스런 일이어서 머리가 제대로 돌아가지 않았다.

젊은 아저씨가 운전하는 우리 차가 출발했다. 뒤를 돌아보니 몇 대의 차에 나눠 타고 모두들 뒤를 따라왔다. 죄다 싱글벙글 웃는 얼굴이었다. 마치 설날이라도 맞이한 것 같았다.

차창으로 바다가 보였다. 지금까지 한 번도 본 적이 없는 푸르디푸른 바다였다. 햇빛을 받아 반짝반짝 빛났다.

모모코가 창문을 열자 차 안으로 뜨거운 바람이 밀려들었다. 상쾌한 감촉이었다. 습기 없이 보송보송한 바람이라 살갗에 닿는 감촉이 기분 좋았다.

흠, 생각보다 괜찮을지도 모르겠는데? 지로는 마음속으로 중얼거렸다. 뭐가 어떻게 된 건지 하나도 모르겠지만, 이런 바람과 바다가 있는 곳이라면 그럭저럭 살아갈 수 있을 것 같았다.

모모코가 눈을 가느스름하게 뜨고 한숨을 내쉬었다. 지로도 전염이 된 것처럼 똑같이 따라했다.

사람들이 안내해준 곳은 언덕 중턱에 있는 커다란 집이었다. 주변을 돌담으로 둘러싸고 그 담장 안에는 나무들이 울창하게 들어차 있었다. 앞마당에는 빨간 꽃이 흐드러지게 피었다.

지붕이 훌쩍 높아서 이층집인 줄 알았더니 단층이었다. 도쿄의 목조 가옥과는 집 짓는 방법이 다른 모양이었다. 네 귀퉁이가 비스듬히 경사져 있었다. 앞쪽에는 벽다운 벽이 없어서 밖에서 집 안이 다 보였다. 바람은 잘 통할 것 같았다.

방 안쪽에서 허리 굽은 노인이 나타났다. 젊은 사람들이 곁에서 팔을 부축해주었다. 히야, 백 살쯤 되겠다. 지로는 눈을 둥그렇게 떴다.

"상라 어른, 우에하라 씨 가족을 데려왔고만요!" 한 사람이 큰 소리로 말하자, 상라 어른이라고 불린 노인은 주름 가득한 얼굴을 한층 더 쪼글쪼글하게 만들며 응응, 하고 고개를 끄덕였다.

아버지가 옷매무새를 가다듬었다. 조용히 앞으로 나서더니 댓돌 위로 올라가 상라 노인 앞에 무릎을 꿇었다. 그러고서야 겨우 두 사람의 눈높이가 맞춰졌다.

"상라 어른, 오래간만입니다. 그간 별고 없으셨습니까?" 아버지의 공손한 말투였다.

상라 노인이 뭐라 말을 했다. 목소리는 또렷했지만 지로는 무슨 말인지 알아들을 수 없었다. 두 사람이 손을 맞잡았고 주위에서 박수가 터졌다.

"저 할아버지는 누구야?" 어머니의 귓가에 대고 속닥였다.

"너희 증조할아버지의 친구 분이시래."

"여기 있는 사람들은?"

"글쎄…… 예전에 가까이 지내던 분들인가 봐." 태평하게 웃고 있다.

설마, 그럴 리가 없다. 아버지는 내내 도쿄에서 살았던 게 아니었던가.

"자, 어서 어서 들어가세."

등을 떠밀려 집 안에 들어섰다. 신비한 냄새가 풍겼다. 곰팡이와 향불과 기름이 뒤섞인, 오랜 연륜이 느껴지는 냄새였다. 위를 올려다보니 사람 몸통만 한 굵은 대들보가 부드러운 곡선을 그리며 뻗어나갔다. 에어컨도 없고 선풍기도 없는데 집 안이 시원했다. 영락없이 절간 같았다.

사람들을 따라 안방으로 들어갔다. 도중에 별채 쪽의 부엌을 들여다보니 앞치마를 두른 아주머니들이 잔뜩 모여 있었다 한 아주머니와 눈이 마주쳤다. "오~리토~리"라며 웃는 얼굴로 인사를 건넨다. 영문도 모른 채 마주 인사를 했다.

열 평은 될 듯한 넓은 마루방으로 안내되었다. 한 상 가득 음식이 차려져 있었다. 한가운데 있는 큼직한 접시에는 돼지머리가 올라가 있었다. 방 안이 온통 맛있는 냄새로 가득했다. 모모코가 곁에서 숨을 멈추고 있었다.

"자, 다들 우사가미소~레~."

"긴로~시미소~온나."

아저씨들이 저마다 나서서 어서 앉으라고 권했다.

어떻게 된 걸까. 뭘 하려는 걸까. 젊은 남자가 샤미센(三味線. 세 줄로 된 일본 전통 현악기 – 역주) 비슷한 악기를 연주했다. 그러자 몇몇 사람이 노래를 부르기 시작했다. 가사는 전혀 알아들을 수 없었다. 여기, 우리나라 맞아? 그러나 아버지는 마냥 싱글벙글이었다.

갑작스런 일들이 이어지는 바람에 지로는 눈이 어지러울 지경이었다.

35

잔치판에 차례차례 사람들이 모여들었다. 모두 한결같이 '간진 어른'이라는 이름을 입에 올렸다. 아버지가 이토록 환영을 받는 이유는 아무래도 간진 어른의 손자라는 이유 때문인 모양이었다.

"엄마, 간진 어른이라는 분은 어떤 사람이었어?"

누군가 노래를 하는 사이에 지로는 어머니에게 살짝 물었다.

"아버지의 할아버지시라니까."

"그 얘기는 아까 들었고, 어떤 일을 하신 분이었느냐고."

"이 섬의 전설적인 레지스탕스라고 하던데?"

어머니가 입을 동그랗게 움츠렸다. 레지스탕스? 무슨 뜻인지 물어보려는데, 얼굴이 불콰해진 아저씨 한 분이 곁으로 다가와 어서어서 많이 먹으라고 권했다.

"지로, 이것도 좀 먹어봐라."

뜨끈뜨끈한 볶음요리 접시를 코앞에 내미는 바람에 거절하기도 미안해서 젓가락을 가져갔다. 강렬한 쓴맛에 저도 모르게 얼굴이 찌푸려졌다.

"하하하, 이건 '고야'라고 참외의 일종이야. 지로는 처음 먹어본 모양이지?" 아저씨가 환하게 웃으며 말했다. "니~니~는 아직 한참 야마톤추~고만. 야이마 섬에서 살자면 고야하고 아와모리(泡盛. 일본 류큐 지방의 특산물로, 좁쌀이나 쌀로 담근 독한 소주 – 역주)는 먹을 줄 알아야 해."

그러면서 컵에 술을 따르기 시작했다. "어허, 지로는 아직 초등학생이야." 다른 아저씨가 말리고 나섰다. "그거 말고 오리온 맥주를 줘." 그러고는 맥주를 내민다.

"아뇨, 전 괜찮아요." 지로는 열심히 사양했다. 어린애에게 술을 권하다니, 아버지보다 더 늘쩡늘쩡한 사람들이다. 어떻든 어른들 이야기하는 데 참견할 수도 없어서 열심히 먹었다. 고야라는 참외 외에는 모두 먹을 수 있었다. 특히 돼지고기를 깍두기 모양으로 썰어 넣은 찜 요리는 일품이었다. 굳이 씹을 것도 없이 입안에서 스르르 녹았다.

"지로는 라후테를 제일로 잘 먹는구나?" 아주머니가 눈을 가느스름하게 뜨고서 웃었다. 라후테라는 이 음식 이름만은 꼭 외워두자고 생각했다.

문득 모모코를 바라보았다. 어느 결에 이 동네 여자애들과 친해져서 신나게 이야기를 하고 있었다. 다들 앞치마를 두른 걸 보면 잔심부름을 하기 위해 어른들을 따라온 모양이었다.

오키나와의 여자애들은 피부가 가무잡잡하고 얼굴이 자그마했다. 짙은 눈썹도 이국적이었다. 다정하고 순박한 분위기도 좋았다. 지로는 약간 달콤한 기분이 들었다. 도쿄에서 왔다고 하면 다들 좋아해줄까.

"저기, 오빠."

모모코가 손짓을 하는지라 짐짓 썰렁한 표정을 지으며 다가갔다.

"우리가 아카하치의 자손이야?" 이상한 걸 묻는다.

"뭔데, 아카하치가?"

"옛날 옛날에 그런 사람이 있었대."

"흠……."

"5백년쯤 전이라나 봐."

"내가 그런 걸 어떻게 아냐?"

간진 어른에 아카하치에, 도통 모를 소리만 자꾸 나온다.

"'오야케 아카하치의 난(亂)'이라는 거, 도쿄에서는 안 가르쳐?" 한 여자애가 말했다. "류큐(琉球) 왕조와 전투를 벌인 야이마의 영웅인데."

"야이마는 또 뭐야?"

"야에야마(八重山) 지역을 여기서는 그렇게 말해. 그리고 미야코(宮古)보다 남쪽에 있는 땅은 모두 야에야마. 그러니까 이시가키도 이리오모테도 전부 야이마야. 똑같은 섬이라도 야이마 쪽은 오키나와하고는 달라."

"오키나와하고는 다르다니, 그럼 여기는 오키나와 현이 아니야?"

"맞기는 한데, 그래도 달라."

지로는 알 수가 없었다. 모든 일이 다 급작스러워서 머릿속이 정리가 되지 않았다. 하긴 자신이 이 자리에 와있다는 것부터가 도무지 실감이 안 나는 일이었다.

"얘얘, 도쿄에서 연예인들 많이 봤어?"

다른 여자애가 물었다.

"'모닝 무스메' 라면 봤지"라는 모모코. 여자애들의 눈빛이 갑자기 반짝였다. "어땠어, 어땠어?" 하고 이야기를 졸라댄다.

"나카노 선플라자 앞에서 잠깐 본 것뿐이면시."

지로가 코웃음을 쳤지만, 여자애들은 멀리서 본 것도 굉장하다는 듯 모모코를 둘러싸고 연예인 이야기에 푹 빠져 있었다.

"나도 도쿄 가보고 싶다."

"디즈니랜드도 가고 하라주쿠(原宿), 오다이바(お台場)도 가보고 싶어."

저마다 한마디씩 했다. 오키나와 아이들에게는 도쿄가 동경의 땅인 모양이었다. 비행기로 세 시간이나 걸리는 도쿄는 이곳에서는 텔레비전 속의 머나먼 수도(首都)인 것이다.

그렇게 생각하니 슬그머니 도쿄티를 내고 싶었다.

"하긴 우리 학교가 호리코시 학원(堀越學園. 도쿄 나카노 구에 위치한 사립 고등학교로 단위제 교육과정을 설치하여, 정기적인 통학이 어려운 연예인이나 스포츠 선수들이 다수 재적하는 학교로 유명하다 – 역주)하고 가까웠으니까 연예인들이야 많이 봤지."

"응, 매일 보니까 별로 신기할 것도 없어."

모모코도 옆에서 장단을 맞췄다.

"스모 합숙소도 바로 옆이야. 이따금 슬슬 구경하러 나가곤 했지."

"응, 다카노 하나(貴乃花. 스모의 최고 지위인 요코즈나에 등극했던 유명한 스모 선수 – 역주)가 바로 옆 길가에서 준비운동을 하고 그래."

여자애들이 "우와, 너무 좋겠다"라며 선망의 눈길을 보냈다. 지로와 모모코는 내심 흡족했다.

아니, 그보다 '아카하치'에 대한 얘기를 하던 중이었지. 그중 학년이 높아 보이는 여자애에게 "우리가 아카하치의 자손이라는 얘기는 누구한테 들었어?"라고 물어보았다.

"어른들한테 들었어. 아카하치의 자손이고 간진 어른의 손자 되는 분이 가족과 함께 우리 야이마 땅에 돌아온다고 다들 좋아하셨거든."

"간진 어른은 무슨 일을 한 사람인데?"

"후후후." 여자애가 환하게 웃었다. "자기 증조할아버지를 어른이라고 하니까 이상하다."

"그럼 우리 증조할아버지, 대체 무슨 일을 하셨느냐고."

"인두세(人頭稅)를 폐지하기 위해 싸우다가 우익의 총탄에 맞아 스무 살의 젊은 나이로 돌아가셨대. 그때 부인의 뱃속에는 아기가 있었는데 그게 바로 너희 할아버지야. 그분은 도쿄에서 오래전에 돌아가셨다고 하던데? 너희는 자기네 집안일인데 그것도 몰랐어?"

"몰라. 우리 아버지가 통 말을 안 해서." 지로가 고개를 저었다. 뭔가 우리 집안은 무지하게 복잡한 것 같다. "근데, 인두세는 또 뭐냐?"

"너희 오빠, 정말 아무 것도 모른다."

"글쎄, 도쿄에서는 그런 거 안 배웠다니까."

"사람 한 사람 당 부과되는 세금. 그것 때문에 야이마 지역 사람들이 모진 고생을 했었대."

"흐음." 입을 동그랗게 오므렸다. "그럼 아카하치는?"

"아카하치는 류큐 왕조에 반대의 깃발을 쳐들었던 오하마무라(大浜村)의 '차라'. 차라라는 건 촌장이라는 뜻이야."

"류큐 왕조라는 게 어디 있었는데?"

"너희 오빠, 몰라도 너무 모른다." 여자애가 어이없다는 듯 웃었다. "일본으로 편입되기 전에 오키나와 지역은 류큐라는 나라였어. 류큐 국의 왕과 수도는 오키나와 본섬에 있었고, 그 밑에서 야이마 땅 사람들은 그들의 폭정과 착취에 시달렸던 거야."

착취라고? 아버지가 자주 들먹이던 말이다.

"꼭 알아둘 게 있는데, 야이마 땅은 오키나와하고는 완전히 별개야. 서로 언어도 다르다고. 그러니까 한 묶음으로 생각하지 말아줘."

"응, 알았어." 잘은 모르지만 우선 고개를 끄덕여두었다. 이 아이들이 말하는 오키나와란 분명 오키나와 본섬을 가리키는 말일 것이다. 이 지역은 오키나와 본섬과는 거리도 꽤 떨어져 있으니 아마 나름대로 특별한 역사를 가지고 있는 모양이었다.

"이거 먹을래?" 여자애가 사타안다기가 담긴 접시를 내밀었다. 한 입 베어 먹으려니 문득 아키라 아저씨의 얼굴이 눈앞에 선하게 떠올랐다. 아키라 아저씨는 지금쯤 감옥에서 무슨 생각을 하고 있을까. 앞으로 살인을 저지른 사람으로서 살아가야 하다니, 그 심정이 오죽할까.

"맛있어?"

"응, 맛있다. 고향이 이리오모테 섬인 아저씨가 있었는데, 이 과자를 자주 해주셨어."

지로가 대답하자 여자애들은 반가운 얼굴로 "지로랑 모모코는 역시 야이마 사람이네"라며 한 걸음씩 더 다가왔다.

이곳 여자애들에게서는 좋은 냄새가 났다. 도쿄 여자애들에게는 없는 태양과 바다의 향기였다. 예쁘게 그을린 피부가 씩씩하게 보여서 모두들 체육을 잘할 것 같았다.

술자리가 어지간히 정리된 뒤에는 아카하치의 묘역에 성묘를 가기로 했다. "식구들 얼굴을 한번 뵈어드려야지." 어른들이 아버지를 재촉한 것이다. 아버지는 쓴웃음을 지으며 자리를 털고 일어섰다. 고집불통이던 아버지가 이곳에서는 얌전하게 주위 사람들의 말에 따르는 듯한 느낌이었다.

 자동차 몇 대에 나눠 타고 상라 할아버지네 집을 떠났다. 오후 7시 가까운 시각이었지만 해가 아직도 높직했다. 소형 트럭의 짐칸에 올라탄 여자애들은 그야말로 여름 그 자체처럼 머리카락을 휘날렸다. 정말 멋진 풍경이었다. 한 발 빠르게 여름방학이 찾아온 것 같았다.

 5분쯤 달려 바다와 가까운 공원에 도착했다. 바닷물의 짭조름한 냄새가 났다. 파도 소리가 희미하게 들려왔다. 바로 앞에는 초등학교가 있었다. 여자애들에게 "저 학교에 다니니?" 하고 물었더니 "응" 하고 고개를 끄덕였다. 운동장에는 잔디가 깔려 있었다. 이런 학교라면 전학해도 괜찮겠다고 생각했다. 모모코도 마음에 들었는지 찬찬히 학교 안을 살피고 있었다. 공원에 들어서자 남쪽 나라답게 울창한 나무들이 둘러싸고 있었고, 그 가운데 사람 키 높이쯤 되는 비석이 있었다. 기나긴 역사가 느껴지는 위풍당당한 풍경이었다. 정면에 '오야케 아카하치 비(碑)'라는 글씨가 새겨져 있었다. 아주머니들이 그 앞에 제물을 놓고 향불을 피웠다. 모두들 저절로 숙연해졌다. 물결 소리가 푸른 하늘에 울려 퍼졌다.

 이것이 나의 선조인가. 그렇게 생각하니 지로의 마음속에 뭉클한 감개가 번졌다. 지금껏 핏줄에 대해서는 생각해본 적도 없었다. 조부모의 존재조차 의식하지 못하고 살아왔다. 아버지와 어머니 위쪽으로는 내내 텅 빈 채였다. 하지만 내게도 조상이 있다. 게다가 그 조상님이 이 섬을 위해 온몸을 바친 영웅이라고 한다. 왠지 무척 자랑스러운 마음이 들었다.

아버지 곁에 다가가 작은 소리로 물었다.

"이 아카하치라는 분이 우리 선조야?"

"이런 바보, 그걸 곧이듣냐?"

아버지가 눈을 찡긋하며 속삭였다. 지로는 할 말을 잃었다. 눈앞에서 갑자기 문이 탁 닫혀버린 듯한 기분이었다.

"너희 할아버지가 퍼뜨린 얘기인 모양인데, 실은 네 할아버지가 옛날부터 굉장한 허풍쟁이였어. 살아계실 때, 하는 족족 거창한 얘기만 하는 통에 내가 아주 지겨웠다."

지로는 비석을 올려다보며 한숨을 내쉬었다. 우리 집안은 어째 죄다 이런 사람들뿐인가.

"아카하치가 전투에서 패했을 때 일가권속이 모조리 살해되었다는데, 뭐. 이야기가 어디서 어떻게 바뀐 건지 나도 모르겠다."

뭐, 아무려나. 실망하는 데는 이미 익숙했다.

"안심해라. 간진이라는 분이 너희 증조부인 건 사실이야."

"응……."

"과장된 면도 있지만, 그래도 상당한 투사였을 거야."

"그래?"

"그래도 여기 분들이 애써 호의를 베풀어주시니까, 그냥 고맙게 받아들이는 게 예의야."

지로는 대충 이해했다. 원래 전설이란 건 나중에야 만들어지는 법이다.

뒤에서 누군가 어깨를 잡았다. 돌아보니 지팡이를 짚은 상라 할아버지가 바로 등 뒤에서 바라보고 있었다.

"이치루 군, 간진 어른은 이자~몬이셨느니라. 내가 어렸을 적에 초~데~처럼 예뻐해주셨어."

무슨 말을 하는 건지 알아들을 수 없었다. 게다가 지독히 컬컬한 목소리였다.

"상라 어른, 이애는 지루 군이고요, 이치루 씨는 그 옆의 키 큰 사람이라니까요." 아저씨 한 분이 곁에서 쓴웃음을 지으며 말했다. "방금 이야기했던 사람을 그새 못 알아보시네."

뭐라고 대답해야 좋을지 놀라 지로가 어물기리고 있으려니 아저씨가 "아흔 살을 훌쩍 넘긴 영감님이라서 가끔 오락가락하신다"라며 가무잡잡한 얼굴에 하얀 이를 내보였다.

그 참에 통역도 해주었다. 간진 어른은 용감한 분이시고 상라 할아버지가 어렸을 때 간진 어른께서 형제처럼 사랑해주셨다는 말이었다.

제물을 올리고 모두 함께 합장(合掌)을 했다. 태어나서 처음 해보는 성묘였다. 왠지 마음이 흐뭇했다. 이런 평범한 일을 오래전부터 지로도 꼭 한번 해보고 싶었다.

아카하치의 비석 곁에는 작은 돌비석도 있었는데, 아카하치의 아내인 구이쓰바의 것이라고 알려주었다. 부부 사이가 퍽 좋았던 모양이다.

곁에 세워진 아카하치의 동상도 구경하러 갔다. 영락없는 아버지 모습이어서 가슴이 덜컹 했다. 생김새는 어찌되었건 전체적으로 풍기는 박력이 똑같았다.

한 여자애가 소매를 잡아당겼다. "바다 보러 가자." 턱짓으로 가리킨다. 지로는 망설임 없이 발길을 돌렸다. 아까부터 바닷가에 가보고 싶어 등이 근질거렸던 것이다. 모모코가 그새 저만치 앞장서서 달리고 있었다. 바다로 향하는 길은 정말로 멋졌다. 부드러운 언덕 너머로 새파란 하늘이 펼쳐졌다. 울창한 숲을 막 빠져나간 순간, 모모코가 소리를 쳤다. "끼야아, 오빠, 오빠!" 발을 동동 구르며 손짓을 한다.

쫓아가보니 석양과 함께 일시에 바다가 눈에 뛰어들었다. "우와!" 지로도 탄성을 올렸다. 태어나 처음으로 가까이에서 바라본 남쪽 바다였다. 너무나 환해서 눈 안쪽이 일순 컴컴해졌다.

모두 함께 언덕길을 뛰어내려가 바닷가 모래사장에 섰다. 바다 표면은 한 가지 색깔이 아니었다. 흰색과 초록이 뒤섞였고 농담(濃淡)도 달랐다. 모래사장 바로 앞에는 바위들이 있고 그 위에는 해초가 다닥다닥 붙었다.

모모코가 양팔을 쳐들고 팔짝팔짝 뛰었다. 지로도 가만있을 수 없어 펄쩍 뛰어 바위 위로 올라섰다. 바다 밑바닥까지 다 보이는 바람에 깜짝 놀랐다. 물고기가 바로 코앞에서 헤엄을 치고 있었다.

여자애들이 샌들을 신은 채로 바위를 넘어 바다로 들어갔다. 그 자연스러운 행동이 너무도 부러웠다. 이곳 아이들에게 바다는 당연한 일상인 것이다.

지로도 운동화와 양말을 벗고 바닷물에 들어갔다. 싸늘한 감촉이 상쾌했다. 벌써 수영을 하느냐고 물었더니, 물에 들어가는 건 3월부터고 해수욕 시즌도 진즉에 시작되었다는 대답이 돌아왔다. 지로는 가슴이 뛰었다. 수영 팬티를 찾아서 내일이라도 당장 헤엄치러 나와야지.

군데군데 짙은 초록색으로 보이는 곳은 산호초라고 했다. 이시가키 섬 주변은 온통 산호초가 둘러싸고 있단다. 우와, 이런 곳이 다 있구나, 하고 지로는 세상을 다시 보았다. 뭔가 속 터지는 일이 있는 사람들은 모두 이 섬으로 오면 스트르 풀려버릴 것이다.

모모코가 발이 미끄러져 무릎 높이의 물가에서 엉덩방아를 찧었다. 가슴 아래쪽이 죄다 흠뻑 젖었다.

"하하, 넘어졌다, 넘어졌어." 지로가 놀렸다. 모모코는 볼이 잔뜩 부어 아예 옷 입은 그대로 바닷물에 첨벙 뛰어들어 버렸다. "흥!" 콧방귀를 뀌며 기분 좋은 듯 개구리헤엄을 친다.

"혼자 들어가기냐? 야, 비겁하다. 엄마한테 혼날걸?"

"엄마는 이런 일로 혼 안 내."

이번에는 바다를 향해 헤엄치기 시작한다. 내 동생이긴 하지만 정말 근사했다. 저녁노을을 받으며 바다거북처럼 물 위에 유유히 떠있다.

"너 혼자만, 진짜!" 더 이상 참을 수 없어 지로도 옷을 입은 채로 바다에 뛰어들었다. 여자애들이 깔깔거리며 웃었다. 멋진 모습을 보여주려고 자유형으로 바닷물을 쓱쓱 저어나갔다. 바다 속에서 눈을 떠도 전혀 따갑지 않았다. 저 먼 앞쪽까지 다 내다보여서 깜짝 놀랐다. 지금까지 해봤던 해수욕은 전부 엉터리였다는 생각이 들었다.

잠시 후에 어머니가 찾으러 내려왔다. 모모코의 말대로 그저 팔짱을 끼고 웃음만 지을 뿐이었다. 바닷가에 서있는 어머니는 한층 더 젊어 보였다. 누나인가 하고 착각했을 정도다.

그날 밤은 네 식구가 상라 할아버지네 별채에서 잤다. 동쪽과 남쪽이 죄다 출입문인 데다 활짝 열어놓아서 마치 연극 무대 같은 방이었다. 천장에서부터 모기장이 펼쳐져 있었다. 모기장에 들어가서 자는 건 처음이었다. 마당에서는 벌레들이 요란하게 울어댔다. 영락없이 캠프에 온 것 같은 기분이었다.

기나긴 하루였던 탓에 오후 9시를 넘어서면서 벌써 졸음이 몰려와 지로와 모모코는 먼저 잠자리에 들었다. 아버지와 어머니는 이웃 어른들과 어울려 담소를 나누었다. 밤이 되면서 사람들이 더욱 불어났던 것이다.

"이리오모테 섬이라는 데, 여기보다 좋은 곳이야?"

전깃불을 끄려는데 모모코가 불쑥 물었다.

"나도 몰라. 뭐, 비슷한 섬이겠지."

"오늘 온 아이에게 물어봤더니 거기는 게임 센터도 없대."

"게임, 하고 싶어?"

"나도 몰라. 하지만 그 애 말로는 자기라면 이리오모테 섬은 싫을 거래."

"응……." 별다른 느낌은 없었다. 지로는 아무러나 상관없었다. 낮에 옷을 입은 채 바다에서 수영도 했겠다, 왠지 야성적인 기분에 휩싸여 있었다. 그리고 될 대로 되라는 체념도 있었다. 아버지를 따라갈 수밖에 없는 이상, 앞으로 어찌되건 내 책임도 아니고.

눈을 감고 5초도 안 되어 의식이 가물가물해졌다. 딱딱한 베개가 묘하게 기분 좋았다.

36

다음 날 아침, 잠을 깨보니 천장에 도마뱀붙이가 붙어있었다. 생물도감을 통해 알고 있을 뿐, 실물을 보는 건 처음이었다. 한참이나 가만히 쳐다보았지만 대들보에 딱 붙어서 꼼짝도 하지 않았다. 뭐라도 던져서 건드려보려고 주위를 둘러보니 옆자리에 모모코만 있고 아버지와 어머니는 그새 일어났는지 방 한쪽 구석에 두 채의 요와 이불이 말끔하게 개켜져 있었다. 그리고 보니 모기장도 접어 올렸다. 귀를 기울이니 뒤뜰에서 어머니 목소리가 들렸다.

도마뱀붙이를 지켜보며 살그머니 자리에서 일어났다. 발바닥을 슬슬 쓸며 마루를 돌아가니 아버지와 어머니는 마당에서 짐을 싸고 있었다. 낡아빠진 큼직한 고리짝에 냄비며 주전자를 집어넣고 있었다. 지로가 물었다.

"뭐해?"

"이삿짐 싼다. 부엌에 아침밥 챙겨놨으니까 빨리 먹고 나와서 너도 도와줘."

어머니가 말했다. 아버지는 이불을 비닐 시트에 싸서 끈으로 묶고 있었다.

"벌써 가? 이 섬도 좋은데."

"애가 무슨 소리야? 어서 밥이나 먹고 와."

"그 냄비랑 주전자, 다 어디서 난 거야?"

"얻었어. 아무튼 어서 서둘러라. 모모코도 깨우고."

묻고 싶은 것이 많았지만 배가 고파서 우선 이르는 대로 하기로 했다. 다시 방에 돌아와 어떻게 하면 모모코를 놀라게 해줄까, 궁리를 했다. 가장 좋은 건 도마뱀붙이를 산 채로 잡아서 모모코의 이마에 올려놓는 것이다. 마침 의자가 있었다.

의자를 도마뱀붙이 바로 밑으로 슬그머니 옮겨 갔다. 거기에 올라서서 팔을 뻗으면 대충 닿을 것 같았다. 숨을 죽이고 머리를 낮춘 채 의자에 올라섰다. 몸길이 10센티미터 정도의 조그만 도마뱀붙이였다. 하얗고 투명해서 파충류 특유의 으스스한 느낌은 별로 없었다. 손을 뻗으려는 참에 느닷없이 울음소리가 났다.

꾜꾜꾜, 꾜꾜꾜.

도마뱀붙이가 운 것이다. 도마뱀붙이가 울다니, 그런 사실은 까맣게 몰랐다. 지로는 저도 모르게 흠칫했다. 다음 순간, 도마뱀붙이는 미처 눈으로 따라잡을 수도 없을 만큼 잽싸게 내달려 천장 틈새로 사라져버렸다.

아차차. 실망감이 번졌다. 이럴 줄 알았으면 차라리 모모코를 깨워서 보게 할 걸. 울음소리를 들었다면 완전 기절했을 텐데…….

의자에서 내려와, 자고 있는 모모코를 발로 걷어찼다. "야, 아침이야!" 발바닥을 모모코의 코끝에 들이댔다. 눈을 뜬 모모코가 손으로 밀쳐낸다. 몸을 돌려 엎드리더니 쉰 목소리로 "오늘, 학교는?"이라고 했다.

"무슨 학교를 간다고? 설마, 나카노 중앙초등학교리고는 하지 마라."

모모코는 끄응 신음을 올리며 부스스 일어났다. 이불 위에 털퍼덕 주저앉아 머리를 다듬는다.

"아침 먹을 거야. 아버지하고 엄마는 마당에서 짐 싸고 있어."

모모코는 머리가 제대로 돌아가지 않는지, 아무 대꾸도 하지 않았다.

둘이서 본채를 지나 부엌으로 찾아갔다. 테이블에 생선이며 두부 요리가 차려져 있었다. "잘 잤냐?" 이 집의 아주머니인 듯한 사람이 웃는 얼굴로 맞아주었다. 아주머니라고는 해도 요츠야 외할머니와 얼추 비슷한 나이로 보이는 할머니였다. 거무스레한 얼굴에 희끗희끗한 머리를 뒤로 묶고 있었다.

구이로 나온 것은 '구루쿤'이라는 생선이었다. 아주머니가 머리와 꼬리를 손으로 잡고 뜯어먹으라고 했다. 등뼈만 빼고는 전부 먹을 수 있다고 했다. 등지느러미를 먹어보니 전병 과자처럼 고소했다. 아주머니는 "그렇지, 그렇지, 그렇게 먹는 거야"라며 눈을 가늘게 뜨고 웃었다. 밥은 찰밥이었다. 된장국에는 해조류가 듬뿍 들어있었다.

문이 열리는 겨를에 무심코 돌아보니 본채 거실에서 나무 기둥을 등지고 상라 할아버지가 혼자서 식사를 하고 계셨다. 젓가락으로 밥을 떠서 입에 넣는 데 약 5초, 그리고는 소처럼 느릿느릿 씹었다. 어젯밤보다 더 기운이 없어 보였다. 말라비틀어진 나무 같은 모습이었다. 이 동네의 높은 어른이라는 말을 듣지 않았다면 분명 동정의 눈길로 바라보았을 노인네의 모습이었다.

"지로네 아버지가 도쿄에서 작가 선생이셨다면서? 참말로 대단하시네. 우리네야 책 같은 거 하고는 애초에 인연이 없는데."

아주머니가 밥을 새로 담아주며 말했다.

"아, 예." 지로는 대꾸할 말이 궁해서 애매하게 고개만 끄덕였다. 이래저래 오해가 많은 것 같다.

"우에하라 집안은 애초 혈통이 독립독행의 인물들이고만. 아카하치도 그렇고 간진 어른도 그렇고, 높은 양반들한테도 대차게 대들어서 백성들을 지켜준 분들이거든. 지로네 아버지도 옛날에 미군기지 반대운동에 큰 힘을 쓰셨고."

"그래요?"

"그럼, 그럼. 네가 이 세상에 나오기도 전의 일이지만서도 후텐마(普天間)에서 미군 제트전투기에 불을 지른 사건은 아직도 큰 얘깃거리라니까."

지로는 모모코와 마주 보며 어깨를 으쓱 쳐들었다. 이제 새삼 놀랄 것도 없지만, 그런 엄청난 일을 저지르고서 참 잘도 무사히 넘어왔다.

"우리 야이마 사람들은 다들 반골(反骨) 기질이 강하거든. 류큐 왕조 때부터 높은 사람들에게 착취만 당해왔으니 그런 사람들한테 반기를 들고 싸워주는 사람을 최고로 치는 거야."

지로는 말없이 밥을 쓸어 넣었다. 그게 사실이라면 아버지는 분명 이곳에서 인기인이 될 것이다.

"이리오모테는 여기 이시가키보다 더 아무 것도 없는 섬이지만서도 쌀이니 고기니, 먹고살 것은 얼마든지 대줄 테니까 마음 놓고 살아도 돼."

"네…… 고맙습니다."

"저기, 오빠." 모모코가 목소리를 낮추며 팔을 쿡쿡 찔렀다.

"텔레비전은 채널이 몇 개나 나오는지 좀 물어봐."

"네가 물어봐." 그렇게 내뱉다가 퍼뜩 깨달았다. 아버지는 도쿄에서 텔레비전도 냉장고도 미련 없이 처분해버렸다. 당장 오늘 밤은 어떻게 할 생각일까.

"도쿄 방송에 '쟈니스' 나올 거란 말이야"라는 모모코.

"도쿄 방송 좋아하시네. 그보다 아예 텔레비전이 없는데?"

지로의 말에 모모코는 젓가락질을 멈추고 눈을 흘겼다. 그러나 이내 포기했는지 한숨을 내쉬었다. 지로도 불안했다. 어제 하루는 꿈꾸는 심정으로 그럭저럭 보냈지만, 앞으로 어떻게 살아갈지 하나도 모르겠는 것이다.

아침 식사를 끝내자마자 별채로 달려갔다. 어느새 사람들이 찾아와 짐 싸는 것을 거들고 있었다. "엄마." 곁으로 다가가서 작은 소리로 물었다. "우리 잠잘 집은 있는 거지?"

"아마 있을 거야. 어떤 집인지는 모르지만."

어머니가 태평하게 대답한다.

"빌린 집?"

"응. 근데 집세는 공짜야. 상라 할아버지가 소개해주셔서 어떤 빈집을 그냥 쓰기로 했대."

조금 안심이 되었다. 움막 같은 곳은 아닌 모양이다. 아버지가 큼직한 기계를 소형 트럭에 싣고 있었다. "이게 뭐야?" 하고 물었더니 "발전기"라고 무뚝뚝하게 대답한다. 아무래도 간단히 안심할 상황은 아닌 것 같다.

짐으로 꾸리고 있는 가재도구들은 어젯밤에 모였던 사람들이 하나둘 가져다준 모양이었다. 간진이라는 증조할아버지의 위광이 정말 대단한 것 같다. 다들 팔을 걷어붙이고 거들어주는 것도 모두 조상님 덕분인 셈이다. 아무리 그래도 도쿄에서 불쑥 찾아온 일가를 이렇게 친절하게 대해주다니.

지로도 짐 싸는 것을 거들었다. 헌 옷가지와 샌들, 식기, 전기 스탠드. 자전거도 있고 다다미도 있었다. 어라, 비치파라솔까지? 쌀이 두 부대에 된장과 간장이 산더미 같았다. 네 식구 먹을 식량이 두둑하다는 것에 지로는 일단 안도했다.

두 대의 트럭에 짐이 가득 채워졌을 즈음, 상라 할아버지가 지팡이를 짚고 나타났다. 3미터를 걷는 데 최소 10초는 걸렸다. 지로 앞에 멈춰 서더니 힘겹게 입을 열었다.

"이치루 군."

"아니, 저는 아들 지로인데요······." 아버지를 쳐다보니 눈을 찡긋하며 아무 말 말라는 신호를 보낸다.

"어려운 일이 있으면 언제든지 나한테 말해라. 나를 부모라고 생각하고 꼭 그렇게 해."

배웅 인사라는 건 분위기 상으로 짐작이 갔다. 따스한 인사말이라는 것도.

아버지 대신 머리 숙여 절을 올렸다. 상라 할아버지는 응응, 하고 고개를 끄덕였다. 바로 이웃한 섬이니까 앞으로 또 뵐 기회가 있으리라.

트럭 운전석에는 어떤 아저씨가 앉아있었다. 그야말로 어부답게 새까만 얼굴의 아저씨였다. "자, 그만 가볼까요?" 요란한 엔진 소리가 울려 퍼졌다. 지로와 모모코는 아주머니가 운전해주는 왜건에 탔다. 어쩐지 일이 너무 바쁘게 돌아가는 것 같다. 아버지와 어머니도 누군가의 차에 각각 올라탄 모양이었다.

상라 할아버지가 손을 흔들었다. 모모코와 둘이서 마주 손을 흔들어주었다. 어디에선가 개가 나타나 경중경중 한참이나 따라왔다. 그렇지, 이리오모테 섬에 가면 개를 기르는 것도 좋겠다. 오래 전부터 개를 갖고 싶었다. 유리로 된 자동차 천장으로는 하늘이 보였다. 오늘도 빠져들 것처럼 새파란 하늘이었다.

15분쯤 달려서 한 항구에 도착했다. 사람들이 더 많아져서, 한 줄로 주욱 늘어선 건장한 어른들이 트럭에 실린 짐을 양동이 릴레이 하듯 차례차례 배에 옮겨 실었다. 배는 낡은 어선이었다. 그러고 보니 아키라 아저씨가 준다던 어선이 후나우키 어딘가에 묶여있다고 했던 게 생각났다. 그 배도 이런 느낌의 어선일까.

어선에는 각목이며 판자도 실렸다. 사람이 올라탈 때마다 출렁출렁 흔들린다. "지루는 배를 처음 타보냐?" 아저씨 한 분이 어깨를 툭툭 치며 물었다. 그렇다고 고개를 끄덕였더니 "앞으로는 많이 타게 될 것이다"라며 담뱃진에 누레진 이를 내보이고 웃었다.

그 아저씨들도 모두 함께 가는 모양이었다. 어머니에게 물어보니 "집수리를 도와주신대"라고 했다. 이토록 큰 친절은 받아본 적이 없어서 지로는 고맙다기보다 이상하다는 마음이 먼저 들었다.

또 한 척의 어선에서는 아버지가 조타실에 들어가 있었다. 큼직한 몸을 옹색하게 구부리고 기계들을 들여다보았다. 어부 아저씨가 곁에서 이런저런 설명을 해주었다. 지로도 관심이 있어서 그쪽 배에 올라 아버지 곁으로 다가갔다.

"아버지가 조종해?"

"교관 딸린 레슨이야." 아버지는 기계를 들여다보며 말했다. "마지막으로 조종해본 게 벌써 15년 전이라서."

"쿠바에서 배를 탔었다면서? 아키라 아저씨한테 들었어."

"아키라 녀석, 쓸데없는 소리를."

"미국 제트전투기에 불을 질렀다는 거, 진짜야?"

"누가 그래?" 얼굴을 찡그린다.

"상라 할아버지네 아주머니."

"그냥 타이어. 팬텀기의 타이어만 좀 탔어. 참내, 다들 왜 그렇게 과장이 심한 거야?"

뭐야, 그랬구나. 좀 안심이 되었다. 팬텀기 한 대를 다 태워버렸다고 해도 이제 새삼 한탄할 것도 없었지만.

두 척의 어선에 도합 스무 명쯤이 올라타고 배가 출발했다. 요란한 엔진 소리를 내며 앞바다를 빠져나갔다. 기왕 배를 탄 김에 뱃머리 쪽 갑판으로 나가 짐 더미 위에 자리를 잡았다. 모모코가 따라붙었다. 무서운지 지로의 옷자락을 붙잡고 있었다.

어른들이 이렇게나 많이 와주시다니, 정말 마음이 든든했다. 식구들끼리만 떠났다면 어지간히 불안했을 것이다. 햇볕에 그을린 아저씨들은 도쿄 어른들에게서는 찾아볼 수 없는 야성미가 넘쳤다. 다들 싸움도 잘할 것 같았다.

바닷바람이 불어와 머리칼을 헝클어놓았다. 새삼 바라보니 야에야마의 바다는 정말 푸르렀다. 유난히 색깔이 짙고 맑았다. 우리나라에 이런 곳이 있다니, 나름대로 넓은 나라라는 생각이 들었다. 준이나 무카이가 보았다면 눈이 휘둥그레졌으리라.

앞쪽으로 커다란 섬이 보였다. 금세 이리오모테 섬이라는 것을 알았다. 오기 전에 지도를 봐뒀기 때문이다.

"오빠, 어쩐지 무서워, 저 섬." 모모코가 말했다.

"뭐가 무서워?"

"건물도 없고 그냥 나무숲만 가득하잖아."

"아열대 정글이니까 당연하지."

무카이가 야생의 섬이라고 했었다. 이리오모테 고양이라는 희귀 동물도 사는 곳이다.

섬의 반은 검은 구름이 걸려있었다. 야에야마 지역 전체적으로는 하늘이 새파랗게 맑은 날씨이건만. 그 구름은 섬에 있는 두 개의 산 중 한쪽 산에만 낮게 드리워있었다. 그 아래쪽은 비도 내리는 것 같았다. 푸른 하늘과 대비되어 더욱 음산하게 보였다.

모모코가 생침을 꿀꺽 삼켰다.

"왜?" 지로가 팔꿈치로 쿡 찔렀다.

"저기 저 구름, 싫어."

"구름이야 도쿄에도 있는데, 뭐."

"그래도."

모모코는 아랫입술을 빼물더니 몸을 웅크리고 두 팔을 괴었다.

"모모코, 물론 불편한 일도 많겠지만 괜한 투정은 부리지 마."

"흥, 오빠 혼자 잘난 척."

"아무리 힘들어도 열다섯 살까지만 참으면 돼. 엄마가 그러셨지, 열다섯 살만 지나면 우리 좋을 대로 하라고?"

"오빠는 앞으로 3년, 나는 앞으로 5년 반."

그런가? 그렇게 많이 남았나? 3년이라니, 정신이 아득해질 만큼 먼 미래의 일이었다. 지로는 말없이 콧물을 들이키며 모모코와 똑같이 팔을 괴었다. 고등학교에 갈 수나 있을까? 그런 생각까지 들었다. 가능하다면 대학생도 되어보고 싶은데…….

"근데 우리, 학교는 어떻게 되는 거야?"라는 모모코.

"나한테 그런 거 물어보지 마라."

"어제 그 여자애들 같은 친구도 있을까?"

"있겠지, 뭐." 적당히 대꾸했다.

모모코가 한숨을 내쉬었고 지로에게도 그 한숨이 전염되었다. 최근 이삼 일은 마음이 환해졌다 어두워졌다의 반복이었다.

배는 거무스레하고 큼직한 섬을 향해 성큼성큼 다가갔다.

한 시간가량을 달려 항구에 닿았다. "여기가 시라하마(白浜) 항구라는 곳이야"라고 한 아저씨가 가르쳐주었다. "저 동쪽에는 우에하라 항구라는 데도 있어. 원래 지명이 우에하라야."

그럼 혹시 이리오모테가 우리 집안의 시조인가? 아버지를 붙잡고 물어봤더니 "그럼 시부야 씨는 죄다 시부야 태생이냐?"라고 퉁명스럽게 쏘아붙였다.

항구에는 말짱하게 아무 것도 없었다. 콘크리트 안벽(岸壁)이 있을 뿐, 건물다운 건물 한 채가 없었다. 저 건너편으로 겨우 민가가 띄엄띄엄 보였다. 이시가키 섬에 비하면 무인도라도 해도 좋을 정도였다. 지로는 검은 구름이 섬의 반대편에 있다는 것에 감사했다. 이런 상황에 비까지 뿌린다면 기분이 한층 더 다운됐을 것이다.

부둣가에는 마중 나온 사람들이 있었다. 몇 대의 트럭과 왜건도 기다리고 있었다. 아버지와 어머니가 인사를 마치자, 배에 있던 짐들이 순식간에 그 트럭에 옮겨졌고 다시 어딘가를 향해 출발했다.

지로와 모모코는 왜건에 탔다. 외딴섬에는 어울리지 않게 말끔히 포장된 도로를 달렸다. 행인이 하나도 없었다. 지나치는 차도 없었다.

"지로도 모모코도 금세 익숙해질 거다."

"그럼, 도쿄에서 온 아이도 있고 여기 섬 아이들도 있고, 금세 친구가 생기고말고."

오누이가 똑같이 입을 꾹 다물고 있자 아저씨들이 환하게 말을 걸어주었다.

"도쿄에서 온 아이가 있어요?" 지로가 물었다.

"있지. 오사카(大阪) 아이도 있고 규슈(九州) 아이도 있고만."

대체 무슨 소리일까. 애들이 전학해올 만한 섬으로는 보이지 않는데. 그게 아니면 아버지 같은 괴짜들이 많다는 얘기일까.

그보다 우선 학교가 있는지 없는지, 그게 문제다. 학교가 있느냐고 물었더니, 아저씨들이 껄껄 웃음을 터뜨리며 "그렇게까지 촌 동네는 아니야"라고 지로의 어깨를 툭툭 쳤다.

그제야 겨우 모모코의 얼굴이 풀렸다. 학교에 다니겠다고 하면 아버지는 몰라도 어머니까지 가로막지는 않을 것이다. 이런 걱정을 하는 초등학생은 이 세상에 그리 많지 않을 것이다.

포장된 도로를 벗어나 숲속으로 들어서더니 한참을 안으로 안으로 들어갔다. 나뭇가지가 차의 앞 유리창에 부딪쳤다. 그야말로 길을 헤치며 나아가는 식이었다.

까까까 하고 사람을 비웃는 듯한 새 울음소리가 들려왔다. 나무들도 유난히 잎사귀가 큼직했다.

"여기, 정글이에요?" 지로가 물었다. 그하하하, 하고 다시금 호쾌한 웃음이 터졌다.

"정글은 훨씬 더 안쪽이야, 여기는 그냥 산이고. 걱정 마라, 사람이 살 만한 데니까. 원래 하테루마(坡照間)에서 건너온 이주자들이 개척했던 땅이고, 얼마 전까지도 마을이 있었어. 이쪽으로 이주했다는 건 지하수가 있다는 얘기니까 걱정할 거 하나도 없다. 전에 살던 이들이 갈아먹던 밭 터도 있어. 조금만 갈아주면 채소 정도는 금방 따 먹을 수 있을 것이고만."

그렇다면 아버지는 농사일을 할 생각일까. 일이라고는 도무지

해본 적이 없는 우리 아버지가?

"전기는 들어와요?" 멈칫멈칫 물어보았다.

"안 들어오지. 그래도 가까이에 전봇대가 있으니까 어떻게든 될 것이고만."

모모코의 표정이 다시 새치름해졌다. 뭐, 아무러나. 일일이 누이의 마음을 챙겨주고 말고 할 것도 없었다. 이렇게 된 이상, 수세식 화장실 따위는 기대하는 사람이 바보다. 집세가 공짜라는 걸 보면 뻔한 일이었다. 그저 비나 안 맞으면 다행이라고 각오해야 할 판이다.

길가에 담장이 무너진 폐가가 몇 채나 있었다. 그런 집이 눈에 들 때마다 지로는 불두덩 언저리가 화끈거렸다. 하나씩 지나갈 때마다 아, 다행이다, 여기는 아니었구나, 하고 가슴을 쓸어내리는 것이다.

"아저씨가 태어나기 전의 일이지만서도 옛날에는 이리오모테에 탄광이 많았다더라. 그때만 해도 이 근방이 굉장히 시끌벅적했던 모양이야. 모래사장 연변에 있는 폐가들이 죄다 그 시절의 흔적이야."

"그래요?"

그럼 아버지가 석탄 캐는 광부가 된다는 말인가. 어쩌면 그럴 수도 있었다. 그렇다면 나는 아버지를 도와 함께 석탄을 캐야 하는가.

그렇게 수백 미터를 달리자 갑작스레 눈앞이 환하게 트이면서 체육관 정도 크기의 대지가 나타났다. 그곳에 전체가 몇 십 년 동안 잠들어있었던 듯 온통 회색빛으로 물든 단층집 세 채가 서있었다. 허리 높이쯤 되는 무너져가는 돌담이 그 집들을 둘러싸고 있었다. 앞에서 달리던 트럭이 멈춰 섰다. 아, 이곳인가. 지로는 무슨 무서운 선고라도 받은 듯한 심정이었다. 아무리 싫다고 발버둥 쳐도 이 세상 어느 누구도 들어주지 않는다. 어떻든 여기서 살아야 하는 것이다.

차에서 내려 하늘을 올려다보았다. 이쪽 공간만 빼꼼 숲이 열리고 해가 비쳤다. 원래 밭이었던 듯한 땅에는 잡초가 무성했다. 그 건너편에는 우물이 있던 흔적도 보였다.

나무들 너머로는 또 다른 개척지도 있었다. 예전에는 십여 세대가 살았던 마을인 것이다.

"히야, 아주 좋은 곳이네!"

아버지가 누 발을 벌치며 큰소리로 말했다.

"응, 정말 좋네." 어머니가 곁에서 미소를 지었다.

정말 그럴까. 어머니가 괜히 강한 척 한다는 생각이 들었다. 여자치고 이런 시골구석의 폐촌을 좋아할 리가 없다. 지로는 아무 할 말도 없었다. 그저 목만 말랐다. 분명 맨 처음에 이곳으로 이주해온 사람들은 훨씬 더 할 말이 없었을 것이다. 그때는 논밭은 물론이고 길조차 없었을 테니.

모모코는 어쩔 줄을 모르고 입을 벌린 채 멀거니 서있었다. 하긴 울음을 터뜨리지 않은 것만 해도 크게 칭찬해줄 일이었다.

가장 나이 들어 보이는 아저씨가 큰소리로 말했다.

"좋아. 당장 시작하자고. 다케 총각은 우물 쪽을 살펴보고 미야기하고 나카자토는 부엌을 맡아. 우선 밥부터 해 먹게 만들어 줘야지. 그리고 시노는 변소 좀 손봐. 발판이 빠졌다가는 똥통에 푹 빠져. 나머지는 집수리에 붙으라고. 방바닥이 제일로 큰일이야, 죄다 뜯고 바꿔야 하거든."

아저씨의 말이 채 끝나기도 전에 타타타 하고 발전기가 돌기 시작했다. 숲에 있던 새들이 일제히 날아올랐다. 위잉 하는 전동음 소리가 온 숲에 메아리쳤다.

가장 크고 덜 무너진 집으로 우르르 들어갔다. 구멍 뚫린 덧문을 떼어내고 방바닥 판자들을 하나하나 걷어낸다.

무엇을 어떻게 해야 좋을지 몰라 지로는 우두커니 서있었다. 자신도 뭔가 거들어야겠지만, 우선은 모모코 곁에 있어주는 게 더 나을 것 같았다. 혼자 두었다가는 정말로 울어버릴 것 같았다.

37

저녁이 되자 몇 개의 램프가 켜졌다. 하늘은 여전히 훤했지만 나무 그림자가 짙어졌기 때문이었다. 산속의 폐촌은 소생 수술을 받는 공룡 같았다. 당장이라도 꼬리를 꿈틀 움직일 것 같은 기척이 느껴졌다. 오전부터 시작된 집수리는 워낙 사람 수가 많았던 터라 놀랄 만한 성과를 보였다. 가장 눈에 띄는 변화는 바닥과 벽의 일부를 바꾼 것이었다. 새로 넣은 판자 냄새 덕분에 집 전체의 곰팡이 냄새가 한결 누그러들었다. 방 한 칸이긴 하지만 다다미가 깔린 것도 천만 다행이었다. 오늘 밤에 잠잘 곳이 생긴 것이다.

집 주변의 풀들을 정리한 것도 황폐한 풍경을 한 순간에 새롭게 해주었다. 전동 제초기를 든 아저씨가 날카로운 엔진 소리와 함께 단숨에 수북한 잡초들을 없애버렸다.

가장 신기한 건 겨우 몇 시간 만에 집이 듬직하게 보이기 시작한 것이다. 물론 지로의 생각 탓이겠지만, 추레하게 기운을 잃었던 기둥이 등을 쭉 편 것만 같았다.

"옛날 집이라 터하고 기둥은 아주 튼튼한가 봐."

어머니가 그렇게 말하며 기둥을 두어 번 힘껏 밀어보았다. 막 도착했을 때였다면 행여 넘어갈까 봐 엄두도 내지 못했을 일이었다. 어머니도 집의 변화를 느낀 것이다.

"집도 사람이나 매한가지야." 나이든 아저씨가 불쑥 말했다.

"사람이 와서 살아주지 않으면 금세 늙어버려. 그러다가도 사람이 들기만 하면 갑자기 젊어지거든."

지로는 그 말에 공감했다. 마냥 팽개쳐두면 아이들 역시 비뚤어진다.

그렇다고 불안이 모두 사라진 건 아니었다. 오줌이 마렵다던 모모코는 변소를 힐끔 들여다보더니 그냥 참겠다고 고집을 피웠다. 큼지막한 옹기 단지가 땅속에 묻혀있고 그 위에 움막 같은 것이 서있는, 형편없는 변소였던 것이다. 모모코는 어머니의 꾸지람을 듣고서야 심히 우울한 얼굴로 볼일을 보러 들어갔다.

별채로 된 부엌은 콘크리트 건물이었지만 벽에 온통 곰팡이가 피어서 솔로 박박 문질러도 시커먼 얼룩이 지워지지 않았다. 부엌 바닥은 매끈매끈한 흙바닥이었다. 어머니가 이곳에서 과연 요리할 마음이 날까. 오히려 지로가 지레 걱정이 되었다.

작업 중에 한 아저씨가 모모코와 지로를 손짓으로 부르더니 모모코와 함께 숲의 안쪽으로 데려갔다. 그곳에는 낮은 돌담을 둘러친, 한 평이 못 되는 작은 공간이 있었다. 아저씨는 '우타키(御嶽)'라는 곳이라고 알려주었다.

"하느님이 내려오시는 곳이야. 저 안에 들어가서 기원을 올리는 건 여자 사제(司祭)로만 정해져 있으니까 지로는 이 안에 들어서지 않도록 조심해야 한다."

잘은 모르겠지만, 아무튼 신성한 장소인 모양이다.

"여사제가 돌아가시고 벌써 몇 년째를 내던져 둬서 이 꼴이네. 우리 모모코가 나중에 크면 사제가 되어서 이곳을 지켜줘라."

모모코는 어떻게 대답해야 할지 난감한 기색이었다.

야에야마는 종교 의식도 도쿄와는 전혀 다른 모양이었다.

붉게 물들었던 하늘이 보랏빛으로 바뀔 즈음, 집수리를 도와주러 왔던 아저씨들이 돌아갔다.

"뭐든 필요한 게 있으면 언제라도 연락해. 새 물건은 힘들겠지만 마을에서 구할 수 있는 것이라면 냉큼냉큼 보내줄게."

환하게 말하며 웃었다. 어머니는 깊숙이 고개를 숙였고 아버지는 한 사람 한 사람과 악수를 했다.

차들이 떠나고 나자 산속에 덩그러니 네 사람만 남겨졌다. 갑작스런 정적이 찾아왔다. 새들도 그새 울음을 그쳤다.

지로는 물어보고 싶은 것이 많았다. 전화는 걸 수 있어? 이곳 주소는? 편지는 받을 수 있어? 언제부터 학교에 갈 수 있어? 아마 모모코는 물어볼 게 더 많을 것이다. 정말 여기서 살 거야? 연약하기 짝이 없는 누이는 마치 노숙자로 첫날밤을 맞이한 듯한 표정이었다.

전기가 없다는 건 일찌감치 포기했다. 절대로 포기하고 싶지는 않았지만 지로의 힘으로는 어떻게도 할 수 없었다. 낮에 아저씨 한 분이 "전기, 끌어올 거야?"라고 물었을 때, 아버지는 필요 없다고 고개를 저었다. 가족과는 한마디 상의도 없이 그런 중요한 일을 잘도 결정해버린다.

"자, 땀도 많이 흘렸으니 목욕물 데워서 씻어볼까? 지로, 우물에서 물 좀 길어오너라." 아버지가 기지개를 켜며 말했다.

"알았어." 맹렬한 배고픔이 느껴졌지만 지로는 얌전히 아버지의 말에 따랐다. 자신이 떨떠름하게 말대꾸를 하면 즉각 모모코에게도 전염되어 결국 온 가족이 암울해질 것이다.

"모모코는 엄마랑 저녁 준비하자. 이시가키 섬 아주머니들이 싸준 도시락이 남았으니까 오늘 저녁은 볶음밥으로 먹을까? 반찬 데우고 된장국 끓이고⋯⋯."

"캠프처럼 불 때서?" 모모코가 불안한 기색으로 물었다.

"아니, 프로판가스. 아까 아저씨들이 설치해줬잖아."

지로와 모모코는 그런 가스통이 있다는 것도 알지 못했다. 도쿄에서는 지하를 통해 가스가 들어왔었다.

지로는 당장 우물물을 길러 나갔다. 양동이를 우물에 던져 물을 채운 다음, 도르래에 걸린 줄을 당겼다. 물을 길어 올리면서도 전혀 실감이 나지 않았다. 어제까지의 일상과 격차가 너무나 심한 것이다.

부엌 옆의 목욕탕으로 물을 날랐다. 타일이 깔린 낡은 욕조는 바닥에 대나무 발이 깔려있었다. 다섯 번을 오락가락하니 벌써 온 몸이 땀범벅이었다. 하지만 채워진 물은 겨우 발목이나 잠길 정도였다. 대체 몇 번을 길어야 이 욕조를 다 채울까.

아버지는 집수리를 하고 남은 목재들을 도끼로 잘게 쪼개고 있었다. 앞으로는 아마 주변 나무들을 베어다 땔감을 만들어야 할 것이다.

우물 지붕에 매달린 램프 주위로 벌레들이 잔뜩 모여들었다. 한 번도 본 적이 없는 큼직한 나방도 있었다. 이 숲의 벌레들은 아마 몇 년 만에야 등불을 구경했을 것이다. 아주 미친 듯이 날뛰며 좋아라 춤을 추었다. 그런 느낌이 들었다.

스무 번가량을 오락가락하고 나니 팔 근육이 탱탱 부어 말을 듣지 않았다. 우물이 깊어서 오락가락하는 것보다 길어 올리기가 더 힘들었다.

"아버지, 이제 못하겠어." 불을 지피는 아버지에게 말했다.

"아직 무릎까지도 안 찼는데……."

"끈기로 버텨봐, 끈기로." 아버지는 돌아보지도 않고 거만하게 대꾸한다.

"그럼 아버지가 먼저 시범을 보이든지!"

아버지가 말없이 쏘아본다. "뭐, 됐다. 오늘은 그럼 등목으로 할까? 배꼽까지만 오면 충분하지."

"등목이라니?"

"요즘 애들은 여름의 낭만적인 풍물을 도통 모른단 말이야."

"그보다, 목욕할 때마다 물을 길어야 돼?"

"그렇게 기막히다는 표정으로 쳐다보지 마라. 내일이면 전동 펌프가 와. 그걸로 우리 집안은 문화생활을 할 수 있어."

"전기는?"

"발전기가 있시."

문화생활을 할 거면 전기부터 끌어와야지, 발전기는 시끄럽기만 하잖아. 그렇게 말대꾸가 터지려고 해서 입 꼬리를 아래로 잔뜩 늘어뜨렸다. 그 입가에 모기가 앉았다. 화들짝 놀라 털어내고 침을 퉤퉤 뱉는 것을 아버지가 실실 웃으며 쳐다보았다.

모기에 물려 팔에 해파리가 둥실둥실 뜬 듯한 흔적이 여기저기 생겼을 때쯤에야 가까스로 목욕물이 덥혀졌다. 아버지가 옷을 홀홀 벗고 욕실에 들어가더니 바가지로 더운 물을 떠다 어깨 위에서 쫘악 끼얹었다.

"이게 바로 등목이다. 옛날에는 큰 물통에다 했지."

그저 땀을 씻어내는 행위일 뿐이었다. 샤워를 발명한 서양인은 정말 위대하다고 생각했다.

아버지 다음에는 지로가 들어갔다. 그 사이에 아버지가 물을 길어 욕조에 채워주었다. 당연히 미지근해져서 장작불을 더 지폈고 그러다보니 점점 목욕탕다워졌다.

욕실에서 나오니 탈의실에 수건이 잔뜩 쌓여있었다. "어디서 났어?" 지로가 물었다.

"실은……." 아버지가 눈을 가늘게 뜨고 말했다. "상라 어른에게 빚을 지고 야반도주한 민박집이 있었거든. 덕분에 그 민박집 가재도구가 죄다 우리 것이 됐다."

흠, 그래서 이불이 몇 채나 따라왔구나. 다다미에 식기에 테이블까지.

"상라 할아버지는 간진 할아버지에게 그렇게 큰 은혜를 입었대?"

"나도 자세한 건 몰라. 당시 촌장이던 상라 어른의 아버지를 보호하다가 총을 맞았다나, 악덕 정치가를 칼로 찌르려다가 우익에게 저격을 당했다나, 뭐, 이런저런 설이 많거든. 상라 어른 하는 말씀이 요즘은 갈 때마다 다르니, 원."

"흠."

"그럼 간진 어른도 아카하치도, 이야기가 죄다 나중에 만들어진 거야."

"아버지도?"

"응, 그래. 아키라 아저씨나 형사들에게 무슨 소리를 들었는지 모르지만 아버지는 지극히 평범한 사람이다."

그 주장에는 전혀 동의할 수 없었다.

"인간이란 모두 전설을 원하지. 그런 전설을 믿으며 꿈을 꿔보는 거야."

지로는 말없이 고개를 끄덕였다. 대충 알 것도 같았다.

저녁밥이 차려져서 본채 쪽으로 들고 갔다. 그 사이에 어머니와 모모코가 함께 욕실에 들었다. 다다미방에 테이블을 펴고 접시들을 차려놓았다. 원래 유리를 끼웠던 본채의 문들은 모두 그물망 문으로 바뀌었다. 바람이 시원하게 드나들었다.

차가운 보리차를 마시고 싶다는 생각을 하다가 새삼 냉장고가 없다는 것을 깨달았다.

"냉장고는 없지?"

"없어."

"상당히 필요한 물건이라고 생각하는데?"

"견해차이로군. 나는 필요 없다."

"시원한 보리차, 마시고 싶지 않아?"

"큼직한 주전자에 보리차를 끓여서 끈을 매달아 우물물에 담가둬. 그러면 아주 시원하게 마실 수 있어."

지로가 한숨을 내쉬었다. 목욕한 뒤에 아이스크림도 못 먹고 빙수도 애초에 글렀다. 고기나 생선은 또 어떻게 할 것인가. 날마다 사러 다닐 건가.

"이 집, 지은 지 몇 년이나 됐어?"

"글쎄. 아마 백 년은 안 됐을 걸?"

"그럼, 사람이 살지 않은 건 몇 년?"

"마지막으로 탄광이 폐쇄된 게 1950년대고 그 뒤부터 이 지역이 시들해졌다고 하니까 마을에 인적이 끊긴 건 아마 30년이나 40년? 대충 그쯤 될 거다."

"가난한 동네였겠네."

"아냐, 돌담도 있고 지붕에 붉은 기와를 얹은 걸 보면 나름대로 풍족하게 살았을 걸?"

"그 사람들도 전기가 없었어?"

"글쎄, 어땠을까나. 전봇대가 가까운 길까지 와있는 걸 보면 사용했을지도 모르지만, 우리는 안 쓰기로 했다."

"왜?"

"전력회사는 레지스탕스의 적이야."

지로는 어깨를 떨구고 라후테를 집어 입에 넣었다.

오후 8시, 모모코와 어머니가 욕실에서 나오자 주변은 이윽고 어둠에 잠겼다. 집 안 어딘가에서 도마뱀붙이가 '꾜꾜꾜'하고 울었다. 램프를 한군데로 죄다 모았더니 방 안은 눈이 부실 정도였다.

"얻어온 물건 중에 분명 선풍기가 있었는데?" 어머니가 안쪽 방에서 선풍기를 들고 나오다가 콘센트가 없다는 게 생각났는지 문득 멈춰 섰다. 아무 말 없이 다시 치운다. 전기에 대해서는 어머니를 설득하는 게 나을 것 같았다.

네 식구가 모여서 저녁을 먹었다. 지로는 큰 접시의 볶음밥을 공기에 덜어 파워 쇼벨(power shovel)처럼 쓱쓱 해치웠다. 그나마 양이 많아서 쓸쓸한 마음은 없었다. 하지만 대화는 신이 나지 않았다. 무슨 말을 해야 좋을지 모르겠는 것이다.

"물동이 뚜껑이 있어야겠군. 내일 당장 만들어야지."

아버지가 야채 튀김을 입에 넣으며 말했다.

"그리고 국자도요. 한동안은 밥 공기로 퍼도 되지만."

어머니가 대꾸한다.

"배수구가 막혀서 그것도 다시 파야겠고."

"빨래하려면 큰 통이 필요해요. 빨랫비누도. 무공해 비누로."

둘이서만 이야기하고 있었다. 모모코는 별로 식욕이 나지 않는지 볶음밥 한 공기만 먹고는 그냥 앉아있있다.

아버지에게서도 어머니에게서도 학교 이야기는 나오지 않았다. 여름방학도 아닌데 평일에 학교에 가지 않고 집에 있으려니 왠지 죄책감이 느껴졌다.

"내일은 뭐해?" 모모코가 힘없는 목소리로 물었다.

"모모코는 집 안 청소를 도와줘. 기둥이랑 바닥을 싹싹 닦아내면 윤이 날 거야."

어머니의 말에 모모코는 "응"이라고 별로 내키지 않는 대답을 했다.

"차라리 대패질을 하는 게 더 빠를걸?" 지로가 헤살을 놓았다. "아니면 아예 페인트칠을 해버리든지."

"그래, 맞다, 페인트. 부엌에는 흰 페인트칠을 하고 싶은데, 여보, 좀 구해달라고 해요."

"알았어. 여기 잡화점에 한번 나가볼까?"

"여기, 서점은 있어?" 지로가 물었다.

"없어. 프라모델 가게도 없고, 다코야키 집도 스포츠용품점도 다 없어." 아버지가 무슨 경사라도 난 듯 늘어놓는다.

그때 바깥에서 자동차 엔진 소리가 들렸다. 헤드라이트 불빛이 숲을 비췄다. 누군가 찾아온 모양이었다. 그물망 너머로 가만히 내다보니 허름한 소형 트럭 한 대가 집 앞에 멈춰서고 야구모자를 쓴 할아버지 한 분이 내렸다.

"어랴랴, 정말로 이 집에 사람이 들었네?" 하며 괴상한 탄성을 올린다.

어머니가 일어나 그물망이 쳐진 문을 열고 마루로 나갔다.

"누구신지요?"

"댁들이 간진 어른의 이치문이오? 우에하라 씨라고 한다면서? 내, 얘기 들었소. 우리 섬에 살려고 온 거지? 우리 할멈이 참말인지 아닌지 좀 보고 오라고 해서 왔더니만…… 에구구, 아이들도 죄 데리고 왔고만." 집 안을 들여다본다.

"죄송합니다. 누구신지……?"

"아아, 나는 요다라고 하는 사람이오." 할아버지는 모자를 벗고 고개를 숙였다. "시라하마에서 물고기 잡아 먹고사는 사람이고만."

아버지가 일어섰다. 마루 끝에 나가서 "안녕하세요?" 하고 인사를 건넸다.

"댁이 이치루 씨? 역시 마이사이고만. 아, 마이사이란 건 몸집이 크다는 말이야. 허허, 이거 참 잘 왔네, 잘 왔어, 이리무티에."

아무래도 크게 환영한다는 얘기 같았다. 얼굴에 주름이 너무 많아서 표정을 읽어내기가 어려웠다.

아버지가 집 안으로 들어오시라고 권했다. 요다 씨는 별로 사양하는 기색도 없이 신발을 벗고 올라섰다. "저녁 먹던 중이었어? 그런 줄 알았으면 찬이라도 좀 가져올 걸. 내일은 구루쿤이라도 보내줘야겠네." 그러더니 헛기침을 하며 방바닥에 책상다리를 하고 앉았다.

"그러세요? 참 고마운 말씀이십니다."

어머니가 흐뭇한 듯 방석을 내고 차를 끓여왔다.

"우리 할멈이 상라 어른하고 사촌 간이거든. 이번에 도쿄에서 간진 어른의 이치문이 우리 섬으로 오게 되었으니 잘 부탁한다고 그 어른이 신신당부를 하시더만."

"이치문이란 건……?" 어머니가 물었다.

"아, 그건 일문, 일족이라는 뜻이여. 도쿄 사람에게는 되도록 이쪽 말은 쓰지 말아야겠네, 허허허." 요다 씨는 방 안을 둘러보더니 "램프를 오랜만에 보니 참말로 반갑네. 내가 어렸을 적에만 해도 이 근방이 죄다 촛불 아니면 램프를 썼거든" 이라며 싱글벙글 좋아했다.

"여보, 상라 어른이 주신 류큐 소주 있지? 그거 좀 내와요"라는 아버지. 요다 씨는 그 말에도 별로 사양하는 법 없이 "나는 냉수하고 반반으로 섞어주시오"라며 손을 내둘렀다.

"이치루 씨는 어업도 할 생각이라면서?"

"돈벌이라기보다 그저 우리 식구 먹을 만큼만 잡았으면 좋겠습니다."

"그렇고만. 당분간은 우리가 좀 나눠줄 테니 걱정 말어. 후나우키 사는 나카무라 씨네 어선을 양도받았다고 하던데, 그 배라면 시라하마에 묶어두면 될 것이고."

지로도 퍼뜩 생각이 났다. 아키라 아저씨가 주신 어선, 어서 구경하러 가야지.

"우리가 간간이 엔진을 돌리고 했으니까 녹은 안 슬었겠지만, 전기 쪽은 아무래도 미덥지 않으니까 내일이라도 나하고 한번 점검해볼까?"

"후나우키라는 데가 여기서 가까운가요?" 지로가 물었다.

"음, 가깝고말고. 시라하마에서 배로 십 분 정도만 가면 돼."

"저어, 이쪽은 저희 아들……."

어머니가 가족을 소개하려고 했다.

"다 들었어, 들었어. 요쪽은 지로고 요기는 모모코. 애 엄마는 사쿠라." 요다 씨는 한 사람씩 가리키며 누르스름한 이를 내보였다. "딸이 하나 더 있다고 들었는데?"

"요코라고 스물한 살 난 딸이 있는데, 도쿄에 남았습니다."

"흠, 그랬고만. 젊은 처녀야 도회지가 좋지, 암."

누나의 얼굴이 떠올랐다. 지금쯤 뭘 하고 있을까. 한참 나이 많은 남자와 정말 결혼하는 걸까.

"여기는 바다가 가까워도 참물이 나오니까 괜찮아. 전쟁 전에 이주해온 사람들은 죽을 둥 살 둥 우물을 파도 자꾸 소금물이 나는 통에 고생이 많았어."

요다 씨는 그런 이야기를 하며 소주 두 잔을 마셨다. 권하기도 전에 라후테를 집어다 먹기도 했다. 지로와 모모코에게는 자신을 할아버지라고 불러달라고 했다. "오키나와에서는 다들 그런다." 스스럼없이 허허 웃었다. 그러고 보니 이시가키 섬에서도 아이들은 노인에게는 모두 할아버지 할머니라고 불렀다.

오후 9시 반이 지났을 즈음에 "슬슬 가봐야겠네"라며 지리를 털고 일어서더니 "어디 보자, 안쪽은 어떻게 됐다냐?" 하고는 마음대로 집 안을 둘러보고 다녔다. 붙박이장까지 열어 보았다.

요다 할아버지는 남의 집도 별반 어려워하지 않는 사람인 것 같았다.

"우리 집에 재봉틀이 하나 있는데 내일 갖다줘야겠네. 우리 할멈은 이제 안 쓰거든."

"어머, 정말이세요?"

요다 할아버지의 말에 어머니의 눈이 반짝 빛났다.

"엄마, 우리 전기 없어." 지로가 작은 소리로 속삭였다.

"발로 구르는 재봉틀이라 전기가 없어도 괜찮아. 지루는 그런 건 본 적도 없지?"

요다 할아버지는 전기가 들어오지 않는다는데도 전혀 놀라는 기색도 없이 램프 갓을 손끝으로 톡톡 치고 있었다.

"어디 보자, 뭣이 필요하나. 휘발유에 장작에 모기향에……." 혼잣말처럼 중얼거렸다. "그렇지, 손수레도 있어야겠네." 마치 아들 일가를 맞아들이는 시골 아버님 같은 말투였다.

"내일은 할멈도 함께 올 거야." 요다 할아버지가 마루를 지나 밖으로 나섰다. 지로는 이곳에 와서 처음으로 깨달았다. 이 집에는 현관이 없다. 마루가 달린 동쪽과 남쪽은 누구라도 마음대로 드나들 수 있는 것이다.

"저런, 비가 오시누만"이라는 요다 할아버지.

밖은 추적추적 비가 내리고 있었다. 숲도 흔들렸다.

"비 새는 데가 있으면 나한테 말해. 내가 잘 아는 배 목수를 불러줄 테니까."

어머니는 자동차까지 배웅을 나가려다가 "아차, 우산이 없네"라고 중얼거렸다.

"아, 그러면 우산도 가져와야겠다."

그 말의 타이밍이 절묘해서 모두 함께 웃었다. 모모코도 웃는 얼굴을 보여서 지로는 한결 마음이 놓였다. 요다 할아버지가 와주지 않았다면 첫날밤은 훨씬 더 길었을 것이다.

38

 다음 날은 아침부터 햇볕이 쨍쨍 내리쬐는 날씨였다. 간밤에 내린 비는 흔적도 없이 사라져서 지면에는 진흙탕 하나 없었다. 물 빠짐이 좋은 땅인 모양이다.

 지로가 잠자리에서 일어났을 때, 아버지는 그새 우물물을 길어다 세 개의 물 항아리를 채우기에 바빴다. 티셔츠 속에서 근육이 약동하는 게 느껴졌다. 아버지는 역시 힘이 셌다. 대단하다는 생각이 들기도 했지만, 그보다는 당연하다는 마음이 더 강했다. 여기서도 데굴데굴 놀기만 한다면 분연히 항의할 참이었다.

 아침은 구루쿤이었다. "이거 어디서 났어?" 지로가 묻자 "아침에 부엌에 나가보니 있더라"라며 어머니가 입을 동그랗게 내밀었다.

 "틀림없이 요다 할아버지가 갖다 놓으셨을 거야. 세벽녘에 자동차 소리를 얼핏 들은 것 같아. 두부하고 달걀도 가져오셨고, 와, 우리 부자 됐다."

 어쩌면 그렇게 착한 사람이 있을까. 친 혈육도 아닌데······.

 된장국에는 두부가 잔뜩 들어갔다. 도쿄 두부와는 달리 맛이 진해서 배가 두둑해지는 느낌이었다. 구루쿤은 그새 가장 좋아하는 요리가 되었다. 등뼈만 남기고 머리와 꼬리까지 다 먹고 나자 어머니가 "참 잘했어요"라고 선생님 같은 칭찬을 했다.

 아침밥을 먹고 이를 닦으려다 칫솔과 치약이 없다는 것을 깨달았다.

"시장가기 전에 필요한 것들을 메모해야겠다"라는 어머니.

"시장에 가다니, 자전거로?" 지로가 물었다. 새로 생긴 가재도구 중에 자전거는 한 대밖에 없었다.

"응, 걸어서는 못 가."

"내 자전거도 있었으면 좋겠는데."

"그래. 싼 거 있으면 한 대 더 사야겠다."

"그런 건 네 손으로 만들어." 아버지가 말도 안 되는 소리를 했다. "자급자족이 우리의 목표야."

"그럼 칫솔도 만드시지, 왜?"

아버지가 흘깃 노려보았다.

"지로, 어제 베어놓은 풀 위에서 프로레슬링 한 판 할까?"

대답하기도 귀찮아서 그냥 무시해버렸다.

아버지는 칼로 대나무를 깎아 이쑤시개를 만들고 있었다. 무카이에게 받은 육군 나이프가 있는지라 지로도 그 곁에서 흉내를 내보았다.

그러고 보니 무카이랑 친구들에게 편지를 보내겠다고 약속했었다. 하지만 주소가 없으니 쓸 도리가 없다. 요다 할아버지에게 부탁해볼까. '요다 씨 전교'라고 하면 편지를 보낼 수 있을 것이다.

아침을 먹은 뒤에는 다른 폐가들을 보러나갔다. 집 안에 들어서자 어디랄 것도 없이 쉰 냄새가 코를 찔렀다. 가재도구를 대부분 남겨놓고 떠나서 집기며 옷가지들이 어지럽게 널려있었다.

들춰진 방바닥 밑에 신문지가 있어서 쪼그리고 앉아 살그머니 뽑아냈다. 날짜가 보였다. '1966년 6월 30일'이라고 적혀있었다. 정신이 아득할 만큼 먼 옛날이다.

비틀스가 일본을 방문했다는 큼직한 기사가 실려있었다. 이름은 한번쯤 들어본 적이 있는 가수였다. 무도관에서 공연을 한다고 적혀있었다. 물론 이리오모테 섬의 이 마을에서는 전혀 아무 관계도 없는 사건이었을 것이다.

"오빠." 모모코가 다가왔다. "나, 다시 돌아갈래." 금세 울 것 같은 목소리였다.

"어디로?"

"도쿄."

"도쿄 어디로? 나카노에는 이제 우리 집 없어."

"그럼 외갓집으로."

"이미 늦었어. 괜한 소리 하지 마."

"괜한 소리가 아냐. 이건 어린이의 권리에 관한 문제야."

"뭔 소리래? 누구한테 들었냐, 그런 말은?"

"교감 선생님. 아버지가 잡혀간 다음에 교무실에 불려갔을 때, 교육위원회 선생님하고 함께 그런 얘기를 하셨어. 아동상담소에 들어가는 건 어린이의 권리라고."

"그래? 그럼 나카노의 아동상담소쯤은 들어갈 수 있겠네. 구로키도 들락거리는 곳인데."

모모코는 한숨을 내쉬더니 지르퉁하게 팔짱을 꼈다.

"아침에 일어났더니 내 베개 옆에 도마뱀이 있더라니까." 입을 뾰족하게 내밀고 말했다.

"그건 도마뱀이 아니라 도마뱀붙이. 파리나 모기를 잡아먹으니까 해충을 없애주는 고마운 동물이야."

"이 근처에는 뱀도 득실득실할 거야."

"응, 아마 있겠지."

"오빠는 남자니까 괜찮지. 난 돌아다니기도 무섭다구."

지로는 일어서서 모모코를 정면으로 바라보았다.

"모모코, 일주일만 꾹 참아봐. 그 다음에도 싫다면, 오빠가 아버지랑 엄마에게 말해줄게."

"어떻게?"

"모두 돌아가는 게 안 된다면 우리 둘만이라도 외갓집으로 간다고 할 거야. 그것도 안 된다면 이시가키 섬의 상라 할아버지네 집에 하숙시켜달라고 하든가."

"……알았어. 이시가키 섬이라면 괜찮을지도……."

모모코의 등을 밀며 집으로 돌아왔다. 아버지가 웃통을 벗고 밭에서 괭이질을 하고 있었다.

진짜 무슨 바람이 불어서 저러는지. 어른이 일을 하는 건 당연한 일이건만 저도 모르게 존경의 시선으로 바라보고 만다.

그저 멀뚱멀뚱 바라보고 있기도 뭐해서 지로는 베어낸 풀들을 한곳에 모으는 작업을 했다. 모모코는 어머니를 도와 집 안 청소를 시작했다.

일을 하면 한 만큼 결과가 금세 눈에 보이기 때문에 뜻밖에도 일하는 보람이 컸다. 집 안은 한 번씩 돌아볼 때마다 새롭게 살아나는 것 같았다. 칙칙하던 기둥에는 벌써 윤기가 흘렀다.

사람이 그리웠는지 작은 새들도 와자하게 모여들었다. 지붕 위에 나란히 앉아 울어댔다. 이게 또 기막히게 멋진 풍경으로 보이니, 문제도 큰 문제였다. 그게 까마귀 떼였다면 미련 없이 떠날 결심을 했을 텐데…….

어제는 미처 알아보지 못했지만 지붕 네 군데에 개의 얼굴 같은 장식이 붙어있었다. 화등잔 같은 눈에 무섭게 이를 드러내고 있었다. 도쿄 인테리어 가게에 내다 팔면 꽤 인기가 있을 듯 싶게 예술성도 뛰어났다. 아버지에게 물어보니 '시사'라고 알려주었다. 오키나와의 전통적인 장식물인데 액막이 역할을 한단다. 우리 아버지 같은 사람이 사는 집에 악마 같은 게 쳐들이올 리도 없겠지만.

점심을 먹고 있으려니 요다 할아버지 아닌 또 다른 아저씨가 찾아왔다. "어라, 요다 영감님 말씀이 딱 맞네." 그런 감탄의 소리를 올리며 밭둑에 우뚝 서있었다.

이번 아저씨는 오지로(大城) 씨라고 했다. 쉰 살쯤 되었을까. 어깨 폭이 넓고 몸집이 탄탄한 아저씨였다. 오지로 씨는 자동차 대신 짐칸이 달린 경운기를 타고 왔다. 그리고 요다 할아버지와 마찬가지로 별반 사양하는 기색도 없이 집 안에 성큼 들어와 여기저기를 둘러보았다.

"나야 노상 바다에 나가 살지만 우리 집사람은 밭일도 제법 하니까 채소거리를 좀 나눠줄 거요. 언제든 말만 해. 우리 사위의 여동생네 남편이 상라 어른의 손자거든."

상당히 먼 친척이기는 해도 또 다시 상라 할아버지의 이름이 나오는 데는 놀랐다. 게다가 종이상자 한가득 감자며 대파, 당근을 공짜로 주셨다. 어머니가 반가워하며 고맙다는 인사를 드리자, 오지로 아저씨는 뭘 그리 고마울 게 있느냐는 표정으로 자기가 도리어 미안해서 어쩔 줄을 몰랐다.

한바탕 세상 돌아가는 이야기를 한 끝에, 오지로 아저씨는 밭에 나가서 아버지에게 밭일을 가르쳐주었다. 아버지가 얌전한 얼굴로 메모를 하는 모습에는 저절로 쓴웃음이 나왔다. 지로도 배워두고 싶어서 그 곁에서 이야기를 들었다. 이 지역이 언덕바지여서 밭농사를 하기에는 안성맞춤이라고 했다.

"자, 그럼 경운기는 놓고 갈 테니 좋을 대로 써." 오지로 아저씨가 말했다. 지로는 깜짝 놀랐다. 야채나 쌀과는 달리 경운기는 큰돈을 주고 사들인 물건이 아닌가.

"오래된 거라 창고에 묵혀뒀었는데 오늘 아침에 손질을 좀 했더니 털털털 움직이기에 가져와봤네."

오지로 아저씨는 전혀 생색내는 기색도 없이 아버지에게 운전하는 방법까지 알려주었다. 아버지는 아버지대로 별반 미안해하는 기색도 없이 이러니저러니 질문을 해댔다. 좀 더 고맙다는 인사치레를 해야지, 하고 오히려 지로가 속이 탔다.

야에야마 사람들은 사유재산이라는 의식이 희박한 걸까. 상라 할아버지와 아는 사람이라는 이유만으로 이것저것 주려고 한다.

오지로 아저씨는 한 시간쯤 머물다 걸어서 돌아갔다. 방금 받은 경운기로 태워다 드리겠다는 아버지의 말에 "큰길까지만 나가면 누구든 태워줄 사람이 있을 거야"라는 태평한 말을 남기고 큼직한 등을 구부정하게 숙인 채 걸어가셨다.

"사쿠라, 이거 타고 드라이브 겸 시장 보러 나갈까?"

"응, 가요, 갑시다."

부부간에 물색없이 좋아라 야단이었다. 아버지와 어머니는 경운기에 오르더니 요란한 엔진 소리를 울리며 언덕길을 내려갔다.

어쩔 수 없이 모모코와 둘이서 설거지를 했다. 아버지는 그렇다 치고, 요즘 들어 어머니까지 도무지 사식들을 돌보지 않는 것 같다. 걱정도 해주지 않는 것이다.

설거지를 마치자 할 일이 없어져서 지로는 마루방에 큰대자로 누웠다. 바람이 집 안을 가로질렀다. 여기서 살면 에어컨은 필요 없을 것 같았다. 있어봤자 전기가 없으니 쓰지도 못하겠지만.

모모코도 옆에 다가와 누웠다. "오빠, 5일로 해줄래?" 천장을 바라본 채 거만하게 말한다.

"뭘?"

"일주일만 꾹 참으라는 거, 좀 줄여줘."

"이미 정한 걸 왜 또 들먹여?"

"이거 혹시 무슨 장난 아닐까? 5일쯤 지나면 아버지랑 엄마가 '지금까지 전부 거짓말이었습니다' 하는 거 아냐?"

"바보. 비행기 값까지 내면서 누가 그런 장난을 치냐?"

모모코가 한숨을 내쉬었다. 방 안에서 바라본 푸른 하늘이 눈부셨다. 여름날 뭉게구름이 덩그러니 떠있었다. 매미가 시끄러울 만큼 울었다. 야이마 지역은 장마철이 언제부터 언제까지일까. 벌써 끝난 건가.

"모모코, 자전거 타고 섬 구경이나 할까?" 지로가 말했다.

"오빠가 나 태워줄 거야?"

"응, 그래."

"그럼 갈래."

샌들을 신고 밖으로 나섰다. 한 뿐인 자전거에 올라탔다. 모모코를 짐칸에 태우고 페달을 밟았다. 나사에 기름이 빠졌는지 저을 때마다 기어가 끼익끼익 소리를 냈다. 물론 변속기 같은 건 없었다.

터널 같은 숲길을 빠져나갔다. 이곳에 처음 오던 날보다 포장도로까지의 거리가 짧게 느껴졌다. 그리고 지금껏 알지 못했지만 바다가 몹시 가까웠다. 사탕수수밭 틈새로 푸른 바다가 내다보인 것이다.

기왕 나온 김에 바다 쪽을 향해 달렸다. 구불구불 구부러진 좁은 길을 올라가고 내려갔다. 평평한 길은 얼마 되지 않고 대부분이 언덕길이었다. 금세 숨이 찼다.

"모모코, 잠깐만 내려." 오르막길에서 헉헉거리며 말하자 모모코가 내려 뒤에서 밀어주었다. 그렇게 자그마한 해변으로 나갔다. 아무도 없는 바다였다.

"진짜 좋다, 여기." 지로가 말했다.

"응, 여기에 별장이 있으면 정말 좋겠어"라는 모모코. 섬에서의 초라한 생활을 되도록 인정하고 싶지 않은 모양이다.

멀리까지 물이 얕아서 해수욕도 얼마든지 가능할 것 같았다. 물결도 잔잔했다. 짐 속에 수영 팬티가 있었던가. 없다면 그냥 속옷만 입고 헤엄쳐도 된다. 조개도 캘 수 있는 모양이었다. 조개껍데기가 여기저기 널려있었다. 사람 주먹만큼 큼직한 조개도 눈에 띄었다. 이런 조용한 바닷가라면 도쿄에서는 당장 사람들이 몰려들었을 것이다. 우리끼리만 이렇게 멋진 곳을 독차지해도 괜찮을까. 왠지 미안한 마음까지 들었다.

십 분쯤 머물다 다시 자전거에 올라탔다. 이번에는 사람들이 있는 곳에 가보고 싶었다. 아저씨나 할아버지가 아닌 사람들이 보고 싶었다.

포장도로로 돌아와 자전거를 달렸다. 주변은 모조리 사탕수수밭이었다. 잎사귀가 바람에 휘날리며 사삭사삭 울었다.

"사탕수수, 먹을 수 있는 거야?" 뒤에 탄 모모코가 물었다.

"그야 먹을 수 있겠지. 안 그러면 농사를 왜 짓겠냐?"

"볶아서? 아니면 삶아서?"

"낸들 알겠냐."

농로에 트럭이 서있었다. 어떤 아저씨가 앉아서 담배를 피우고 있었다. 눈이 마주쳐서 가볍게 인사를 건넸다. "어이, 잠깐!" 하고 말을 붙여온다. 자전거를 세웠다.

"우에하라 씨네 애들이지? 오늘 밤에 소주 가지고 너희 집에 가마." 묘한 억양으로 그런 말을 했다. 사정이 어떻게 될지 몰라 그냥 애매하게 고개를 끄덕여두었다. 어떻게 우리를 알고 있는지, 이제 더 이상 궁금하지도 않았다. 요다 할아버지나 오지로 아저씨가 이야기한 모양이지 뭐.

다시 페달을 저었다. 사탕수수밭을 빠져나가서야 겨우 띄엄띄엄 민가가 보였다. 어디나 하얀 콘크리트 건물이었다. 빨래들이 펄럭이는 것을 보니 왠지 반가웠다. 사람이 살아가는 냄새는 역시 좋다.

마당에 나와 있던 아주머니와 눈이 마주쳤다. 누구네 집 아이인가 하고 호기심 어린 눈초리로 바라본다. 어제 이사를 왔으니 아직 온 마을 사람이 다 아는 건 아닌 모양이었다.

좀 더 넓은 도로가 나왔다. 그래봤자 2차선이었다. 분명 이게 현도(縣道)일 것이다. 자동차가 전혀 없어서 마음 놓고 길 한 가운데를 내달렸다. 자꾸자꾸 속력이 붙었다. "야호!" 지로는 자포자기에 빠진 놈처럼 마구 고함을 내질렀다. 모모코가 등에 찰싹 달라붙었다. 그나저나 자동차가 한 대도 보이지 않다니, 대체 어떻게 된 섬인가. 장애물이 전혀 없는 도로에서 자전거를 타보는 건 그야말로 생애 첫 경험이었다.

십여 분 달리다 멀리서 아버지와 어머니를 발견했다. 마침 넓은 도로에서 옆길로 굽어드는 참이었다. 아직 이쪽을 알아보지 못한 것 같았다.

"둘이 자알 논다." 모모코가 툭 내뱉듯이 말했다. 지로도 짐칸에 탄 어머니가 너무도 즐거워 보여서 자신들만 버림받은 듯한 느낌이 들었다.

그럭저럭 달리다 보니 마침내 작은 마을이 나타났다. 십여 채 남짓 되는 것 같았다. 버스 정류장 표지판도 서있었다. 그 바로 뒤에 상점 간판이 보였다. '히라라 스토어'라고 적혀있었다.

"가게가 있어!" 모모코가 신이 난 목소리로 말했다. "오빠, 돈 있어?"

"5백 엔 정도는 있지."

"과자 먹고 싶어."

지로도 달콤한 것이 먹고 싶었던 참이라 들어가 보기로 했다. 자전거를 세워놓고 유리문 너머로 가게 안을 살폈다. 인기척이 없었다. 식료품 가게인가 했더니 옷이며 잡지도 있었다.

선뜻 들어서기가 어려웠지만 용기를 내어 문을 열었다. 아무도 내다보지 않는다. 과자 매장은 선반 한 칸도 안 되었다. 스낵과 초콜릿이 두어 종류씩 놓였을 뿐이다. 아이스크림 케이스가 있긴 했지만 그 안에는 고기가 함께 들어있었다. 가게 안이 어둑하고 전체적으로 썰렁한 분위기였다. 모모코가 만화 잡지를 발견하고 집어 들었다. "이거, 지난 호야." 소리 죽여 말한다. 분명 도쿄보다 발매일이 늦는 것이리라.

"여기서는 공짜 책 구경은 못하겠다."

"그래, 어지간히 낯 두꺼운 애가 아니고서는."

학교에서 돌아오는 길에 '만다라케(일본의 만화 전문점 – 역주)'에 들러 공짜로 실컷 책을 구경했던 나날들이 벌써 머나먼 옛날 일만 같았다.

아이스캔디와 초콜릿을 골라 계산대로 갔다. 가게 안쪽을 향해 "계세요?" 하고 불렀다. 발소리가 나더니 가무잡잡한 아주머니가 나왔다. 신기한 듯 지로와 모모코를 바라본다. "너희, 어느 집 애들이냐?"라고 앞치마에 손을 닦으며 물었다.

얼른 대답이 나오지 않았다. 도쿄에서 온 애라고 할 수도 없고. 잠시 얼굴을 찬찬히 쳐다본다.

"아, 알겠네. 조금 전에 왔던 우에하라 씨네 아이들이구나. 닮았네, 닮았어." 아주머니는 자기 혼자 알아보고 웃어가며 계산대로 돌아 들어갔다. "페인트에 시멘트에, 이것저것 사 가셨어."

"아, 예……."

"소나이(祖納) 저 너머에서 살지? 옛날에 하테루마 이주자들이 살았던 곳."

알아듣지 못할 말이어서 그냥 아무 말 않고 있었다.

"거기서는 학교가 꽤 멀겠다. 너희, 파이카지 초등학교에 다니게 될 텐데. 지금 다섯 명이니까 한꺼번에 둘씩이나 들어오면 다들 굉장히 좋아할 거야."

아주머니가 혼자서 말하고 있었다. 시시콜콜 캐물을까 봐 얼른 돈을 내고 가게를 나왔다.

"다섯 명이라니, 학생 수가?" 라는 모모코.

"그런 거 같은데?"

"어휴, 말도 안 돼." 어처구니없다는 듯 코에 주름을 잡는다.

"다닐지 말지도 아직 모르는데, 뭐." 지로의 말에 모모코는 낮게 한숨을 내쉬었다.

아이스캔디를 먹으며 자전거를 몰았다. 딱히 갈 곳은 없었지만 집에 돌아가봤자 집안일 거들라는 소리가 기다릴 뿐이었다.

단조로운 넓은 도로에 싫증이 나서 옆길로 들어갔다. 다시 사탕수수밭이 펼쳐졌다. 태양이 여지없이 내리쬐어 살갗이 지글지글 타는 것 같았다. 앞으로 며칠만 있으면 자신도 새까맣게 그을릴 것이다. 지로는 반바지가 있었으면 싶었다. 5학년에 올라온 뒤로는 여름에도 내내 긴 바지만 입었다.

그때 멀리서 차임벨이 울렸다. 귀에 익은 학교 차임벨이었다.

모모코가 펄쩍 튕기듯이 지로의 티셔츠를 움켜쥐었다. 지로는 저도 모르게 핸들에서 엉덩이를 쳐들고 사탕수수밭 너머를 내다보았다. 하지만 사탕수수 키가 너무 커서 푸른 하늘밖에 보이지 않았다. 대충 어림짐작으로 차임벨 소리가 난 쪽을 향해 자전거를 몰았다. 몸이 저절로 그쪽으로 자꾸 움직였다.

모모코가 조용했다. 어쩐지 그 마음속을 알 것 같았다. 또래 아이들을 만나고 싶은 마음, 그리고 막상 만났을 때의 불안감이 반반일 것이다. 지로 역시 페달을 밟는 발에 과감성이 없었다.

농로 사거리에서 시야가 활짝 열렸다. 바다 반대 방향의 막다른 곳에 콘크리트 이층건물이 보였다. 틀림없이 학교 건물이었다. 앞쪽에는 교문도 있었다.

"어쩔래?" 지로의 물음에 모모코는 대답하지 않았다. "잠깐 들여다볼까?"

"괜찮긴 한데······." 불안한 목소리였다.

천천히 다가갔다. 교문의 글씨가 보였다. '남풍(南風) 초등학교'라고 적혀있었다. 아까 아주머니는 '파이카지 초등학교'라고 했었다. 이 한자를 이곳에서는 '파이카지'라고 읽는 걸까.

교정에 사람은 보이지 않았다. 수업중이니 당연하다.

"지금 몇 교시일까?"라는 모모코.

"글쎄, 4교시쯤?"

학교에서 십여 미터 떨어진 곳에 자전거를 세워놓고 둘이 교문 앞까지 걸어갔다. 주변에 민가는 없고 목조 건물의 소방차 차고가 있을 뿐이었다. 모모코는 지로의 등 뒤에 숨듯이 따라왔다. 교문에 다다르자 그 그늘 뒤에 숨었다. 얼굴만 내밀고 조심스럽게 안쪽을 살펴보았다. 운동장에는 온통 잔디가 깔려있었다. 그것도 짙푸른 잔디였다.

"저기서 뛰어다녀도 돼?" 모모코가 속닥였다.

"그야 괜찮겠지, 운동장인데."

"넘어져도 안 다치겠다."

"응, 정말."

준이나 무카이에게 알려주고 싶었다. 이쪽 초등학교는 운동장이 클레이 코트도 아니고 흙도 아니고 잔디야, 잔디!

학생 수가 다섯 명이라더니 체육관도 있었다. 게다가 이층건물이니까 적어도 교실이 열 칸은 될 것이다. 아마 어떤 활동을 하건 이 학교에서는 장소를 가리거나 순서를 기다리는 일은 없을 것이다.

"누구 온다!" 모모코가 낮은 소리로 부르짖었다. 자갈 밟는 소리가 들리더니 교사 뒤편에서 원예용 삽과 물뿌리개를 든 여자애가 나타났다. 지로와 모모코는 서둘러 몸을 감추었다. 하지만 그런 움직임을 이미 알아챘는지 여자애는 그 자리에 멈칫 서버렸다.

"히익, 들켰다." 지로가 교문에 바짝 붙어 선 채 말했다.

"몇 학년?"

"내가 어떻게 알아? 아무튼 여학생이야, 여학생."

모모코가 무방비로 얼굴을 내민다. "큰일 났어, 우리를 쳐다봐." 전혀 큰일 났다는 말투가 아니었다.

다시 여자애가 걸어오는 소리가 들렸다. 그 소리가 서서히 다가오더니 다시 멈추었을 때는 지로와 모모코 옆 5미터쯤 떨어진 곳까지 와있었다. 하얀 티셔츠, 청색 반바지, 핑크색 운동화, 머리에는 같은 색깔의 리본을 꽂은 5, 6학년 정도로 보이는 여자애였다.

"시라하마 초등학교 애들이니? 아니지? 못 보던 얼굴인데? 전학생이니?"

리본을 단 여자애가 입을 열었다. 리코더의 음색을 연상시키는 목소리였다. 얼굴은 까무잡잡했지만 어딘가 세련된 분위기였다.

"아니야?" 의아한 듯 지로와 모모코를 번갈아 쳐다본다. "여행길? 하지만 이 근처는 펜션 같은 것도 없는데?" 어른 같은 말투였다.

"무슨 상관이야?" 지로가 거만하게 대꾸했다. 건방진 여자애라는 생각이 들었던 것이다.

"상관이라기보다…… 아, 그럼 도쿄에서? 역시 여행길이구나?"

"뭐든 네가 무슨 상관이야?"

"오늘, 학교 쉬는 날이니?"

"상관 말라니까."

"아니, 너 말고 이쪽 여자애한테 물어본 거야. 오늘 학교 쉬어?" 지로에게는 새침한 얼굴을 짓더니 모모코를 향해서는 생긋 미소를 지었다.

모모코가 어떻게 대답해야 할지 몰라 고개만 옆으로 저었다. 리본을 단 여자애는 외국인처럼 어깨를 으쓱 쳐들더니 "하긴 나하고는 상관없지만" 하며 하늘을 올려다보았다.

"저쪽 가게 아주머니가 학생 수가 다섯 명이라던데, 그거 정말이야?" 모모코가 물었다. 그것도 대단히 우호적인 몸짓으로.

"응, 그래. 1학년 한 명, 3학년 두 명, 4학년 한 명, 그리고 6학년 한 명."

그럼 이 여자애는 6학년이겠구나, 하고 지로는 생각했다. 자신과 똑같은 학년이었다.

"참고로 말하자면 그 다섯 명 중 세 명은 선생님 자녀들이야."

"설마. 말도 안 돼"라는 모모코. 하지만 학교를 얕잡아보는 기색은 아니었다.

"시라이(白井), 뭐하니?"

그때 또 다른 목소리가 들렸다. 어른의 목소리, 선생님이었다. 돌아보니 미나미 선생님과 비슷한 나이 또래로 보이는 여자가 이쪽으로 걸어오고 있었다.

"비료, 화단까지 다 날랐어?"

그렇게 말하다가 지로와 모모코를 알아보았다.

"누구야? 어느 학교 학생?"

"여행 왔나 봐요." 리본을 단 여자애가 말했다.

선생님은 지로와 모모코를 발끝에서 머리끝까지 살피더니 의심의 눈초리로 "부모님은?"이라며 얼굴을 찬찬히 쳐다보았다. 지로의 티셔츠는 아침에 작업을 해서 여기저기 흙이 묻어있었다. 모모코도 바캉스에 나선 아이라고 하기 어려운 차림새였다. 첫째로 지로는 얼굴이 잔뜩 굳어있었다. 모모코가 불안한 듯 그 얼굴을 올려다보았다.

지로는 고개를 홱 돌리고 모모코의 팔을 잡아끌며 걸음을 옮겼다. "애들아, 잠깐만!" 등 뒤에서 그런 소리가 들려왔지만 무시하고 잰걸음으로 자전거 있는 쪽으로 갔다.

"얘, 이 섬에 사는 애들이니? 선생님은 본 적이 없는데?"

대꾸하지 않고 자전거에 올라앉아 페달을 밟았다. 왔던 길을 전속력으로 달렸다.

모모코는 입을 꾹 다물고 지로의 옷자락을 움켜쥐고 있었다. 지로와는 달리, 그 자리를 그렇게 얼른 떠나고 싶지는 않았던 모양이다.

39

밤이 되자 다시 사람들이 모여들었다. 요다 할아버지와 오지로 아저씨, 그리고 그 부인들. 아버지 또래의 아저씨와 아주머니도 찾아왔다. 모두 합해 스무 명은 되었다. 다들 이리오모테 섬 출신이고 상라 할아버지와 어떤 식으로든 인연이 닿는 사람들이었다. 저마다 술이며 음식을 들고 와서 남의 집이건 말건 마음대로 잔치판을 벌였다.

집 안에는 다 들어올 수 없어서 마루 앞에 테이블과 의자를 놓고 가든파티를 하는 이들도 있었다. 그 테이블과 의자는 누군가 들고 온 것이었는데 "우리는 통 안 쓰니까 여기 놓고 가야겠네"라고 했다. 그 밖에도 가구와 농기구, 의류 같은 기부 물품이 들어왔다. 자전거가 한 대 더 늘어난 것은 정말 고마웠다. 게다가 모모코가 탈 수 있는 미니 사이클이었다. 지로가 섬사람들의 넉넉한 인심에 놀란 표정을 짓자 요다 할아버지가 "이쪽 사람들은 '유이마~루' 거든"이라고 알려주셨다. '유이마~루'라는 건 서로 품앗이로 도와가며 살아가는 예전부터의 풍습을 가리키는 말이라고 했다. 요다 할아버지가 어렸을 때는 집도 섬사람들이 모두 힘을 합해 지었다고 한다. 그 말을 듣고, 야에야마 땅에 온 뒤로 사람들이 귀찮을 만큼 친절하게 대해주던 것이 비로소 이해가 되었다. 이곳이라면 돈이 없어도 얼마든지 살아갈 수 있는 것이다.

섬사람들은 남의 집을 내 집처럼 드나들었다. 어머니에게 미리 양해도 구하지 않고 부엌을 마음대로 사용했고 "아, 달걀이 있네" 하며 멋대로 톡 깨서 요리를 했다. 그런 스스럼없는 행동이 적잖이 거슬리기도 했었는데, 그것도 '유이마~루'라고 하면 금세 이해가 되었다. 한마디로 사유재산이라는 의식이 별로 없는 것이다. 모든 물건이 섬사람 모두의 것이었다.

그래서 그런지 어머니도 손님을 집에 초대했다는 긴장감이 없어서 일일이 음식 접시를 내놓고 거두고 하지 않았다. 거실에 나란히 앉아 아주머니들과 신나게 이야기를 할 뿐이었다.

"무 하나에 3백 엔이라고 해서 정말 놀랐어요."

"이 섬에서 재배하지 못하는 건 죄다 운반비가 드니까 비싸."

"자꾸 사들일 거 없어. 가만히 있으면 어디서든 들어와."

분명 맞는 말이었다. 우선 이 집 안의 모든 물건이 그랬다.

그날 밤에 특히 신기했던 것은 집에 전기가 들어오지 않는다는데 어느 누구도 신경을 쓰지 않는 점이었다. 모두들 "아, 그래?" 그 한마디로 끝이었다.

"내가 어렸을 때는 집집마다 램프였어."

"맞아, 맞아. 꼬맹이들은 손이 작아서 램프 안에 손이 쏙 들어가니까 아예 도맡아서 그을음 청소를 했었지."

"그렇지, 나도 많이 해봤네."

옛날 얘기로 한참 흥이 나 있었다.

하지만 지로와 모모코의 학교문제에 대해서는 깜짝 놀라는 사람들이 많았다. 소주로 눈가가 불콰해진 아버지가 "학교 같은 데 보낼 생각은 없습니다" 하고 딱 잘라 선언을 했기 때문이다.

"허어, 그야 뭐 자유라고 하면 자유지만서도……."

"그래도 애들은 같이 놀 친구가 있어야 좋을 텐데?"

"하긴 나도 안 다녔어. 애초에 이 동네에는 학교도 없었다고."

"이 사람이, 그거야 전쟁 나기 전의 이야기지. 지금은 어떤 지역에나 번듯한 초등학교가 있는데 뭘."

지로와 모모코가 시선을 한 몸에 받는 처지가 되었다.

"지로, 너는 어떻게 생각하냐?" 한 아저씨가 물었다.

"그냥 되는 대로요." 지로는 우물우물 대답했다. 머릿속에는 낮에 보았던 광경이 떠올랐다. 잔디가 깔린 교정, 꽃이 핀 화단, 건방지기는 하지만 조금은 귀여운 같은 학년의 여자애. 아니, 조금이 아니라 상당히 귀여웠다.

"저는 다니고 싶어요." 모모코는 용감하게 말했다. 어머니가 쓴웃음을 지으며 눈으로 무언가 말을 건네왔다. 그런 얘기는 이 자리에서는 대충 넘어가, 그런 신호인 것 같았다.

"모모코, 국가 교육이라는 건 애초에 잘못되었어. 미국을 좀 봐라. 세계 곳곳에서 전쟁을 벌여 죄 없는 민중을 죽이고, 그러면서도 자기들만이 정의라고 하고 있잖아. 그거야말로 국가적인 사상 교육의 결과야. 일본은 그런 미국의 앞잡이 격이라고."

오래간만에 아버지의 연설이 시작되었다. 섬사람들은 신기한 이야기라는 듯 큰 관심을 갖고 귀를 기울였다. 모모코는 그런 아버지를 무시하고 자리에서 발딱 일어서더니 안쪽 방으로 달아나 버렸다. 창고로 쓰는 방이라 아무도 없었다. 지로도 램프를 들고 그 뒤를 따라갔다.

"이건 역시 인권의 문제야." 모모코가 그렇게 말하며 높직하게 쌓인 이불에 다이빙을 했다.

"상대하지 마. 아버지가 하는 말은 전부 다 진심인지 아닌지도 모를 소리들이니까." 램프를 천장에 매달고, 모모코를 달랬다.

"하지만 이런 곳까지 이사 온 것부터가 진심이라는 증거야."

"엄마가 어떻게든 해줄 거야. 아무튼 일주일만 기다려봐."

모모코는 잠시 이불에 얼굴을 묻고 있더니 "파이카지 초등학교, 생각보다 좋은 곳일지도 몰라" 하고 중얼거렸다.

"너무 멀어. 집에서 3킬로미터는 될 걸?" 아무래도 어렵겠다는 쪽으로 말을 하면서도 지로 역시 모모코와 똑같은 심정이었다.

"그 언니 6학년인 거 같던데, 정말 예쁘더라."

"그래?" 별 관심 없는 척 했다.

"오빠가 좋아하는 타입이지?"

"전혀. 그런 건방진 여자애를 누가?"

모모코가 빤히 다 안다는 듯 냉소를 흘리는지라 지로는 베개를 슬쩍 내던졌다.

"도쿄 언니였어. 말씨도 이쪽 말씨가 아니고."

"아, 그러고 보니 정말……." 지로는 미처 알아차리지 못했었다. 맑은 목소리가 되살아났다. 그렇다면 그 여자애도 전학을 온 것일까.

"오빠, 내일도 가볼까?"

"나야 괜찮지. 근데 수업중에는 가봐야 별 볼일도 없어. 자칫하면 선생님한테 또 들킬 거고."

"들키면 어때? 학교 땡땡이 친 것도 아닌데."

모모코는 아예 작정을 한 모양이었다.

지로는 코로 한숨을 내쉬고, 이불 산을 무너뜨려 그 위에 드러누웠다. 바깥에서는 마침내 아저씨 아주머니들이 노래를 시작했다. 도마뱀붙이가 거기에 맞추어 '꾜꾜꾜' 하고 울었다. 눈을 감고 듣고 있으려니 슬슬 졸음이 덮쳐왔다.

다음 날은 아침부터 넷이서 배를 보러 나갔다. 아키라 아저씨에게 물려받은 어선을 마침내 바다에 띄우게 된 것이다. 경운기 짐칸에 타고 시라하마 항으로 나갔더니 요다 할아버지와 오지로 아저씨가 기다리고 있었다. 두 분이 배 조종하는 것을 알려줄 모양이었다.

"3년씩이나 묶어두기만 해서 배도 어지간히 화딱지가 났을 거야. 엔진은 문제없이 돌아가겠지만 문제는 선체야, 선체."

오지로 아저씨는 유난히 높직한 목소리로 말하고는 고개를 좌우로 돌려 우드득 소리를 냈다. 새삼 바라보니 팔뚝은 통나무처럼 굵고 그야말로 바다 사나이 같은 분위기였다.

요다 할아버지의 배를 타고 후나우키를 향해 나아갔다. "요쪽 섬이 우치바나리 섬(內離島)이고 저쪽은 소토바나리 섬(外離島)이고……." 오지로 아저씨가 가르쳐주었다. 옛날에는 그곳에도 탄광이 있었다고 한다.

"내가 태어나기 훨씬 전이지만, 시라하마하고 이 두 개의 섬에만 3천 명은 살았다더라. 학교도 원래는 광산 회사가 세운 사립학교였어."

예전에 탄광이었다는 동산 같은 섬은 이제 무인도가 되어 쨍쨍 내리쬐는 태양빛에 짙은 녹음을 싱싱하게 반짝이고 있었다. 자연은 인간 따위는 필요로 하지 않는 것이다.

앞바다를 이십여 분쯤 달려서 후나우키에 도착했다. 민가가 보이기는 했지만 시라하마보다 더 작은 마을이었다. 부교에 뛰어올라 상륙했다. "저거, 저거야" 하고 오지로 아저씨가 가리키는 쪽을 바라보니 한 척의 선박이 콘크리트 경사면에 인양되어 있었다. 하얀 배였다. 더러워지기는 했지만 그다지 낡았다는 느낌은 들지 않았다. 무엇보다 뱃머리가 불끈 위를 향하고 있는 게 좋았다. 아키라 아저씨의 배였다.

저도 모르게 마구 달려갔다. 가까이 다가가자 더욱 큼직하게 보였다. 저절로 손이 나가서 인사라도 하듯 선체를 펑펑 쳤다.

배 밑바닥에는 조개 같은 것이 잔뜩 붙어 있었다. 이끼도 빽빽하게 끼었다. 스크루에는 해초가 엉켜있었다. 당장 싹싹 닦아주고 싶었다. 칠이 벗겨진 곳은 새로 페인트칠을 해주고 '타루마루'라고 적혀있는 배 이름도 '지루마루'라고 새로 써넣어야 하리라.

"히야, 이게 타루마루야? 이제부터 우리 배구나." 아버지가 팔짱을 끼고 서서 기쁜 듯이 말했다.

"이건 내 거야. 아키라 아저씨가 나한테 줬어!"

지로가 불끈해서 말대꾸를 했다. 얼렁뚱땅 넘어갔다가는 정말 아버지한테 빼앗길 수도 있다. "흥!" 아버지가 코웃음을 치며 웃었다. "그럼 네가 조종할 수 있을 때까지 나한테 렌트해줘. 렌트비는 아버지하고 프로레슬링 시합 티켓."

"필요 없어, 그딴 거."

개 한 마리가 터벅터벅 다가왔다. 목줄이 채워진 걸 보면 어느 집에선가 기르는 개였다. 새로 찾아온 이들의 냄새를 한 사람씩 돌아가며 맡아보더니 다시 멀어져갔다. 이어서 염소가 찾아왔다. '메에에' 하고 울면서 좀 떨어진 곳에서 쳐다보고 있었다. 세 번째로는 지팡이를 짚은 할아버지가 나타났다. 지로 바로 곁에까지 다가와서 "아키라냐? 많이 컸고나"라며 얼굴이 쭈글쭈글해지도록 웃었다.

"무슨 말씀이시랴? 나카무라 씨네 아들은 진즉에 다 커서 지금 형무소에 있어요. 얘는 지루예요, 지루. 아키라가 배를 물려준 아이예요." 오지로 아저씨가 쓴웃음을 지으며 말하고는 "살짝 노망이 나셔서 그런다"라고 지로에게 윙크를 했다.

이것으로 후나우키의 환영식이 끝났구나 싶었다.

지로와 모모코와 어머니, 셋이서 요다 할아버지가 준비한 솔을 들고 배 밑바닥을 박박 문질러 씻어냈다. 아버지는 오지로 아저씨와 배에 올라가 엔진을 점검했다.

"이 배 타고 멀리멀리 가보고 싶다." 어머니가 솔질을 하며 장난처럼 말했다.

"벌써 충분히 멀리 왔네요." 지로가 어이가 없어 미간에 주름을 잡았다. 어머니가 대체 이렇게 된 걸까. 아버지의 무모한 짓들을 말리려고도 하지 않는다.

굴 딱지를 떼어내고 이끼라고 생각했던 해조류를 긁어내고, 마침내 바다에 띄우게 되었다. 우선 아버지와 오지로 아저씨만 배에 탔다. 요다 할아버지가 자기 배로 먼저 바다에 나가서 로프를 던졌다. 그것을 지로가 잡아서 갑판의 오지로 아저씨에게 건네주었다. "좋았어. 천천히 나가보자고!" 오지로 아저씨가 외치자, 다시 개와 염소와 할아버지가 구경을 하러 나왔다. 그 밖에 사람은 없는 걸까.

나무 버팀목이 치워지고 새로 태어난 지루마루가 휘청 기울었다. 그대로 배 밑바닥을 쓸며 선더버드 호처럼 용감하게 바다로 들어갔다. 콘크리트 벼랑 끝에서 철푸덩 바다로 크게 흔들리며 뛰어든 것이다. 마치 살아있는 생물 같았다. 배가 기뻐하는 기척이 느껴졌다.

"우리 아키라가 역시 어부가 되는고나. 그게 좋지, 암암."

뒤에서 할아버지가 눈을 반달처럼 뜨고 웃으며 말했다. 상라 할아버지는 지로를 아버지로 착각하더니 이 할아버지는 아키라 아저씨로 착각하고 있었다. 하지만 그리 기분이 나쁘지는 않았다. 그만큼 어른으로 봐준 것이다.

"나도 빨리 태워줘." 모모코가 외쳤다.

"여기저기 점검을 해야 하니까 잠깐만 더 기다려라. 가라앉았다가는 애들은 도망을 못 나와."

오지로 아저씨가 수건을 머리에 두르고 기계실에 얼굴을 들이밀었다. 아버지가 조타실 의자에 앉아 오지로 아저씨의 지시대로 시동을 걸었다.

우우우웅. 영락없이 겁 많은 개의 울음소리였다. "괜찮네, 배터리도 플러그도 멀쩡하고만"이라는 오지로 아저씨. 두세 번 시험해본 참에 검은 연기가 기계실에서 솟구쳐 올랐다. 동시에 판자를 와자작 깨는 듯한 강렬한 엔진 소리가 푸른 하늘에 울려 퍼졌다.

"걸렸네, 걸렸어." 그을음으로 얼굴이 새까매진 오지로 아저씨가 벌떡 일어섰다. "어이, 걸렸다!" 지로 일행을 향해 주먹을 불끈 쳐들어 보였다.

그 얼굴이 우스워서 셋이서 웃었다. 이와 눈만 하얀 것이다.

아버지는 정말 배를 조종해본 경험이 있는지 금세 하얀 파도를 일으키며 바다로 나아갔다. 모모코는 눈이 휘둥그레졌다.

"아버지가 배 운전도 할 줄 알아?"

"쿠바에서 카스트로에게 배를 선물 받은 적이 있대."

"카스트로?"

"응, 혁명가야."

옆에서 듣고 있던 어머니가 푸웃 웃음을 터뜨렸다.

일단 배가 움직이는 것을 보자 요다 할아버지는 먼저 이리오모테 섬으로 돌아갔고, 아버지와 오지로 아저씨 둘이서만 연습 운전을 시작했다. 지루마루가 앞바다에서 8자를 그리며 선회한다. 불안정하게 요란하던 엔진 소리가 서서히 침착해졌다. 귀에 거슬리던 소음이 사라지고 맑은 소리가 나는 것이다. 몇 차례 정지했고 그때마다 배의 여기저기를 체크했다. 이윽고 배가 나아가는 모양새까지 매끄러워졌다. 날뛰던 거친 말이 기수가 타이르는 대로 얌전히 말을 듣게 된 듯한 느낌이었다.

이십여 분쯤 그런 준비운동을 마치고 부교로 돌아왔다. 배를 해안에 대는 데는 좀 더 세심한 조절이 필요한지 오지로 아저씨가 곁에 바짝 붙어 서서 조종법을 가르쳐주었다. 쿠션 역할을 하는 타이어에 선체를 맞대면서 그럭저럭 배가 해안에 닿았다.

"15년 만에 해보는 것이라더니 대단하네. 역시나 몸으로 배운 건 그리 간단히 잊어버리지 않는 법이고만."

오지로 아저씨가 아버지를 칭찬했다. 아버지는 슬며시 웃기는 했지만 얼굴이 온통 땀투성이였다.

"키에 이상한 버릇이 붙어있지만 쓰다보면 차차 나아질 거야. 우선은 성공적이네. 이제 무선만 수리하면 되겠어. 그건 부품이 도착하는 대로 하자고."

여기저기 그을음이 묻은 얼굴로 배를 탕탕 쳤다.

드디어 지로 일행도 배에 올랐다. 어머니는 처음부터 벌벌 떨며 붙잡을 데를 찾고 있었다. 갑판에 아이스박스가 있고 그 안에는 그물이 들어있었다. 이 배가 어선이라는 것을 지로는 새삼 깨달았다.

당장 출발했다. 기왕 탔으니 경치 좋은 뱃머리 쪽으로 나가 남쪽 바다의 바람을 마음껏 맞았다. 바다가 잔잔해서 별 흔들림 없이 쑥쑥 나아갔다. 오른편에서 우치바나리 섬(內離島)과 소토바나리 섬(外離島)이 나란히 바라보고 있었다. 엔진 소리에 놀란 새들이 그 섬 위로 일제히 날아올랐다. 작은 정글이 머릿속에 그려졌다. 저곳이 예전에는 탄광으로 번창했었다니, 도저히 믿어지지 않았다. 이제는 야생 수목이 인간의 출입을 완강히 거부하는 것 같았다.

앞바다를 빠져나와 바깥 바다로 나섰다. 일대가 온통 넓디넓은 바다, 마주치는 배도 없었다. 저도 모르게 두 팔을 높이 쳐들었다. 배는 자유로워서 좋았다. 어디에라도 갈 수 있으니.

어서 내 손으로 조종할 수 있었으면 좋겠다. 이 배를 타고 또 다른 섬에도 가보고 싶다. 앞으로 몇 년이 지나야 조종간 잡는 것을 허락해주려나. 분명 면허가 필요할 것이다. 학원 같은 데 다녀야 하는 걸까.

문득 고개를 돌려 조타석의 아버지를 보았다. 배의 조종 면허를 땄다는 얘기는 들은 적이 없다.

뭐, 아무려나. 경운기 역시 아버지 마음대로 몰고 다닌다. 이 섬에 사는 한, 아무도 그런 걸 시시콜콜 따지지는 않을 것이다.

아버지는 완전히 감을 잡은 듯, 배의 속도까지 시험해보고 있었다. 엔진이 털털거리는 소리를 올리고 배가 질주한다. 물거품이 지로에게 튀어 올랐다. 태양에 달아오른 살갗을 적시는 물방울이 상쾌했다.

오후에는 모모코와 둘이서 부엌 벽에 페인트칠을 했다. 콘크리트 벽을 수세미로 씻어내고 다 마른 다음에 솔로 칠해나갔다. 어머니가 선택한 것은 순백이 아니라 아이보리 색깔 페인트였다. 그것밖에 없었는지도 모르지만, 약간 베이지가 들어가 있어서 부엌 벽 색깔로는 마침 좋았다. 너무 하얀 색이면 눈이 부셔서 도리어 불안할 것이다.

아버지와 어머니는 또 다시 경운기를 타고 외출했다. 농기구며 낚싯대를 준다는 사람이 있어서 그것을 받으러 간 것이다. 정말 야에야마는 돈이 들지 않는 곳이다.

모모코가 벽에 꽃을 그리고 있었다.

"뭐하는 거야!"

"뭐, 어때? 어차피 나중에는 한 가지 색깔로 다 칠할 텐데."

나비까지 날린다.

"기왕 그릴 거면 여러 가지 색깔로 그리고 싶다, 벽화처럼."

지로도 뭔가 그려보고 싶어졌다. 도라에몽이라든가 미야자키 애니메이션의 캐릭터 같은 거. 미술 시간은 나름대로 퍽 좋아하는 편이었다.

"그림물감으로는 안 될까?"

"그런 게 어딨어? 이사 올 때 다 내버렸잖아."

"오빠가 초등학교에 가서 살짝 집어와."

"바보. 그건 완전히 도둑질이지. 그리고 수성 물감은 금세 번져서 안 돼."

"에이, 재미없다." 모모코가 한숨을 섞어 말했다. 접사다리에 앉아서 자기가 그린 그림을 페인트칠로 지우고 있었다.

"오전에는 배도 타고 좋아하더니?"

"그건 그때뿐이지."

지로는 대답이 막혔다. 요컨대 모모코는 함께 놀아줄 친구를 원하는 것이다. 그리고 그건 지로도 마찬가지였다. "이거 끝내놓고 또 가볼까?"라는 모모코. 파이카지 초등학교 얘기라는 건 굳이 물어볼 필요도 없었다.

"끝내놓고 라니, 저녁까지 칠해도 다 못해. 바깥쪽도 칠해야 하고."

"지금 몇 시야?"

"4시 조금 전." 지로는 아키라 아저씨에게 받은 손목시계를 쓰다듬었다.

그때 밖에서 자전거 소리가 났다. 누군가 수군거리는 소리도 들렸다. 모모코와 마주보았다.

"누군가 왔어."

"또 누구네 할아버지나 할머니겠지."

귀를 기울였다. "아무도 없어." "하지만 누군가 사는 거 같아." 그런 이야기 소리가 들려왔다. 아이들 목소리였다.

지로는 접사다리에서 내려와 부엌 창문으로 바깥을 내다보다. 집 앞 나무 그늘에 자전거에 올라탄 아이들 몇몇이 와있었다. 모두 함께 이쪽 집 안을 살피고 있었다.

"여기가 맞을 텐데?" 여자애의 목소리가 나더니 숲속에서 약간 큰 그림자가 나타났다. 어제 보았던 그 리본 단 아이였다.

"히라라 스토어 아줌마가 그랬어. 남학생 여학생 오누이인데, 가족이 모두 이주자 마을 터에 와서 살게 되었대."

리본 여자애는 하급생들을 거느리고 팔짱을 끼고 서있었다.

모모코가 지로 곁에 다가와 그물망 문을 열고 몸을 쑥 내밀었다. 우리 여기 있다고 알리려는 것처럼.

아이들이 이쪽을 알아보았다. "아, 저기 있다!"라고 하더니 금세 얼굴이 굳어버린다. 그 자리에서 꼼짝도 하지 않았다. 모두들 잔뜩 긴장한 것이다.

모모코가 지로를 올려다보았다. 얼른 가봐, 라고 재촉하는 눈빛이었다. 지로는 별채 부엌을 나와 천천히 아이들에게 다가갔다. 어떤 표정을 지어야 할지 속으로 무척 당황했으므로, 분명 아이들 눈에는 무뚝뚝한 얼굴로 보였을 것이다. 모모코가 뒤에서 따라왔다.

"얘, 정말 여기서 살아?"

가까이 가기도 전에 리본 여자애가 물었다.

"그래. 근데 왜?"

"와우, 설마! 믿을 수가 없어."

그 말투에 불끈 화가 났다. "야, 어디서 살건 네가 무슨 상관이야!" 지로는 거칠게 대꾸했다.

"아버지는 뭘 하시는데? 농업?"

"몰라. 농업도 할 것이고 어업도 할 것이고."

"흥." 리본 여자애는 입을 새침하게 다물더니, 뒤에 있는 모모코에게만 친근한 시선을 던졌다.

"어디서 왔니?"

"도쿄." 모모코가 대답했다. "도쿄 나카노." 환한 목소리였다.

"어머, 그래? 나도 도쿄야. 미나토(港) 구의 아자부(麻布)."

"굉장하다. 거긴 부자 동네잖아. 연예인들이 많이 살지?"

여자들끼리라서 그런지 금세 친하게 이야기를 나눈다. 주위에 있던 아이들도 웃는 얼굴로 몸을 배배 꼬고 있었다.

"우리 학교로 전학 올 거지? 여기서 다니려면 좀 멀긴 하지만 다른 학교는 훨씬 더 멀어."

"아직은 몰라." 지로는 부루퉁하게 대꾸했다. 가장 듣기 싫은 질문인 것이다.

"모르다니?"

"아무려나 무슨 상관이냐고."

"저기, 우리 아버지가 예전에 운동권 과격파여서, 학교 같은 데는 안 다녀도 된대."

모모코가 나서서 말했다. 여동생이 오빠보다 훨씬 대담하다.

"우리 엄마도 똑같은 생각이야. 국가 교육 같은 거 필요 없대."

"모모코!" 지로가 큰소리로 부르며 팔을 당겼다. "쓸데없는 소리 하지 마."

"이름이 모모코구나?"라는 리본의 여자애.

"응. 성은 우에하라. 4학년이야. 오빠는 지로라고 하고, 6학년. 물론 학교에 다닌다면."

"난 시라이 나나에(白井七惠). 6학년이야. 다른 애들도 소개해 줄게." 나나에라는 여자애가 주위에 있던 하급생들을 나란히 한 줄로 세웠다. "얘는 1학년 유헤이(祐平). 그 옆이 3학년 도모코(明子). 도모코가 누나고 유헤이가 동생이야. 이쪽은 똑같이 3학년 겐타(健太). 끝에 선 애는 4학년 하루나(春奈). 이상 나를 포함해서 전교생 다섯 명이야."

"아하하, 정말로 다섯 명이네?" 모모코는 스스럼없이 웃어젖혔다. 아이들도 따라서 에헤헤, 하고 웃었다. 모두들 소박해 보이는 귀여운 하급생이었다.

"모모코하고 지로가 함께 오면 일곱 명이 될 텐데."

"나도 가고 싶어." 모모코가 몸을 꼬며 애교를 떤다. 지로는 아무래도 그렇게까지는 솔직해질 수 없었다. 만일 학교 가는 일이 틀어졌을 경우, 꼴이 말이 아니게 되는 것이다. 그리고 그렇게 될 가능성이 더 컸다.

"하지만 중학교까지는 의무교육이니까 반드시 다녀야 하는 거 아니니?"

"근데 우리 집은 아버지가 보통 사람이 아니라서."

"예전에 운동권 과격파였다니, 그게 뭐야?"

"나도 잘은 모르지만, 경찰이나 구청하고 자꾸 싸워서 공안이니 연금 독촉과에서 우리 집에 자주 찾아왔었어."

"연금이 이번 일하고 무슨 상관이야?" 지로가 얼굴을 잔뜩 찌푸렸다. "괜히 오해하니까, 쓸데없는 소리는 하지 말라고."

"우와, 뭔가 재밌겠는데?" 나나에가 어른스러운 어조로 말했다. 그 잘난 척하는 태도가 영 마음에 들지 않는 것이다.

"재미는 무슨 재미? 우리까지 휘말려서 느닷없이 낯선 섬에서 석기시대 같은 생활을 해야 하는데……."

"아하하……." 나나에가 구슬이 굴러가듯 웃었다.

"저기, 우리 집은 전기도 안 들어와." 모모코가 무슨 좋은 일이라는 듯 곁에서 끼어들었다. "그래서 텔레비전도 못 봐."

아이들이 저마다 "에엑!" "말도 안 돼!"라고 말했다. 지로는 창피해서 얼굴이 달아올랐다.

모모코는 "우리 집, 구경해도 돼"라며 아이들을 집 안에 들이더니, 누군가 가져다준 사타안다기를 제멋대로 꺼내다 대접을 하고 야단이었다. 그리고는 마루에 앉아 아이들과 수다를 떨었다. 모모코의 뜻밖의 사교성에 지로는 내심 놀랐다. 자기만 괜한 고집을 피우는 꼴이 되었다. 지로는 김이 새서 혼자서 페인트칠을 하러 부엌으로 돌아갔다.

"오빠, 여기는 학원이 없대!"

모모코가 큰소리로 일일이 보고를 한다.

그딴 거, 말 안 해도 다 알아.

"비디오 대여점도 없다는데?"

있어봤자 우리 집에는 텔레비전도 비디오 기계도 없는데 뭘.

아이들의 웃음소리가 퍼졌다. 이 숲은 분명 몇 십 년 만에 들어 보는 소리일 것이다.

나도 가서 함께 어울려 볼까. 생각은 하면서도 행동에 옮기지는 못했다. 나는 어째서 이렇게 한심한 고집을 부리고 있는 걸까.

파이카지 초등학교 전교생 다섯 명은 한 시간쯤 놀다가 돌아갔다. 지로는 배웅하는 데만은 얼굴을 내밀었다. 나나에는 "이 다음에는 학교에서 만났으면 좋겠다"라고 말하고 포니테일 머리를 찰랑 쓸어 올리더니 자전거를 타고 사라졌다. 하급생들이 힘차게 그 뒤를 따랐다. 어쩐지 마음이 흐뭇해지는 광경이었다. 또래 아이들이 있다는 게 몹시 든든하게 느껴졌다.

잠시 위로가 되기도 했고, 동시에 한층 더 우울해지기도 했다. 지로는 명백히 학교에 가고 싶다는 것을 깨달았다. 이렇게 되면 아버지와 한번은 부딪쳐야만 한다. 지로는 요즘 들어 완전히 비관적이 되었다. 이리오모테에 온 뒤부터 아버지는 점점 더 야성이 강해지고 있었다.

모모코는 갑자기 기분이 좋아져서 콧노래까지 불러가며 다시 페인트칠을 시작했다. 어린 누이는 정말 속 편해서 좋겠다.

그날 밤, 아버지와 어머니에게 낮에 아이들이 찾아왔었다는 이야기는 하지 않았다. 어머니한테만은 말하고 싶었지만, 요즘은 둘이서 한시도 떨어지지 않고 딱 붙어 다녔다. 모모코는 '오빠, 빨리 말해!'라는 시선을 수차 보내왔지만 지로는 그냥 모른 척했다. 파이카지 초등학교의 아이들이 왔었다는 이야기를 하면, 분명 자신들의 학교문제가 불거지게 마련이었다. 하지만 지금은 도무지 그럴 타이밍이 아닌 듯한 마음이 들었던 것이다.

무카이라면 이런 때 좀 더 정확한 표현을 할 텐데…… 이를테면 "제기랄!"이라거나.

학교 얘기를 꺼내는 건 아직 너무 이르단 말이야. 눈으로 모모코에게 호소했다. 하지만 제대로 전달된 것 같지는 않았다.

40

다음 날, 우에하라가에 염소가 들어왔다. 어떤 아저씨가 "이거, 키워봐"라면서 데려온 것이다. 정말 한도 끝도 없이 친절한 사람들이다.

"수놈이라 젖은 안 나지만, 여차하면 잡아먹어도 돼."

눈을 가늘게 뜨고 웃으며 야만적인 소리를 했다. 말도 안 된다. 이렇게 귀여운 염소를 잡아먹다니.

모모코는 팔짝팔짝 뛰며 좋아했다. 나카노에서 살 때부터 개를 기르고 싶다고 졸라댔던 터라, 약간 모양새는 다르지만 일단 소원이 이루어진 셈이다. 제가 좋아하는 캐릭터를 갖다 붙여서 염소 이름을 '키티'로 하겠단다.

"바보. 이렇게 뿔이 난 짐승에게 키티는 무슨 키티야? 애완동물에게서 메르헨을 주구하지 말라고. 이런 때는 그냥 수수하게 염생이 정도로 가는 게 좋아."

"절대 안 돼!" 모모코가 얼굴이 하얘져서 대들었다.

"그럼, 멤생이."

"그것도 싫어."

결판이 나지 않아서 결국 가위바위보로 이름 지을 권리를 따가기로 했다.

지로가 이겼다.

"하하하, 멤생이다, 멤생이."

모모코는 무서운 눈초리로 지로를 노려보더니 멤생이의 목에 매달려 "우웅, 불쌍한 키티……"라고, 비겁하게시리 결과에 승복하지 않는 태도를 보였다.

느슨하게 목줄을 만들어주고 밭 가장자리 나무에 묶었다. 그것만으로도 경치가 한 순간에 바뀌었다. 꽃이라도 핀 것처럼 전체가 환해진 것이다. 하얀 짐승이 나무 그늘에 있다. 또 하나의 태양이 출현한 것 같은 느낌이었다. 게다가 성격이 온화한 염소인지라 더욱 마음이 침착해지는 것 같았다. '메에에' 하고 울었을 때는 가족 모두의 얼굴이 환하게 펴졌다.

애완동물이 함께 하는 생활이란 분명 이런 것이리라. 마음이 울적할 때도 멤생이의 등을 슬슬 쓸어주다 보면 다시 명랑해질 것 같았다.

멤생이는 베어서 쌓아둔 풀을 무심하게 먹고 있었다. 그것만으로도 영양은 충분히 섭취되는 모양이었지만, 염소를 가져다준 아저씨가 "사실은 목초가 더 좋지"라고 한마디 하셨는지라 지로는 멤생이를 위한 작은 목초 밭을 직접 만들기로 했다. 아저씨는 씨앗을 나눠준다는 약속도 해주었다.

페인트칠에도 의욕이 났다. 별채의 부엌은 외벽까지 깨끗한 아이보리 색으로 단장을 해서 추레한 인상이 말끔히 사라졌다. 부엌이 말끔해진다는 건 좋은 일이었다. 이제 화장실만 수세식으로 고치면 더욱 좋겠지만.

아버지는 뭔가에 들씌운 사람처럼 밭일에 열심이었다. 거기다고기잡이까지 나서겠다니, 정말 완전히 딴 사람이 되었다. 대낮부터 데굴데굴 놀기만 하던 나카노 시절의 아버지가 그립다, 라는 말은 설마 나오지 않았지만 갑자기 돌변한 아버지를 보며 어쩐지 어리둥절 정신을 못 차리겠는 것도 사실이었다. 이러다 뭔가 안 좋은 일이 일어나지 않으면 좋으련만.

그날 오후에도 시라이 나나에가 왔다. 자전거가 아니라 소형 자동차를 타고서 숲속의 작은 도로를 통해 찾아온 것이었다. 나나에는 조수석에 앉아있었고, 자동차의 핸들을 잡은 사람은 그저께 초등학교 교문 앞에서 맞부딪쳤던 여선생님이었다.

아버지는 밭에서 괭이질을 하고 어머니는 집 안에서 재봉틀질을, 지로와 모모코는 화장실 외벽의 페인트칠을 하고 있던 참이었다

지로의 가슴속에 일순 잿빛 공기가 가득 찼다. 분명 늘 겪어왔던 그 패턴이 재현될 것이다. 공무원 대 아버지의 대결. 영원히 만날 수 없는 평행선의 다툼이다.

"안녕하세요? 파이카지 초등학교 교사 야마시타(山下)라고 합니다. 저어, 우에하라 씨, 계십니까?"

선생님이 자동차에서 내려 인사를 건넸다. 웃는 얼굴이었지만 긴장된 기색이 엿보였다. 그도 그럴 것이다. 섬의 수더분한 아저씨 아주머니들과는 달리 학교 선생님이란 규칙에 따라 살아가는 사람이다. 갑작스레 폐촌의 빈집에 이주해온 이상한 가족은 경계

하기에 충분한 존재일 것이다.

나나에가 지로를 보며 어깨를 으쓱 처들었다. 내가 데려온 게 아니야. 얼굴에 그렇게 씌어있었다. 하지만 선생님에게 통보를 한 건 역시 나나에 일행이다. 이런 일에 입을 꾹 다물라고 하는 건 무리겠지만, 혹시 예전에 운동권 과격파였다는 얘기도 한 것일까.

"저어, 최근에 이사를 오셨지요? 자녀분의 전학 수속은 언제쯤 하실지 궁금해서요……."

"그런 거 안 합니다." 방문자에게 일별을 쓰윽 던지더니 그뿐, 아버지는 계속해서 괭이질만 했다.

"둘이 한꺼번에 전학을 오다니, 저희 학교로서는 대환영이랍니다. 아이들이 하루 빨리 만나고 싶어해요." 아버지의 대꾸가 들리지 않았던지 야마시타 선생님이 말을 이었다. "따님은 4학년, 아드님은 6학년이랬지요? 현재 4학년과 6학년이 합반 상태라서 이번 전학으로 원래대로 반을 나눌 수 있게 되어서……."

"웬 잔말이 그렇게 많아?" 아버지가 괭이를 땅바닥에 짚으며 우뚝 버티고 섰다. "전학 수속 같은 건 안 한다잖소!"

야마시타 선생님이 일순 숨을 헉 삼켰다.

"저어, 그, 그건 무슨 말씀이신지……."

"당신들이 말하는 그 의무교육 따위 인정하지 않겠다는 거요." 안색을 살피듯 흘끔 노려본다.

야마시타 선생님의 얼굴이 팽팽히 긴장되었다. 무언가 말을 하려다가 지로와 모모코를 돌아보고는 "잠깐 이야기를 해도 될까요?" 하고 아버지에게 다가갔다.

집 안에서 어머니가 나왔다. "안녕하세요?" 입가에 웃음을 띠고 인사를 했다. 야마시타 선생님은 안도하는 표정으로 어머니에게 깊숙이 머리를 숙였다.

"지로와 모모코는 잠깐 나가서 놀다 오너라. 거기 여학생도 함께 갈래?" 그리고는 어머니는 나나에를 향해 "사이좋게 지내줘"라고 다정한 인사를 건넸다.

지로도 안도했다. 이런 싸움을 남에게 보이고 싶지 않았다. 자신 역시 이런 자리는 어서 빨리 벗어나고 싶었다. 뒤뜰에서 자전거를 꺼내 뒤에 모모코를 태웠다. 모모코의 자전거는 나나에에게 빌려주었다. 전에 발견했던 바닷가에 나가보기로 했다.

오르락내리락하는 좁은 길을 자전거로 달렸다. 오르막길에서 엉덩이를 쳐들면 저만치에 바다가 보였다. 파도소리가 점점 커져가고 바닷새의 울음소리가 주변을 감쌌다. 하늘에는 여름 구름이 덩실 떠있었다. 햇빛은 변함없이 강렬했다.

바닷가에 도착해 자전거를 모래 위에 눕혔다. 나나에가 눈을 반짝이며 "와, 예쁘다. 여기가 우라비치구나. 처음 와봤네"라고 말했다.

"뭔데, 우라비치가?"

"소나이 뒤편에 섬사람들도 웬만해서는 가지 못하는 깨끗한 비치가 있다고, 전부터 학교 애들에게 들었거든. 너무 멀어서 와볼 기회가 없었어."

"흐응."

"우에하라네 집을 우라비치 숲에 사는 수수께끼의 가족이라고들 하는데."

수수께끼의 가족이라고? 딱히 반론을 내밀 수가 없어서 지로는 모래에 파묻힌 나뭇조각을 주워 바다를 향해 힘껏 내던졌다.

"하지만 4학년 하루나가 유일하게 이 섬 출신이고 아버지가 어부라서 이런저런 정보를 많이 알거든? 너희 집안이 이시가키 섬의 상라라는 훌륭한 어른의 친척이라고 알려주더라."

"상라 할아버지는 친척이 아니라 돌아가신 우리 증조할아버지에게서 큰 은혜를 입었다나 어쨌다나, 뭐, 그런 사이야."

모모코가 말했다. 벌써 나나에와 완전히 친해져서 서로 팔짱까지 끼고 있었다.

"그리고 우리는 아카하치의 자손이야. 야에야마의 영웅이래."

"모모코, 그런 얘기를 다 진짜로 듣지 말라니까? 아버지도 안 믿는 얘기란 말이야."

"하지만 다들 그렇게 이야기하잖아."

"아무리 그렇게 얘기해도……."

"아카하치라면 지역 수업 때 배웠어. 학교 근처의 할머니가 오셔서 옛날이야기를 해주는 수업이야"라는 나나에.

"그러니까 그게 그냥 대충들 하는 소리라니까." 지로는 두 번째 나뭇조각을 바다로 내던졌다. "근데 너는 왜 이리오모테까지 이사를 왔냐?"

"아니, 이사 온 거 아니야. 나 혼자만 왔어. 우연히 엄마의 사촌 여동생이 이 섬에 이주해서 화가로 일하고 있었거든. 그 이모네 집에서 나 혼자 하숙하는 거야. 화가래야 수입이 별로 없어서 민예품 같은 거 팔면서 살아. 거기다 우리 엄마가 보내주는 하숙비하고."

나나에가 머리를 쓸어 올렸다. 새침한 얼굴이 약간 굳어있었다. 머리 위에서 바닷새가 떼를 지어 날카로운 소리로 울었다. 나나에가 그것을 올려다보며 말했다.

"나, 도쿄 학교에서 '등교 거부 학생' 이었어. 5학년 1학기 내내, 정말 한 번도 학교에 안 갔거든. 아버지랑 엄마가 깜짝 놀라서 카운슬링을 받게 하고 프리스쿨에 보내기도 했는데, 그래도 안 되니까 아예 도시를 떠나 남쪽 섬에 보내자, 얘기가 그렇게 된 거지. 그게 바로 여기야. 작년 가을에 왔어."

의외의 고백에 지로는 놀랐다. 아닌 게 아니라 유난히 세련된 나나에에게 이곳 섬 초등학교는 너무나 어울리지 않았다.

"도쿄에서는 공립학교에 다녔어?" 지로가 물었다. 하지만 나나에가 대답한 학교는 지로도 많이 들어본 부티나는 사립학교였다. 잠깐 요츠야 외갓집의 사촌 형제들이 생각났다.

"그전에는 아버지 회사일 때문에 런던에 가 있었거든. 그러니까 해외 귀국자녀야. 일본 학교라는 게 한 사람 한 사람의 의견이 통용되지 않는 데라서 너무 힘들었어."

"외국에 다녀온 애들이 왕따당한다는 얘기는 나도 들었어."

"아니, 그런 거 아냐." 나나에가 콧등을 찡그리며 말했다. "미나토 구에는 해외 귀국자녀들이라면 아주 많아. 문제는 해외에서 일본인 학교에 다녔느냐 아니냐야. 나는 혼자만 현지 학교에 다녔었거든. 그래서 애들이 함께 놀아주지 않았어."

"그래?"

"나도 그런 애들하고는 함께 놀고 싶지도 않았어. 너무 바보같지 뭐야. 자기 생일 파티에 목숨을 거는 애들이라니까."

대충 상상할 수 있었다. 분명 삿사의 생일 모임의 몇 배나 되는 호화스러운 파티로 경쟁을 벌였을 것이다.

"여기 온 뒤로는 마음이 정말 편해. 다섯 명밖에 없으니까 누구를 따돌리고 말고 할 수도 없거든. 불량한 아이들도 없고."

구로키의 얼굴이 떠올랐다. 구로키가 이 섬에 온다면 어울릴 불량학생이 없어서 살맛이 안 날 것이다.

"불량 중학생은?"

"그런 거 없어." 가볍게 웃으며 고개를 젓는다. "머리 염색해 봤자 봐줄 사람도 없는걸 뭐. 다들 이상할 만큼 순진해."

나나에가 두세 살쯤 연상으로 느껴졌다. 외국에서 살다오면 저절로 어른스러워지는 걸까. 무카이와 만난다면 좋은 맞수가 될 것 같았다.

"너네 집은 왜 여기에 왔어?"

"우리 집에 자꾸 과격파와 경찰들이 찾아오는 바람에 아버지가 폭발해버렸어."

모모코가 고자질하듯 말했다. 지로는 그런 모모코의 머리를 툭 치며 "집안 얘기를 졸졸 불지 말라고 했지?" 하고 꾸짖었다.

"말해줘. 나도 다 얘기했잖아." 나나에가 불만스러운 듯 볼이 부었다. "어차피 이런 작은 동네에서는 감출 수도 없다구."

지로가 코를 훌쩍 들이켰다. 어쩔 수가 없어서 대충 설명해주기로 했다.

"오래전부터 남쪽 섬으로 이사하겠다는 말은 했었어, 아버지가. 원래 우리 선조가 오키나와 출신이고……."

아버지가 예전에 운동권 과격파로 활동했고 그간 직업 없이 놀며 지냈다는 것도 솔직하게 말했다. 갑작스런 이사로 교과서까지 버리고 왔다는 것, 이 섬 출신의 아저씨에게 배를 받았다는 것 등도.

"우와, 진짜 파란만장하다."

"농담할 때가 아냐. 내 입장이 되어보라고."

"아직 주민등록은 옮기지 않았지? 야마시타 선생님이 동사무소에 문의했었대, 이러이러한 가족이 섬에 전입신고를 했느냐고. 전출 전입신고가 없으면 입학 수속도 못하나 봐. 그래서 선생님이 애가 타서, 어떻게 하려고 그러나 하고 걱정하셨어."

"우리 아버지는 그런 상식이 통하지 않는 사람이라니까. 나카노 초등학교에 다닐 때도 요주의 학부모였어."

"여기서는 괜찮을 거야. 다들 대충대충 봐주니까."

"그래?"

"그럼. 야마시타 선생님은 요코하마에서 자란 분이라 매사에 꼼꼼하지만, 다른 선생님들은 수속 같은 거에 별로 신경도 안 쓰셔. 교장 선생님은 너희 이야기를 듣고서 수속은 나중에 해도 되니까 우선 수업부터 받게 하는 게 어떠냐고 하시던걸 뭐."

"우와, 우리 그럼 학교에 다닐 수 있겠다."

모모코가 팔짝팔짝 뛰었다.

"너무 기대는 하지 마. 우리 집은 아버지가 어떻게 나오느냐에 달렸으니까."

"오빠, 언니한테 전화해서 전출신고서 보내달라고 하자."

모모코의 말에 누나가 생각났다. 그러고 보니 누나는 어떻게 지내고 있을까. 나카노 집을 떠나 어딘가에서 그 남자와 살고 있는 걸까. 갑자기 누나 목소리가 듣고 싶었다.

"언니도 있어?"라는 나나에.

"응, 요코 언니. 벌써 스물한 살 어른이야. 혼자 도쿄에서 살겠다면서 여기 오지 않았어."

"좋겠다, 형제가 셋이나 있어서. 난 혼자야."

"그럼, 나나에 언니네 아버지랑 엄마는 도쿄에서 둘이서만 사시겠네?"

"아니. 이혼 직전이라 나를 섬에 보내고는 곧장 별거에 들어갔어. 아주 웃긴다니까."

어떤 표정을 지어야 할지 난감해하는 모모코를 향해 나나에는 장난처럼 웃어댔다. 초등학생 주제에 나나에는 묘하게 철이 든

구석이 있었다.

"이 근처에 공중전화 같은 거 있냐?" 지로가 물었다.

"아, 그렇군, 너희 집에는 전화도 없지? 인터넷도 못하겠네!"

"애초에 도쿄에서도 우리 집에는 컴퓨터 같은 거 없었어. 그건 됐으니까 공중전화나 알려줘."

"히라라 스토어에 있었던 것 같기도 하고……."

그렇게 멀리? 전화 한 번 하려고 자전거로 십 분 넘게 달려가야 하다니. 하지만 누나의 목소리를 듣고 싶었다.

"도쿄까지 전화비가 얼마나 들까?"

"비싸지. 3분에 3백 엔은 날아갈 걸? 나도 수신자 부담이 아니면 못 거는데……."

지로는 깊은 한숨을 쉬었다. 바지 주머니의 동전을 손바닥에 꺼내놓고 헤아려보았다. 아이스캔디 살 정도의 돈밖에 없었다.

"근데 너희, 용돈은 받니?"

"그 전에는 받았었지." 대답을 하면서 불안해졌다. 앞으로 우리 집안에 과연 현금 수입이 있을까.

"설마, 주겠지." 모모코도 불안한 표정이었다.

"하긴 돈이 있어도 쓸 데가 없어. 상품도 별로 없고." 일일이 입빠른 소리를 하는 나나에였다. "전화는 우리 집에 와서 해. 이모 없을 때를 노려서 걸면 돼."

"청구서 오면 다 들키잖아?" 지로는 일일이 걱정도 많다.

"그때는 내가 걸었다고 둘러대면 되니까 괜찮아. 아까도 말했지, 우리 엄마가 부쳐주는 하숙비 때문에 나를 받아준 거라고? 우리 이모부도 도쿄에서 온 자칭 에코투어 가이드라는데, 대개는 빈둥빈둥 놀기만 하거든."

아무래도 나나에를 둘러싼 환경도 꽤 복잡한 모양이다.

"오바라(大原) 쪽에 가보면 알겠지만 이 섬에는 본토에서 온 사람이 많아. 다이빙 강사라든가 펜션 경영자 같은 사람들. 이른바 자연을 찾아 도시에서 이주해온 사람들이지."

"흐음, 우리하고 비슷한 사람들이 많군."

"하지만 폐허가 된 마을에 살러온 가족은 처음이란다." 나나에가 놀리듯이 눈을 가느스름하게 뜨며 웃었다.

"약 올릴래?"

그때, 자동차 엔진 소리가 났다. 누구인가 하고 모래사장에서 언덕 위로 뛰어가보니 낮은 봉우리 두 개쯤 너머의 좁은 길에서 소형 자동차가 오도 가도 못한 채 멈춰 서있었다.

"야, 너희 학교 선생님이다." 나나에에게 알려주었다.

"칫, 저희 선생님이 될지도 모르는데."

나나에가 입을 뾰로통하게 내밀며 언덕을 올라갔다.

"얘들아, 좀 밀어줄래? 차가 들어갈 거라고 생각한 선생님이 바보였어!"

셋이서 달려갔다. 모두 함께 끙끙거리며 프론트를 밀어 후진으로 겨우 원래 길로 돌아갈 수 있었다.

야마시타 선생님이 고맙다고 인사했다. 지로와 모모코를 보고는 복잡한 웃음을 짓는다.

"너희 아버지, 보통 때도 저러시니?"

정말 난감해하는 표정이었다.

"국민의 의무는 인정할 수 없다든가 하는 걸 두고 하시는 말씀이라면, 보통 때도 늘 그래요."

지로의 대답에 야마시타 선생님은 복잡한 표정으로 하늘을 올려다보며 "음, 그래도 또 방문해서 반드시 설득할 거야!"라고 스스로를 격려하듯 중얼거리더니, 지로와 모모코의 어깨를 다정하게 쓰다듬어주셨다.

나나에와 함께 자동차를 타고 멀어져 갔다.

모모코가 눈을 치켜뜨고 지로를 흘겨보며 "오빠가 빨리 엄마한테 말 좀 해!"라고 비난하듯이 말했다.

지로는 별 말없이 모모코의 뺨을 꼬집었다. 모모코도 빈틈을 놓치지 않고 발차기를 먹였다.

집에 돌아올 때는 각자의 자전거를 타고 달렸다. 페인트칠은 아직 끝나지 않았다.

41

다음 날, 아버지는 산돼지 사냥을 하러 나갔다. 어느 집 아저씨가 같이 가자고 하자 곤봉을 치켜들고 신바람이 나서 씩씩하게 따라갔다. 산돼지는 본래 야행성인데 이따금 한낮에 어슬렁거리는 바보 같은 산돼지가 있어서 금세 덫에 걸린다고 한다. 산돼지 한 마리가 오늘 아버지의 곤봉에 맞아 죽겠구나. 왠지 그 산돼지가 몹시 가엾었다.

아버지가 집을 비웠는지라 점심 먹을 때 모모코가 어머니에게 어제 선생님과 무슨 이야기를 했는지 물어보았다. 어제 저녁에는 일찌감치 요다 할아버지와 오지로 아저씨 일행이 또 다시 소주를 들고 나타나서 사흘 연속으로 술판이 벌어졌었다. 그것을 핑계로 지로는 학교 이야기는 꺼내지 않았다. 잔뜩 실망한 모모코는 더 이상 오빠에게 기대도 하지 않는 눈치였다.

"어제, 학교 선생님하고 무슨 이야기 했어?"

"응, 글쎄?" 어머니는 눈을 내리깔고 웃었다. "늘 하던 대로 아버지가 야마시타 선생님을 끽 소리 못하게 눌러버렸지 뭐. 이 세상에는 학교에 다니지 않는 아동이 몇 만 명이나 있으니까 그중 두 명이라고 생각해두쇼, 아마 그런 말을 했을 걸?"

"너무해, 진짜. 난 학교 다니고 싶단 말이야." 모모코가 얼굴을 붉히며 대들었다.

"그래서?" 지로는 뒷말을 재촉했다.

"선생님, 무척 당황하시는 거 같더라. 그런 부모는 처음이었을 테니."

"어떻게 남의 일처럼 얘기해?"

"잠시만 더 기다려봐. 아버지가 교과서 값도 안 줄 것 같아. 아무튼 국가의 법률에는 일절 따르지 않을 작정이라는데, 자꾸 다그치면 일이 꼬이기만 할 거야."

지로는 깊은 한숨을 쉬었다. 타협하지 않는 양자 사이의 다툼은 끝이 없었다.

"그보다 엄마는 이 섬이 정말 마음에 들었다. 다들 친절하고 뭐든 나눠주고. 이런 걸 유이마~루라고 한대. 너희도 아니?"

"알아. 요다 할아버지한테 들었어."

"어쩌면 다들 그리도 속이 넓은지, 엄마는 정말 고맙고 기쁘다. 야채랑 세제 같은 게 좀 비싸긴 하지만, 그거 말고는 돈 들어갈 일도 없어. 저금해둔 돈만으로도 앞으로 이삼 년은 살겠어."

"우리 집에 저금해둔 돈도 있었어?"

"얘가 무슨 실례의 말씀을?" 어머니가 지로의 머리를 쥐어박았다. "아가르타가 얼마나 장사가 잘됐는데?"

"엄마, 여기서도 우리 용돈 줄 서야?"라는 모모코.

"노동의 대가로서 지급해줄게."

무슨 말인지 못 알아듣는 모모코에게 지로가 설명해주었다. 그나저나 어머니는 정말 지금의 생활이 좋은 걸까. 옹기 단지 하나 묻어놓은 화장실이라니, 그건 그야말로 숙녀의 가장 큰 적이 아닌가.

"그럼 부엌에 페인트칠도 했겠다, 5백 엔은 받아야겠어."

지로가 말했다.

"그런 큰돈을 어디에 쓰려고?"

"큰돈은 무슨? 준이랑 무카이에게 전화하려고 그래."

누나에게 전화할 거라는 말은 하지 않았다.

"우리 지로, 벌써 향수병에 걸리셨나?"

"그냥 목소리나 들어보려고 그래."

어머니는 어깨를 으쓱 쳐들더니 "그럼, 좀 줄까?"라고 중얼거리고는 지갑에서 5백 엔 동전 하나를 꺼내주었다.

지로는 마음이 설레었다. 나나에의 이모가 외출하기를 기다리지 않아도 된다. 내친 김에 준이랑 무카이의 목소리도 듣고 싶었다. 아직 일주일도 안 되었는데 벌써 몇 달째나 못 본 것 같은 기분이었다.

"메에에에!"

밖에서 멤생이가 울었다. 그렇지, 염소를 기른다는 말도 해주자. 다들 엄청 부러워할 것이다.

오후 3시가 되기를 기다려 자전거를 타고 히라라 스토어에 갔다. 모모코도 따라왔다. 여동생과 이렇게 매일같이 붙어 다니다니, 한 번도 이런 적이 없었다. 만일 외아들이었다면 이런 섬이 너무 외로워서 계속 혼잣말을 주절거리고 다녔을 것이다.

자전거를 구르니 금세 땀이 났다. 연일 찌는 듯 무더운 날씨에 완전히 녹초가 되었다. 유일한 구원은 바닷바람이었다. 도회지의 뜨뜻한 바람과는 달리 먼 바다의 시원한 기운을 실어오는 바람이었다. 사람 없는 사탕수수밭이 지로와 모모코에게 말을 걸어오는 것처럼 사삭사삭 울었다. 푸르른 숲은 눈이 아플 정도였다. 모래로 된 하얀 길이 일직선으로 한없이 뻗어나갔다. 웬만한 그림엽서 뺨치는 풍경이었다. 이런 데서 사는 것도 그리 나쁘지는 않네. 무심결에 그런 생각이 들고 말았다.

이번에도 자동차는 한 대도 만나지 않고 히라라 스토어에 도착했다. 지난번에는 못 봤었는데 가게 앞에 연두색 공중전화가 있었다. 동전 투입구를 보니 5백 엔 동전은 쓸 수 없다고 적혀있었다. 어쩔 수 없이 가게에 들어가 돈을 바꿔오기로 했다. "백 엔짜리 동전을 넣으면 잔돈이 안 나와." 뜻밖에도 모모코가 유식한 면모를 보였다. "계세요?" 하고 소리치자 지난번처럼 아주머니가 나왔다.

"어라, 지로! 모모코!" 그새 이름을 다 알고 있었다. "신발 사이즈가 어떻게 되냐?" 느닷없이 이상한 걸 묻는다. "곧 학교 다니게 될 텐데, 실내화는 우리 가게에서만 팔거든. 지금 얼른 주문해둬야지." 마치 이모나 고모 같은 말투다.

"아, 그게요……." 지로는 대답이 궁했다.

"뭐야, 역시 아버지가 안 보내준대? 아무리 운동권 과격파라도 그렇지, 아이들을 학교에 안 보내면 어쩐댜……."

그런 것까지 다 알고 있는가. 이 동네 인구는 대체 몇 명이람.

"저어, 미안하지만 전화를 하려고요……, 돈 좀 바꿔 주세요."

"응, 바꿔줄게."

흔쾌히 응해주었다. 백 엔짜리 세 개와 십 엔짜리 스무 개의 동전을 쥐고 공중전화 수화기를 집어 들었다. 왜 그런지 아주머니가 따라와 뒤에 붙어 서있었다. "어디에 거니? 도쿄? 도쿄라면 3분에 220엔인데." 도회지에서는 도저히 볼 수 없는 친절이랄까 참견이랄까.

대충 애매하게 대답해놓고 누나의 휴대전화 번호를 눌렀다. 누나와 동생 사이지만 약간 긴장이 되었다. 세 번쯤 호출음이 울리고, 누나가 받았다.

"누나? 나야."

"어라, 누나도 있었구나." 뒤에서 아주머니가 말했다. 방해된다는 눈빛으로 쳐다보자 "에구, 참, 그렇지" 하고 고개를 끄덕이며 멀어져갔다. 분명 내일이면 온 마을 사람이 다 알게 될 것이다.

"지로니? 어디서 거는 거야?"

전화 건너편에서 누나가 깜짝 반가워했다.

"이리오모테 섬 공중전화에서. 전화비 때문에 간단히 말하겠는데, 이쪽 학교에 전학할 거니까 구청에 가서 전출신고서 좀 떼다 보내줄래?"

"응, 그래. 마침 잘 됐다. 주소 알려줘. 한 식구인데 주소조차 모르는 것도 이상하고."

"그게, 아직 주소가 없어."

"주소가 없다니? 설마, 노숙?"

"그게 아니라 폐촌의 빈집을 고쳐서 살고 있으니까 아마 지금은 번지도 없을 거야."

"수도하고 전기는?"

"물은 우물물이고, 전기는 필요할 때만 발전기로. 평소에는 램프야."

"어휴, 재난도 보통 재난이 아니네." 누나가 코웃음을 쳤다.

"그러니까……." 가게 안을 들여다보며 눈으로 아주머니를 찾았다. 안에서 이쪽을 살펴보고 있었던지 금세 눈이 마주쳤. "저기요!" 하고 큰소리로 불렀다. "여기 주소 좀 알려주세요. 누나가 보내는 편지를 받아주시면 좋겠는데요."

아주머니가 나왔다. "응, 그러자." 두말없이 응해주셨다. 설마 봉투를 뜯고 안의 내용까지 들여다보지는 않겠지? 은근히 그런 걱정이 들었다.

아주머니가 주소를 적어주는 사이에 모모코가 전화를 뺏어 들었다.

"언니? 나, 모모코야. 아버지가 여기 온 뒤부터 날마다 일을 아주 열심히 해. 진짜 이상하지? 그래서 엄마는 훨씬 더 젊어지고, 아주 둘이서 연인 같아."

모모코가 흥분한 기색으로 단숨에 주워섬겼다. 오늘은 산돼지 사냥을 하러 갔다는 둥, 반찬은 거의 이웃에서 가져다준다는 둥, 시시콜콜한 것까지 보고를 하고 있었다.

"모모코!" 지로가 모모코를 툭 쳤다. 아주머니가 죄다 듣고 있었기 때문이다.

시간이 아까워서 전화를 낚아채 히라라 스토어의 주소를 알려주었다. 뚜뚜……, 하는 소리가 들렸다. 이제 곧 돈이 떨어지는 것이다. 어쩌지, 돈을 더 넣을까?

"누나, 이사는 했어?"

"다음 주에 할 거야."

누나가 대답했다. 일순 그 목소리가 가라앉았다.

"어디로?"

"에비스쪽으로. 그보다, 건강하게 잘 지내야 해. 아버지 같은 사람한테 기대지 말고."

곧바로 환한 목소리로 돌아왔지만, 억지로 환하게 꾸미는 것처럼 들렸다. 화제를 바꾸고 싶어하는 것 같았다.

"누나도 건강하게 잘……."

호주머니를 뒤적이는 사이에 전화가 끊겼다. 3분에 130엔이었다. 나나에와 아주머니가 말했던 것보다는 덜 들었다.

뒤에 아주머니가 서있다가 지로의 마음속을 들여다본 것처럼 "아, 휴대전화에 걸었구나? 그러면 좀 돈이 덜 들어"라고 전화 요금에 대해 알려주었다. 그래도 3분에 백 엔이 넘는 돈이 드는 건 상당한 타격이었다.

"전출신고서구나, 누나가 보내준다는 게?" 아주머니가 말했다. "편지가 와도 내가 알려주러 갈 수 없으니까 지로가 대충 때 맞춰서 찾으러 와라."

"잘 부탁합니다." 지로는 예의바르게 고개를 숙였다.

자, 다음은 준과 무카이다. 준은 학교 끝나면 실컷 한눈을 팔고 돌아다닐 게 뻔해서, 우선 무카이에게 걸어보기로 했다. 다시 가슴이 두근두근 뛰었다. 호출음이 세 번 울린 뒤에 무카이의 할머니가 받았다. "네, 무카이 대보당(大寶堂)입니다." 시간이 멈춘 것처럼 느릿느릿한 말투였다.

"저, 우에하라 지로인데요, 무카이 있습니까?"

"응, 있는데."

다행이다, 집에 있었구나. 무카이의 목소리를 들을 생각을 하니 가슴에 감격 같은 것이 밀려왔다. 5초, 10초, 수화기 너머에서는 아무 소리도 나지 않았다. 손자를 부르는 소리도 없었다.

"여보세요?" 돌연 할머니가 말했다. 지로도 반사적으로 "여보세요?" 하고 대꾸했다.

"무카이, 있는데……?"라는 할머니.

에구, 부르러 갔던 게 아니었단 말인가. 그러고 보니 무카이네 할머니는 약간 치매 기가 있었다.

"미안합니다. 무카이 좀 불러주세요. 오키나와의 공중전화에서 거는 거예요."

"응, 오키나와라고? 저런, 그렇게 멀리서? 참말로 수고가 많으시네."

속이 탈 만큼 느려터진 말투였다. 어쨌든 빨리 좀 바꿔주세요. 마음속으로 외쳤다.

"아무튼 무카이를 좀 빨리……."

"응, 응, 잠깐만 기다리시게."

115

그제야 겨우 부르러 가셨다. 아키라 아저씨가 준 손목시계를 들여다보았다. 이걸로 가볍게 1분은 날아갔다. 어쩔 수 없이 동전을 더 집어넣었다.

"지로, 좋은 시계 찼네?" 뒤에서 아주머니가 말했다.

이 아주머니가 아직도 있었어? 상대해줄 틈이 없어서 그냥 무시했다.

"네, 무카이 대보당입니다." 잠시 뒤에 무카이가 아니라 무카이의 어머니가 전화를 받았다. 왜 일이 이렇게 안 풀리나. 무카이는 대체 있는 건가 없는 건가.

"우에하라 지로예요. 무카이, 있습니까?"

"어머, 지로냐? 난 또, 할머니가 국제전화라고 해서 외국 사람인 줄 알았네."

"국제전화가 아니라 공중전화예요. 오키나와에서 거는 거예요."

"그러니? 아이 참, 할머니도, 아하하하."

웃고 있을 때가 아니라구요, 아주머니, 어서 무카이요.

"잠깐만 기다려라." 그제야 겨우 무카이를 부르러 가셨다. 곧바로 우당탕탕 복도를 급하게 뛰어오는 소리가 들려왔다. "어, 지로냐?" 10초 뒤에 무카이가 전화를 받았다. 기껏 며칠 만인데 너무 반가워서 펄쩍 뛰어오를 것만 같았다.

"이리오모테 섬은 어떠냐? 네가 떠난 뒤로 이쪽은 장마철이 닥쳐서 날마다 추적추적 죽을 지경이다."

어휴, 시간도 없는데 어른들처럼 날씨 얘기는 무슨. "이쪽은 날마다 맑은 날씨야. 다들 잘 있냐?" 지로 역시 그런 말밖에 딱히 할 말이 없었지만.

"구로키가 또 다시 문제를 일으켜서 아동상담소 지도 기간이 연장되었어."

"구로키가? 또 무슨 짓을 했는데?"

"네가 떠난 뒤로 우에하라 가족이 야반도주했다는 소문이 쫙 퍼져서 말이지. 구로키가 그 소리를 듣고 열 받아서, 숙덕거리던 애들을 불러다 톡톡히 손을 봐줬다니까."

"뭐야, 그런 거였어?" 지로는 유쾌했다. 구로키는 역시 좋은 녀석이다.

"그쪽은 어때? 새 학교는 다닐 만해?"

"그게, 아직 학교에 안 다녀. 우리 아버지가 늘 하던 대로 학교 측과 싸우고……."

"흠, 역시 운동권 과격파답군. 오키나와는 좌익이 환영을 받는다고는 하더라만."

"야, 그런 어려운 말은 쓰지 마라." 뚜뚜뚜, 그새 시간이었다. "미안. 돈이 떨어졌다. 준에게도 인사 부탁해, 시간 나면 편지 한다고."

"뭐야, 너, 편지 쓸 시간도 없이 바쁘냐?"

"농사일이니 뭐니, 날마다 일만 한다."

"근로 소년이로군. 거참, 감동스러운 일이다."

"말은 좋다."

전화가 뚝 끊겼다. 주위가 온통 매미 우는 소리였다. 그밖에는 소리가 없는지라 소용돌이처럼 다가왔다. 지로는 한숨을 내쉬었다. 역시 도쿄는 머나먼 곳이었다.

어느새 모모코는 아이스캔디를 먹고 있었다. 물어보니 제 돈으로 샀다고 한다. 가진 돈을 좀 구경하자고 해서 억지로 오라버니 것도 사게 했다.

"실내화, 일단 주문해두자."

아주머니가 허리에 손을 짚고 명령하듯이 말했다. 물어보는 대로 운동화 사이즈를 알려주었다.

자전거에 걸터앉아 소다 맛 아이스캔디를 핥으며 귀로에 올랐다. 무카이의 목소리를 들을 수 있어서 흐뭇하기는 했지만 그건 한 순간이고, 다독다독 재워두었던 고향 생각이 일시에 깨어나고 말았다. 지로는 함께 놀 친구가 그리웠다. 야구를 하고 게임을 하고 농담을 나눌 친구.

게다가 누나의 우울하던 목소리도 되살아났다. 이사 얘기를 물었을 때, 누나는 전화 건너편에서 잠시 동요했던 것이다. 얼굴이 보이지 않는 그만큼 더더욱 마음에 걸렸다.

"언니가 그 서류 보내주겠지?" 모모코가 물었다.

"응."

"그럼 이제 전학할 수 있겠네?"

"응, 그렇게 되면 좋겠다만."

누나는 훨씬 나이 많고 가정도 있는 남자와 결혼한다고 했었다. 이른바 불륜이다. 결코 쓰고 싶지 않은 단어였지만, 아무리 초등학생이라도 이미 다 아는 말이니 어쩔 수가 없었다. 그 남자와 새 살림을 꾸리기 위한 준비가 제대로 풀리지 않는 걸까.

"오빠, 우리 가출하면 언니한테 갈까?"라는 모모코.

"그게 무슨 소리야?"

"아버지가 끝까지 학교에 안 보내준다고 우기면 오빠하고 나하고 가출해서 도쿄로 가는 거야."

지로는 대답하지 않았다. 초등학생 둘이서 어떻게 배와 비행기를 탄다는 건가.

"안 될까?"

"저기, 모모코, 너는 잘 모르겠지만 누나, 결혼할지도 몰라."

"거짓말!" 모모코가 눈을 둥그렇게 떴다. "누구? 누구랑?" 자전거를 바싹 붙인다.

"우리는 모르는 사람."

"전화로 그런 이야기는 안 하던데?"

"자매간이라도 말하기 싫은 게 있는 거야."

모모코가 자꾸 이것저것 캐물었지만 그냥 무시했다. 지로 역시 변변히 아는 게 없는 것이다. 게다가 별로 생각하고 싶지도 않았다.

다시 한숨이 나왔다. 땀도 줄줄 흘렀다. 남의 속도 모르고 태양은 눈부시게 빛났다.

집에 돌아가도 일이나 거들어야 할 테니 여기저기 둘러보다 가기로 했다. 바다를 향해 무작정 자전거를 달렸다. 사탕수수밭을 빠져나가자 바닷가 바로 앞쪽에 숲이 있고 그 속에 낡은 목조 창고가 서있었다. '별 아래 캠프장'이라는 불로 지진 간판 글씨가 보였다. 창고는 덧문이 닫혔고 사람이 사는 기척은 없었다. 죄다 이런 데뿐이구나. 빈집이 너무 많은 섬이다. 자전거에서 내려 모래사장으로 들어가려니 개 한 마리가 달랑달랑 다가왔다. 며칠 전 후나우키에서 보았던 개처럼 지로와 모모코의 냄새를 맡고 사라졌다. 그 앞에 노란 텐트가 있었다. 누군가 캠프를 하는 모양이었다.

"안녕하세요?" 느닷없이 옆에서 누군가 말을 걸어왔다. 놀라서 돌아보니 푸른 눈의 외국인이 서있었다. 키는 아버지하고 비슷할 것 같았다. 올려다보니 얼굴 한복판에 멋들어진 매부리코가 우뚝 솟아있었다. 하지만 이렇게 지저분한 사람은 처음 보았다. 금빛 머리칼을 뒤로 묶었고 수염은 자랄 대로 자랐다. 거기에 옷만 젖어있었다면 영락없는 표류자 꼴이었다. 지로는 저도 모르게 흠칫 뒷걸음질을 치며 "안녕하세요?"라고 작게 대꾸했다. 모모코가 지로의 등 뒤로 슬며시 숨었다.

"파이카지 초등학교 학생입니까?"

남자는 빙글빙글 웃으며 괴상한 억양으로 말을 걸어왔다.

"아뇨, 아닌데요."

"나의 이름은 베니입니다. 캐나다에서 왔습니다. 이 캠프장의 관리인입니다."

"미안합니다. 지금 나갈게요."

"노, 노. 나가지 않아도 됩니다. 어차피 손님은 없습니다. 주인은 이시가키 섬에 살고, 장사할 의욕이 없습니다."

"아, 네……." 뭐라고 대답해야 좋을지 몰라 가만히 있었다.

"어린아이들의 이름은 무엇입니까?"

어린아이들? 우리 이름을 묻는 것인가? 그렇게 해석하고 대답했다.

"지로와 모모코군요. 굿 네임."

베니라는 캐나다 사람은 하얀 이를 내보이며 머리를 아카베코 인형(고개를 끄덕끄덕 움직이는 붉은 소 모양의 닥종이 인형-역주)처럼 흔들었다.

"나나에와 아는 사람입니까?"

"네, 알아요." 모모코가 대답했다. "시라이 나나에. 어제 우리 집에 왔었어요. 그저께도 왔었구요."

"그렇습니까? 나나에는 나의 친구입니다. 나나에는 가끔 쌀을 가져다줍니다. 어린아이들은 무엇을 가져다줍니까?"

아무래도 뭔가 달라고 하는 것 같았다. 처음 만난 터에 참 뻔뻔스런 외국인이다.

"아무 것도 없는데요?" 지로는 입을 빼물며 대답했다. "우리도 이웃에서 생선이니 야채니 얻어먹고 살아요."

"오, 알았습니다. 나와 똑같은 종족이군요."

그 말에 불끈했다. 우리가 왜 표류자와 똑같은 종족 취급을 받아야 하는가.

"그러면 오늘은 내가 선물합니다." 베니 씨는 텐트로 가더니 안에서 무언가를 꺼내왔다. "이것을 주겠습니다." 그러면서 하얀 목걸이를 모모코의 목에 걸어주었다.

"우와." 모모코가 눈을 반짝였다.

"산호입니다. 모래사장에서 주운 것으로 만들었습니다."

아기 새끼손가락쯤 되는 산호 조각에 구멍을 뚫고 파란 물을 들인 연 실에 꿰어 만든 것이었다. 산호는 다섯 개쯤이고, 몇 십 년 물결과 모래에 씻긴 탓에 모두 매끈매끈했다. 연 실을 재활용한 게 약간 꾀죄죄한 느낌도 들었다.

"고맙습니다, 베니 아저씨."

모모코가 이름을 부르며 답례 인사를 했다.

"천만에요. 다음에 올 때는 먹을 것을 주십시오. 없어도 괜찮지만요."

나쁜 사람은 아닌 것 같았지만 어딘지 이상한 외국인이었다. 그래도 지로는 조금 유쾌해졌다. 만일 아버지가 산돼지를 잡아온다면 내일 그 고기를 나눠주자.

"나나에하고는 어떻게 친구가 됐어요?" 지로가 물었다.

"파이카지 초등학교의 학생과는 모두 친구입니다. 나나에는 영어를 할 줄 알기 때문에 좀 더 친구입니다."

그렇구나. 나나에는 외국에서 학교를 다녔다고 했었다.

"여기서 뭐해요?" 이번에는 모모코가 물었다.

"조각을 합니다. 그밖에는 날마다 바다를 보면서 삽니다. 이따금 농가에서 사탕수수를 베는 아르바이트도 합니다."

텐트 주변에 조각용인 듯한 목재가 여기저기 나뒹굴었다. 나나에네 이모도 화가라고 하더니, 이 섬에는 자칭 예술가들이 많이 모여드는 모양이다.

"기왕 여기까지 오셨으니 나의 작품을 보여드리겠습니다."

셋이서 텐트로 들어가 작품 몇 개를 구경했다. 대부분 얼굴이고 주술적인 이미지를 풍기는 조각이었다.

"하나에 1만 엔, 어떻습니까?"

"그런 돈이 어딨어요?"

"그냥 한 번 말해본 것뿐입니다."

도무지 속을 알 수 없는 외국인이었다.

새삼 베니 씨를 찬찬히 살펴보니 아직 스물너덧 살밖에 안 된 젊은 사람으로 보였다. 바짝 여위었고 티셔츠 밖으로 삐져나온 왼팔에는 문신이 새겨져 있었다. 지로의 시선을 알아차렸는지 팔소매를 걷고 보여주었다. 한자로 '연예인(演藝人)'이라고 새겨져 있었다.

"이거, 오키나와의 미국인에게 속았습니다. 나는 '스타'라는 뜻이라고 생각했습니다."

"뭐, 연예인도 스타라고 하면 스타예요."

"다음에는 제대로 성(星) 자를 새길 것입니다."

베니는 그다지 후회하는 기색 없이 싱글싱글 웃어댔다. 개가 곁에 다가와 제 주인과 똑같이 잇몸을 드러내고 웃었다.

"그의 이름은 '시사' 입니다. 시사가 무엇인지 압니까?"

"알아요. 오키나와 집의 지붕에 있는 액막이. 우리 집에도 있어요."

"누군가 버리고 간 개이기 때문에 내 가족으로 만들었습니다."

시사가 꼬리를 흔드는지라 머리를 쓰다듬어주었다. 모래사장에 떨어진 나무 조각을 던져주었더니 영리하게도 잡으러 달려갔다. 냄새를 맡고는 먹이가 아니라는 걸 알자마자 냉큼 모르는 척 시치미를 떼긴 했지만.

그러는데 나나에가 자전거를 타고 찾아왔다.

"어머, 지로! 모모코도 왔구나?"

뒤에는 네 명의 아이들이 있었다. 요컨대 전교생이다.

"베니 씨하고 아는 사이였어?" 나나에가 물었다.

"아니. 우연히 여기 왔다가 만난 것뿐이야." 지로가 대답했다.

"그래? 우리는 일주일에 세 번은 여기에 와. 여기 말고는 놀 데가 없거든."

"오늘은 무엇을 가지고 왔습니까?"라는 베니. 1학년 유헤이가 급식 시간에 받은 듯한 코페 빵 하나를 내밀었다.

"이것뿐입니까?" 얻어먹으면서도 투덜거린다.

"아이 참, 베니 씨는 늘 저렇다니까. 진짜 거만하지? 백수 주제에." 나나에가 팔짱을 끼고서 어른스러운 말투로 나무랐다. "베니 씨는 배낭여행으로 세계 일주를 하는 중인데 여기 야에야마에서 다들 친절하게 대해주니까 아예 눌러 살게 됐어. 이 섬에 온 지 벌써 반년이나 되었대."

"그전에는 요코하마에서 영어회화 학원의 선생님을 했습니다. 시급 3천 엔이었습니다."

"우리나라에 아주 재미를 붙였나 봐." 나나에가 콧잔등을 찡그렸다.

"우리나라에 오기 전에는 어떤 나라를 여행했어요?" 모모코가 물었다.

"미국입니다."

"뭐야, 그럼 이제 겨우 두 나라?" 지로가 얼굴을 찌푸렸다. 이런 식으로 세계 일주를 마치려면 대체 몇 십 년이 걸릴까.

베니 씨는 유헤이에게 받은 빵을 떼더니 반을 시사에게 건네주었다. 남에게 얻어먹고 사는 게 전혀 부끄럽지 않은 기색이었다. 이러니 야에야마에서 살아갈 만도 하다.

"우후후." 그 모습을 지켜보며 나나에가 웃었다. 지로와 눈이 마주치자 "왜 그런지 우리 매일 만나게 된다, 그치?"라고 말을 건네와 지로는 약간 부끄러웠다.

"있지, 있지, 오늘 도쿄 언니에게 전화해서 전출서류를 보내달라고 했어."

모모코가 나나에의 팔을 잡고 말했다. 완전히 친한 언니 대하듯 한다.

"그럼 이제 곧 학교에 올 수 있겠네?"

"아냐. 우리 아버지부터 설득해야 돼." 지로가 곁에서 끼어들었다. 이 일에는 그다지 낙관적일 수가 없었다.

"오늘도 야마시타 선생님이 너희 집에 가셨을 거야. 아마 교장 선생님도 함께 가셨을 걸?"

"진짜?"

한숨이 터졌다. 지금쯤 아버지는 선생님들을 상대로 말도 안 되는 이론을 펼치고 있을 것이다. 집에는 되도록 늦게 돌아가는 게 좋을 것 같다.

"삼각 베이스볼 하자." 3학년 겐타가 말했다. "그래, 하자, 하자!" 모두 찬성해서, 모래사장에 선을 그었다. 연식 테니스공과 배트 비슷한 나뭇가지는 베니가 가지고 있었다. 아무래도 늘 이곳에서 하는 놀이인 것 같았다.

여덟 명과 한 마리가 두 팀으로 나뉘었다. "두 사람이 불어나니까 진짜 야구 같아." 4학년 하루나가 흐뭇한 모양이었다. 그래, 여기서는 한 사람 한 사람이 소중하겠구나.

베니가 어른답지 못하게시리 홈런을 쳐버렸다. "우하하하……." 웃는 건 우리나라 사람과 똑같았다.

시사가 볼을 쫓아갔다가 먹이가 아니라는 것을 알자 그대로 모른 척 내빼버렸다. 도무지 도움이 안 되는 개였다.

지로는 폼을 좀 재려고 홈인을 할 때 백 텀블링으로 몸을 날렸다. 모두 우와, 하고 놀라서 내심 만족스러웠다. 나나에도 "와우!" 하고 감탄하는 얼굴이었다.

큰소리를 내지르고 땀을 흘려가며 진심으로 웃어봤다. 분명이 섬에 온 뒤로 처음이었다. 역시 학교는 다니고 싶었다.

42

다음 날은 아침부터 비가 왔다. 남쪽 나라다운 굵직한 빗방울이 소리 내어 대지를 두드렸다. 밭은 물을 빨아들여 검게 젖었고 급히 파놓은 배수로에서는 물방울이 튀었다.

어서 멤생이 우리를 지어줘야지. 재료는 버려진 집에서 뜯어다 쓰면 된다.

예상했던 대로 집에 비가 샜다. 지붕에 대략 열 군데는 구멍이 난 것 같았다. 큰 물통과 양동이를 눌받이로 긏다 놓았더니 떵똥땡똥 소리가 시끄러워서 안에 걸레를 넣어두었다. 처음 겪는 물난리여서 훨씬 더 비참한 마음이 들 줄 알았는데 막상 닥치고 보니 별로 그렇지도 않았다. 그새 원시적인 생활에 익숙해진 탓도 있을 것이다. 지로는 밥이나 안 굶고 밤이슬이나 피할 수 있으면 괜찮다는 느긋한 마음이 되어 있었다.

아버지는 마루방에 드러누워 책을 읽었다. "날씨 좋은 날에는 논밭을 갈고 비오는 날에는 책을 읽는 것이야말로 본디 인간이 지녀야 할 모습이로고"라느니 뭐니 중얼거리면서 행복한 얼굴로 오랜만에 편히 쉬었다. 어머니는 빵 만들기에 도전하고 있었다. 테이블에 큼직한 도마를 올려놓고 밀가루 반죽을 치댄다. 모모코가 곁에서 흥미진진하게 바라보더니 이윽고 손을 걷어붙이고 거들기 시작했다.

지로는 할 일이 없어 마루에 나가 각목을 깎았다. 야구 방망이를 만들기 위해서였다. 적당한 길이로 잘라서 우선 전체가 둥글게 되도록 끌로 가장자리를 깎아나갔다. 의외로 제법 솜씨가 있는 것 같아 스스로의 재능에 흐뭇했다. 샌드페이퍼로 싹싹 문질러서 번듯한 방망이를 만들어내면 나나에와 아이들에게 존경의 눈초리를 받을 것이다.

누가 본다면 평화로운 가정의 휴일 풍경이라고 부러워할지도 모르지만, 문제는 오늘이 평일이라는 것이었다. 일반적으로 평일이면 아버지는 회사에 나가고 아이들은 학교에서 공부를 하는 법이다.

공부가 뒤처지지는 않을까. 이런 걱정을 해본 건 태어나서 처음이었다. 누나는 지금쯤 학교와 구청에 들러 서류를 떼고 있을까. 물론 누나는 사랑스러운 남동생과 여동생을 가엾게 여기고 힘껏 도와줄 것이다.

누나……. 어제 전화로 들었던 침울한 목소리가 밤이 되자 다시 마음에 걸리기 시작했다. 결혼 이야기가 제대로 풀리지 않는 걸까. 사실 솔직한 마음으로는, 제대로 풀리지 않았으면 하는 바람도 있었다. 처자식 딸린 중년 남자와 연애를 하다니, 아무리 초등학생이라도 반대하는 게 당연하다.

그런 생각들을 하며 야구 방망이를 만들고 있으려니 숲 건너편에서 자동차 엔진 소리가 차츰차츰 가까이 다가왔다. 비가 와서 고기잡이 일을 공친 요다 할아버지가 오시는 모양이지. 무심코 눈길을 던졌다. 대형 사륜 구동차가 밭 앞에 모습을 드러냈다. 차 안에 탄 것은 양복 차림의 낯선 남자 두 명이었다.

어쩐지 불길한 예감이 들었다. 아버지는 양복쟁이들하고는 무슨 살이라도 낀 것처럼 유난히 사이가 안 좋았다. 차 안에 앉은 남자들의 표정이 보였다. 얼굴이 일그러진 채 집 쪽을 바라보고 있었다. "에이 씨, 재수 없어!" 그런 소리가 들려올 듯한 분위기였다.

아버지가 빙글 몸을 돌려 자동차를 응시했다. 어머니도 고개를 빼고 바깥을 살폈다.

두 남자는 자동차에서 내리더니 우산을 받쳐 들고 천천히 집을 향해 다가왔다. 한눈에도 이곳 섬사람이 아니라는 것을 알 수 있었다. 얼굴이 전혀 햇볕에 그을리지 않았기 때문이다. 둘 다 똑같이 딱딱한 표정이었다. 분명 좋지 않은 일이다. 천 엔을 걸어도 좋다.

"안녕하세요?" 젊은 남자 쪽이 인사를 건넸다. "댁들은 누구십니까?" 이상한 소리를 묻는다. 아니꼬운 안경을 걸쳤고 뾰족턱의 빈상이었다.

아버지가 몸을 일으켰다. 코를 한 번 들이키더니 "댁이야말로 누구쇼?"라고 귀찮은 듯 입을 열었다.

"이 섬 출장소에서 이곳에 들어온 가족이 있다는 소식을 듣고 찾아왔는데……." 이번에는 좀 더 나이 들어 보이는 남자가 집 안을 들여다보며 무뚝뚝하게 말했다. "당신들, 혹시 원고 측 사람이오? 그렇다면 이건 법률 위반이지."

남자는 더운 날씨에도 불구하고 더블 단추 양복을 입고 있었다. 구두에서는 금빛 장식이 빛났다.

아버지가 마루로 걸어 나왔다. 185센티미터의 위용에 사내들이 일순 멈칫하며 말을 잃었다.

"누구냐고 물었잖아?" 아버지가 쓰윽 노려보았다.

연배의 사내는 얼굴을 붉히더니 아버지를 올려다보며 말했다.

"도쿄의 '케이티개발'이오. 그런 거, 이미 다 알잖아?"

"모르겠는데?"

"시치미 떼지 말고. 이봐요, 착공은 일단 미뤄졌지만 계획이 변경되는 일은 없을 거요. 근데 당신, 무슨 야쿠자 알박기꾼처럼……."

"흥, 야쿠자라니, 무슨 섭섭한 말씀을?"

"아니, 그렇잖아, 1심에서 당신들의 신청이 기각되었어. 법률은 우리 편이란 말이야."

아버지는 말없이 가슴을 쫙 젖히고 있었다. 지로는 이쪽에서 방망이 깎기를 멈추고 마루에서 방 안으로 후퇴했다.

"당신들이 또 다시 개발 반대 소송을 걸고 나설 줄은 충분히 예상하고 있었지만, 아무리 그래도 이런 불법 점유는 법률을 무시하는 거지. 재판에서 심증(心證)만 나빠질 거 아뇨?"

이 사람들은 명백히 뭔가 큰 착각을 하고 있었다. 죄다 처음 듣는 소리들이었다. 첫째로 지로 가족은 상라 할아버지의 소개로 이곳에 와서 살게 된 것이다.

"혹시, 또 출처불명의 토지 권리증이니 뭐니 찾아왔나?"

안경 쓴 사내가, 개축한 집을 이리저리 둘러보며 지겹다는 듯 말했다.

"그런 거 없어. 빈집인 이상, 어디서 살건 내 마음이지."

아버지가 처마에 매달아둔 산돼지 가죽을 손끝으로 툭툭 쳤다. 그제야 알아본 듯 사내들이 다시 한 번 흠칫 했다. "그런 말도 안 되는……." 어물대는 소리로 중얼거린다.

"큰길 곳곳에 '리조트 개발 반대'라는 간판이 서있더니만, 그 상대가 바로 너희들이었군."

"너희들이라니……." 안경의 얼굴색이 변했다. "우리는 되도록 조용히 이야기하려는데 당신이 그런 식으로 말하면 곤란하지. 혹시 시민단체가 아니라 섬 주민이오? 그렇다면 한마디 하겠는데, 우타키가 뭔지는 모르겠지만 그런 걸 앞세워서 반대를 해대면 오키나와 어디에도 호텔 같은 건 한 채도 못 지어."

우타키라고? 처음 이곳에 왔을 때 섬사람들이 알려준, 신을 모셔두었다는 숲속의 성소(聖所)다. 지로는 점점 더 무슨 얘기인지 알 수가 없었다. 어떻든 한 가지 확실한 건 이 사람들이 우리 식구를 이 집에서 살지 못하게 하려고 찾아왔다는 것이었다.

어머니를 바라보니 떨떠름한 표정으로 손짓을 했다. "모모코하고 멤생이에게 가봐"라고 귀엣말을 했다. 지로 역시 이런 자리에 더 이상 있고 싶지 않아 일단 피난하기로 했다.

"아무튼 이름만이라도 알려주쇼. 우리 쪽에서는 분명히 신분을 밝혔으니." 연배의 남자가 쓰디쓴 벌레를 씹은 듯한 얼굴로 명함을 내밀었다.

"흥, 그런 걸 내가 왜 받아?" 아버지는 전혀 대화에 응할 마음이 없는 모양이었다.

그렇구나, 이 땅이 누군가의 소유물이었구나. 하긴 그렇기도 할 것이다. 아무리 빈집이라도 공짜로 살 수 있을 리가 없다.

우산을 들고 멤생이를 묶어둔 또 다른 폐가로 나가 곰팡이 냄새 풍기는 집 안으로 들어섰다. '메헤헤헤' 멤생이가 반가운지 한사코 얼굴을 들이밀어서 턱의 수염을 꾹 잡아당겨 주었다.

격자무늬 창문 너머로 상황을 살폈다. 어머니도 마루에 나와 이야기에 가담하고 있었다.

"우리, 여기서 쫓겨나는 거야?" 모모코가 말했다.

"글쎄."

"호텔을 짓는다고 했지? 여기 산속에다 짓는다는 거야?"

"내가 알 게 뭐야?" 지로가 입을 툭 내밀었다. "하지만 어째 이상하다는 생각은 했었어. 밭도 그렇고 이 빈집도 그렇고, 사실은 다 주인이 있을 텐데."

"나는 상라 할아버지 것인 줄만 알았는데."

"나는 처음부터 수상하다 싶었어."

"흥, 상라 할아버지네 식구들에게 이른다?"

"일러봐. 바다로 가서 이시가키 섬을 향해 실컷 일러봐."

마루에서는 두 남자가 서류 같은 것을 펼쳐놓고 뭔가 주절주절 늘어놓고 있었다. 나지막한 언덕의 산속에 자리 잡은 이 토지는 얼핏 생각해도 일등지였다. 걸어서 바로 얼마 안 되는 곳에 아름다운 우라비치도 있다. 리조트 업자가 그냥 내버려둘 리가 없었다. 분명 진즉에 어떤 회사에선가 사들인 땅인 것이다. 재판이니 뭐니 했던 것은, 섬에서 건설 반대운동이 일어났기 때문일 것이다.

"오빠, 여기서 쫓겨나면 도쿄로 돌아갈 수 있을까?"라는 모모코. 그렇게 되기를 기대하는 듯한 말투였다. "이시가키 섬이라도 좋고, 그게 안 되면 히라라 스토어에서 가까운 곳이라도 좋을 텐데. 분명 임대주택 같은 게 있을 거야."

"아버지가 잘도 그러겠다. 만일 여기서 못 살게 되면 그 다음에는 아무도 귀찮게 하지 않는 정글에서 살겠다고 할 걸? 정글에는 뱀이니 거머리 같은 게 우글우글하고 빈집도 없을 테니까 아마 동굴을 찾아서 살 거다."

지로가 반은 자포자기한 심정으로 농담을 던지자 모모코는 경멸의 눈초리로 쏘아보며 입을 꾹 다물어버렸다.

"하긴 그 전에 한 바탕 난리가 나겠지. 아버지가 양복쟁이들이 하는 소리를 고분고분 들어줄 리가 있겠냐? 틀림없이 큰 소동이 벌어질 거야. 두고 봐."

마침 타이밍을 맞춘 듯 아버지의 고함 소리가 쩌렁쩌렁 울렸다. "당장 돌아가지 못하겠어!" 빗소리에도 지지 않는 엄청난 음량이었다. "이 자본가의 졸개들아! 너희가 시골 정치꾼과 결탁해서 이주자들의 피와 땀의 결정체인 이 논밭을 몇 푼 안 되는 돈으로 긁어모은 모양인데, 어림도 없어. 이 땅을 너희 멋대로 써먹을 생각일랑 하지도 마! 야에야마는 도쿄의 식민지가 아니야!"

또 시작이다. 지로는 손으로 얼굴을 덮었다. 어째서 아버지가 가는 곳마다 소동이 일어나는가.

아버지는 마루에서 마당으로 내려오더니 젊은 쪽 남자의 가슴팍을 밀쳤다. 남자가 비틀거렸다. "아아, 폭력은 쓰지 맙시다." 겁에 질린 두 사람이 자동차 쪽으로 도망쳤다.

"이봐, 경찰에 신고할 테니 그리 알아. 명백한 불법 점거야, 이건. 우리는 법대로 하는 거야. 자연 보호인지 뭔지, 그건 모르겠지만 우리는 규칙대로 일하는 거라구!"

연배의 사내가 그런 말을 내던졌고 자동차는 왔던 길을 후진해 돌아갔다. 박자를 맞추듯 빗발이 한층 강해졌다. 멤생이가 뒤에서 지로의 머리를 깨물려고 해서 다시 한 번 수염을 잡아당겨 주었다.

오후가 되자 경찰관 한 명이 찾아왔다. 하지만 도쿄의 경찰과는 인상이 전혀 딴판이었다. 그야말로 외딴섬 주재소 경찰다운 분위기를 풍겼다. 전혀 무섭지도 않았고 체격도 보통이었다. 게다가 아직 젊은 사람이었고 속눈썹은 여자처럼 길었다. 선생님이었다면 여학생들에게 꽤 인기가 있었을 것이다. 지로는 그런 아무 상관도 없는 생각을 했다. 경찰관은 고무장화를 신고 소형 자동차를 타고서 등장했다. 사전에 정보를 수집했는지, 지로네 가족이 이곳에서 살게 된 경위를 다 알고 있었다.

"섬사람들에게 들었는데요, 우에하라 씨, 이곳에 임의로 정착하셨다면서요?" 그렇게 말하고는 손수건으로 이마의 땀을 닦았다. "아, 제 소개가 늦었습니다. 저는 북동지구 파출소의 아라가키(新垣)라는 사람입니다." 꾸벅 고개를 숙인다. 시끄러운 사건이라고는 일어나지 않는 섬이라서 경찰의 태도도 느긋한 모양이다.

"계급은 순경인가?" 아버지가 마루에서 내려다보며 말했다. 한참 얕잡아보는 표정이었다. 아라가키라는 주재소 경찰은 일순 기분이 상한 듯한 표정으로 "예, 순경입니다. 아직 경찰이 된 지 몇 년 안 되었으니까요"라며 모자를 고쳐 썼다.

"아직 나이도 어린 사람이 국가의 앞잡이 노릇인가? 자네, 내가 보기에는 야에야마 사람인데 어째서 혁명에 뜻을 두지 않았어?"

"예?" 아라가키 순경의 미간이 찌푸려졌다.

"예는 무슨 예야? 내지(內地)에서 저희들 좋을 대로 착취를 할 때마다 의분을 느낀 적이 없었나? 도쿄 나가타에 불을 질러버리겠다는 생각은 해본 적이 없었어?"

"아뇨, 그게······."

"이런 바보, 농담이야, 농담. 아무튼 자네도 오키나와 사람이라면 리조트 업자의 심부름꾼 같은 짓은 하지 마."

"리조트 업자의 심부름꾼이라뇨……?" 아라가키 순경은 얼굴을 붉혔다. "저는 불법 점거에 대한 불만신고가 들어와서 나와본 겁니다. 이런 상황이면 우에하라 씨, 사실인 것 같군요. 혹시 도쿄의 '이리오모테 섬의 바다와 숲을 지키는 모임' 멤버입니까?"

"난 몰라, 그런 촌스러운 이름은."

"그러시겠죠. 아까 요다 할아버지한테 상라 어른과 절친한 분이고 아카하치의 자손이시라고 들었습니다."

아카하치의 이름을 말할 때, 아라가키 순경의 말투가 문득 공손해졌다.

"그럼 그걸로 해결됐네."

"해결된 게 아닙니다. 남의 토지에 무단으로 들어와서 사는 건 좀 문제가 되지요. 게다가 파이카지 초등학교 교장 선생님께 들었는데, 자녀분을 학교에도 안 보내신다면서요?"

"호오, 이 섬의 경찰은 남의 집 교육방침에까지 관여하는가?"

"그런 얘기가 아니고요. 이 섬에 이주하실 거라면 임대료 2만 엔의 공공주택도 있고, 본적이 오키나와이고 어린 자녀가 있을 경우에는 그에 따른 우대조치도 받을 수 있거든요. 되도록이면 그런 수속을 밟아서 정식으로 주민이 되시면 좋지 않은가 해서요. 굳이 전기도 수도도 없는 이런 폐촌이 아니라도 얼마든지 문화적인 생활을 누리실 수 있는데요."

아라가키 순경의 말씨는 소박하고 어눌했다. 기다란 속눈썹을 연방 깜빡였다.

거실에서 듣고 있던 모모코가 지로의 셔츠를 잡아당겼다. 입가가 벙긋 벌어지며 지로의 귀에 대고 속닥거렸다. "오빠, 공공주택이 있대." 모모코는 그런 좋은 소식을 들고 온 아라가키 순경을 적극적으로 응원하고 싶은 심정일 것이다.

어머니가 우물물에 차갑게 식힌 보리차를 내왔다. 오전에 찾아온 남자들과는 대접이 완연히 달랐다. "아, 이거, 감사합니다." 아라가키 순경은 황송한 듯 마루 끝에 앉더니 단숨에 보리차를 마셨다. "저어, 가능하시면 한 잔만 더. 헤헤." 어쩐지 무척 사람 좋아 보이는 순경 아저씨였다.

"기왕 왔으니 좀 물어보겠는데, 케이티개발이라는 건 뭐야?"

아버지도 마루에 나란히 자리를 잡고 앉았다.

"도쿄의 리조트 회사예요. 오바라(大原) 쪽에 별장식 호텔을 건설했는데 그게 인기가 있으니까 이 일대에도 땅을 사들였죠. 이제는 저기 숲 뒤에 있는 우라비치까지 죄다 케이티 땅이에요."

"흥, 이리오모테에도 거대 자본이 흘러들었군."

"이곳은 원래 하테루마에서 이주해온 사람들이 개척한 땅이라서 폐촌이 된 뒤로는 소유자가 명확하지 않았는데, 그걸 케이티가 샅샅이 찾아내서 사들인 거지요. 그랬더니 도쿄의 어느 변호사 사무실을 중심으로 반대운동이 일어나서 시민단체가 와하고 밀려들고…… 아직도 오바라 쪽에서 반대운동이 한창이에요."

어머니가 사타안다기를 가져와 아라가키 순경에게 권했다. 지로와 모모코도 하나씩 집었다.

"지로하고 모모코지? 잘 부탁한다."

아라가키 순경이 다정한 눈빛으로 인사를 해와서 지로는 점점 더 호감이 갔다. 동시에 괴짜 아버지가 더더욱 미안했다.

"그래, 섬사람들은 어떻지?"

"처음에는 동네가 발전하고 일자리도 늘어날 거라면서 찬성들을 했는데요, 숲속의 우타키를 부순다는 소식을 듣고는 그건 절대로 받아들일 수 없다고……."

"뭣이, 우타키를 부숴? 흥, 그건 절대로 받아들일 수 없지."

"시민단체가 재판을 걸었는데, 환경 피해에 대해서는 입증이 불충분하다고 해서 개발 저지 신청이 기각되었어요."

"재판소란 게 원래 그런 곳이야. 늘 권력의 개 노릇이지."

"하지만 시민단체도 포기하지 않고 다시 새로운 소송을 준비하는 모양이에요. 거기다 섬 주민 중에도 찬성파와 반대파가 있어서 일이 꽤 복잡합니다."

아버지는 말없이 바깥 경치를 바라보며 수염이 덥수룩한 턱을 쓸고 있었다.

"어떠세요, 우에하라 씨. 제가 조사를 해보니까 마침 공공주택 한 군데가 비어있더군요. 상라 어른의 소개도 있고 하니까 문제없이 입주할 수 있습니다."

"아라가키 순경." 아버지가 정색을 하고 불렀다. "자네는 어느 쪽이지?"

"어느 쪽이라뇨?"

"리조트 호텔 건설에 찬성인가 반대인가?"

"아, 예. 저야 중립을 지켜야 할 공무원이라서요. 어느 쪽도 아닙니다."

"그래도 의견 정도는 있을 거 아냐? 아니면, 외딴섬에서 한두 해 때우다가 휙 떠날 테니 아무려나 상관없다는 건가?"

"아무려나 상관없는 건 아닙니다." 아라가키 순경은 착실한 성격인 듯, 입을 뾰족하게 내밀고 진지하게 생각에 잠겼다.

"……그렇습니다, 물론 자연을 지키겠다는 마음을 모르는 건 아니지만 우리 섬의 앞날을 생각하면 리조트 호텔이 있는 편이…… 그리고 할아버지 할머니들은 유타(영적인 능력을 가진 점술가 – 역주)를 찾아가 점까지 치면서 우타키를 고집하지만요, 그건 아무래도 시대에 뒤떨어신 생각이 아닌지……."

"자네, 그러고도 야이마 사람인가?"

아버지가 윽박지르듯이 말했다.

"아, 아뇨. 물론 환경보호를 위해 최대한 배려한다는 조건이 맞춰져야지요."

"우타키는 어떻게 되어도 상관없어? 시대에 뒤떨어진 거야, 그게?"

"아뇨, 그게 그러니까……."

아라가키 순경이 아버지의 기에 눌려 진땀을 빼고 있었다. 아버지는 으스스하게 실눈을 뜨고 바라보고 있었다.

"자네에게는 진실을 일러주지. 실은 내가 이곳 우타키를 지키기 위해 이리오모테까지 찾아왔어. 그리 만만하게 물러설 줄 알아? 케이티개발과 섬 의회에 말해둬. 아카하치의 자손 우에하라 이치로가 상대해주겠다고 말이야."

아라가키 순경의 얼굴이 순식간에 하얘졌다.

"무, 무슨 말씀이십니까······?"

"말 그대로야. 자, 어서 돌아가. 제복을 벗고 놀러온다면 소주쯤이야 대접하지. 캬하하."

아버지가 흉악하게 웃었다. 아라가키 순경은 어이가 없는지 입만 떡 벌리고 있었다. 어머니를 보니 어처구니없다는 표정으로 천장을 올려다보고 있었다.

지로의 가슴속에서 어두운 마음이 자꾸자꾸 커져갔다. 뭐가 우타키를 지키기 위해서 이리오모테에 찾아왔다는 말인가. 그저 입에서 나오는 대로 하는 소리다. 뭐가 아카하치의 자손인가. 지난주까지도 의심했던 주제에. 아버지는 또 다시 싸울 상대를 찾아내고 만 것뿐이다.

"이봐, 사쿠라. 소금 가져와."

아버지가 좋아죽겠다는 듯 어머니에게 명령했다.

"싫어요."

어머니는 차갑게 무시하고 그릇들을 치우기 시작했다.

어떻게 해야 좋을지 몰라 아라가키 순경이 지로에게 눈으로 도움을 청해왔다. 지로는 어른 흉내를 내어 어깨를 으쓱 쳐들었다.

우리 아버지는 상대도 하지 마세요. 그런 말이 입 밖으로 튀어나올 뻔했다.

43

아라가키 순경의 이야기 덕분에 리조트 개발을 반대한다는 간판이 갑자기 눈에 들어오게 되었다. 길 곳곳에 세워져 있었고, 배수에 의한 해양 오염을 호소하는 장문의 간판도 있었다.

"이거, 뭐라고 읽어?" 모모코도 마음에 걸리는 모양이었다.

"경관 파괴(景觀破壞). 호텔이 건설되면 경치가 나빠진다는 뜻이야."

"성 같은 호텔이 늘어서면 멋있잖아."

"그런 동화 같은 건물이 여기에는 영 생뚱맞은 거야."

"하지만 난 반대 안 할 수도 있어." 입에 웃음을 담고 있었다.

"모모코, 어떤 판단이든 그렇게 너한테 이익이 되는 쪽으로만 내려서는 안 돼."

말은 그렇게 했지만 지로도 약간의 기대를 품고 있었다. 그 집에서 떠날 수밖에 없다면 첫 번째 후보지는 역시 공공주택이다.

어제, 아버지와 어머니에게는 비밀로 하고 당장 그 공공주택을 구경하러 갔었다. 학교에서 가까운 주재소를 찾아가 아라가키 순경에게 장소를 물어봤더니 친절하게도 동사무소에서 열쇠까지 빌려다 자동차로 안내해주었던 것이다. 참고로 말하자면, 주재소 안쪽에 아라가키 순경의 살림집이 있었는데 무슨 하숙방처럼 잔뜩 어질러져 있었다. 갑작스레 들어가게 되었던 터라 아라가키 순경은 적잖이 당황한 기색이었다. 모모코가 "결혼 안 하세요?"라고 물었더니 동안(童顔)의 독신 순경은 귀까지 빨개져서 "아이, 아직 빠르지"라며 고개를 저었다.

"너희 아버지, 어떤 분이셔?"

가는 길에 아라가키 순경은 자꾸 아버지에 대해 물었다. 어지간히 험악한 소리를 들었으니 당연한 일이었다. 그날은 다시 한번 회사 쪽과 상의해보라고 권하고 돌아가기는 했지만, 내심 불안하다는 표정이었다. 분명 이 섬에 부임해온 뒤로 사건다운 사건 한번 일어난 적이 없었을 것이다. 그런 참에 까다로운 문제 인물이 찾아온 것이다.

"우리 아버지는 예전에 과격파 운동권이었구요, 지금은 아나키스트예요."

조용히 할 것이지 다시 모모코가 쓸데없는 입을 놀렸다. 아라가키 순경의 얼굴이 금세 흐려졌다.

"이 섬은 마음대로 정착하려는 사람이 많네, 정말. '별 아래 캠프장'의 이상한 외국인도 그렇고. 섬사람들이 너그러워서 이러니저러니 잔소리를 하지 않으니……."

"베니 씨요?"

"그래, 알고 있구나? 소유주의 허가를 얻었다고 하는데, 참말인지 거짓말인지."

이전에는 정글에 들어가 살겠다는 사람들도 있었다고 한다. 그러고는 그 길로 행방불명이 되어버린 사람도 적지 않단다.

"찾아보면 백골이 열 구 스무 구는 나올 거야."

아라가키 순경이 유령 흉내를 내는 바람에 모모코가 꺄아꺄아 하며 좋아했다. 아이들을 좋아하는 착한 순경 아저씨였다.

마을 변두리에 있는 공공주택은 단층 콘크리트 건물로, 낡기는 했지만 튼튼해 보였다. 오키나와는 태풍이 잦아서 우선 건물이 튼튼해야 하는 모양이었다. 히라 스토어에서 백 미터 거리, 그야말로 훌륭한 입지였다. 이곳이라면 쇼핑도 편리할 것이고 학교도 걸어 다닐 수 있을 터였다.

안에 들어가 보니 방 세 개에 거실과 부엌, 그리고 새 벽지 냄새가 풍겼다. 부엌도 청결하고 화장실은 당연히 수세식이었다. 지로는 가슴이 벅찼다. 모모코도 눈을 반짝였다. 일반적으로 치면 오히려 허름한 집이겠지만, 지금 사는 산속의 집에 비하면 모든 게 호화롭게 보였다.

"수속만 하면 언제라도 입주할 수 있으니까 지로하고 모모코가 아버지를 설득해봐." 아라가키 순경이 말했었다.

지로는 자신들을 진심으로 염려해주는 사람이 있다는 데 용기가 났다. 모모코는 완전히 아라가키 순경의 팬이 되어버린 눈치였다.

이날, 베니 씨의 캠프장에 놀러가는 길에 히라라 스토어에 들렀더니 누나가 보낸 속달 소포가 와있었다. 머나먼 남쪽 외딴섬에 단 이틀 만에 도착했으니 우편 시스템 하나는 정말 우수한 나라다. 아주머니에게 고맙다는 인사를 하고 당장 그 자리에서 포장을 뜯었다. 우선 티셔츠가 눈에 들어왔다. 모모코와 지로를 위해 누나가 사 보낸 것이다. 물론 나카노 구청에서 발행한 전출서류 복사본도 들어있었다. 그리고 몇 장의 전화 카드. 누나의 마음 씀씀이가 너무나 고마웠다. 역시 친형제가 좋다.

하지만 편지에는 '학교에서 수학여행 납부금을 돌려주어서 누나가 보관하고 있다'라고 씌어있었다. 이런, 슬쩍 가로채려는 거 아냐? 그리고 이런 말도 적혀있었다.

> 미나미 선생님을 만났는데, 지로한테 미안하다고 하시더라. 아버지가 항의했던 수학여행 납부금에는 역시 문제가 있었대. 전교조 교사가 조사해봤더니 교장 선생이 여행사에서 공짜로 하와이 가족 여행 접대를 받았더래. 사실상의 리베이트 행위여서, 지로에게는 특히 미안하다고 진심으로 머리를 숙이시더라. 편지도 주셨어. 함께 넣었으니 읽어봐라.

안에 또 다른 봉투가 있었다. 받는 사람에 '우에하라 지로에게'라고 이름이 적혀있었다. 뒤를 보니 '미나미 아이코'라고 씌어있었다. 정말 미나미 선생님이 써주신 것이었다. 얼른 봉투를 뜯었다. 여성스러운 동그란 글씨로 써내려간 편지였다.

우에하라 지로에게.

안녕, 잘 지내니?

가족이 모두 오키나와로 이주하셨다더구나. 너무 갑작스러운 일이라 선생님은 놀랐단다. 이별 모임도 열어주지 못하고, 미안하다. 우리 반 아이들도 모두 아쉬워하고 있어.

그쪽 생활은 어떠니? 선생님도 학생 때 오키나와에 가본 적이 있는데, 투명한 푸른 바다와 하얀 모래사장이 지금도 눈에 선하다. 또 가보고 싶어, 선생님도. 그때는 꼭 이리오모테 섬에도 갈게.

선생님은 지로에게 사과해야 할 일이 있단다. 수학여행 납부금에 관한 문제야. 언젠가 지로 아버님께서 지나치게 비싸다는 항의를 하셨을 때, 선생님은 수학여행은 일반 패키지여행과는 다를 수밖에 없다고 말했었어. 그리고 지로에게 그 일로 아버지가 학교에 찾아오시는 건 삼가해달라는 얘기도 했었지. 하지만 사실을 말하자면 선생님도 그 비용에 대해서는 내심 이상하다고 생각했었어. 다른 선생님들도 분명 똑같은 생각이었을 거야. 하지만 뭐랄까, 귀찮은 마음이 들어서 되도록 그 문제에는 관여하고 싶지 않았을 뿐이지.

선생님들이 출장을 가거나 할 때, 그 여행사에 부탁하면 몹시 싼 가격으로 해주곤 했어. 휴가 때 개인적으로 여행을 갈 때도 정가보다 훨씬 싸게 해주었고. 요컨대 그 보상으로 학생들의 소풍이나 수학여행 비용이 비싸게 매겨졌던 거야. 이건 흔히 말하는 바로 그 유착(이 단어의 뜻은 사전을 찾아보렴)이야. 여행사와 학교가 뒤에서 손을 잡고 학부모에게서 이유 없는 돈을 거둬들인 거지. 이건 도쿄의 거의 대부분의 학교에서 하고 있는 부정행위야.

그러니까 지로네 아버지께서 하셨던 항의는 옳은 것이었고, 학교에서는 그런 말이 밖으로 새어나갈까 봐 겁을 냈던 거야. 교장 선생님의 당황하는 모습은 보기가 딱할 정도였어. 그 뒤로 주위에 이래저래 알아봤는데, 교장 선생님은 이전에 공짜로 하와이 가족 여행까지 했었대. 그러니 당황할 만도 하겠지?(웃음)

학교와 지로네 아버지 사이에 끼었던 선생님은 그때는 적잖이 괴로웠지만, 지금은 어째서 지로와 한편이 되어주지 못했는지, 몹시 후회하고 있어. 선생님은 학생보다 직장을 먼저 생각했어. 그저 평지풍파를 일으키고 싶지 않다는 마음에 지로에게 옳지 못한 말을 하고 말았어. 교감 선생님이나 학생주임에게서 어떻게 좀 해보라는 재촉을 받고는 공황상태에 빠져버렸단다. 정말로 미안하다. 이제라도 교장 선생님에게 옳은 소리를 할 수 있다면 좋겠는데, 아직 신참인 선생님에게는 그런 용기가 없구나. 선생님, 정말 한심하지? 이제 더 이상 우리 반 친구들에게 선생님이랍시고 잘난 척 떠들 수도 없어.

지로도 어른이 되면 잘 알겠지만 어른의 세계에는 이런 사기가 아주 많단다. 선생님은 이 자리에서 그것을 인정하지 않을 수가 없다. 지로네 아버지처럼 정정당당하게 이의를 제기하시는 분은 백만 명에 한 사람 정도일 거야. 그런 아버지를 자랑스럽게 생각해도 좋다고 생각해. 조금 무섭긴 하지만.(웃음)

지로 세대가 어른이 되었을 때는 부디 올바른 말을 하는 사람이 손해 보지 않는 사회를 만들어줬으면 좋겠다. 서로 협력하는 것도 중요하지만, 나쁜 일에 협력해서는 아무 의미도 없겠지? 선생님도 앞으로는 조금씩 대항해볼 거야. 우선 여행사에 미운 소리 한마디쯤 해줄까 생각하고 있단다.

너무 긴 편지라서 미안하다. 선생님은 나름대로 1년여 동안 지로와 잘해보려고 노력했는데, 마지막에는 별로 좋은 선생님이 아니었어. 진심으로 반성하고 있단다.

자, 그럼 부디 건강하게 잘 지내기를. 우리 반 친구들에게 편지 보내줘. 안녕.

미나미 아이코

지로는 잠시 편지를 바라보고 있었다. 그런가, 아버지가 옳았는가. '자랑스럽게 생각해도 좋다'는 건 아무래도 받아들이기 어려웠지만, 그래도 가슴이 뭉클했다. 미나미 선생님이 사과를 해주셨다. 어른이 잘못을 인정해주었다……. 나카노를 떠나오기 전에 괴로웠던 학교에서의 기억이 단숨에 어디론가 날아가 버렸다.

옆에서 아주머니가 마음대로 전출서류를 펼쳐 보더니 "어라,

전출지가 우리 집 주소로 되어있네? 하긴 그것도 괜찮지 뭐, 하하하" 하고 태평하게 웃었다.

"오빠, 이제 학교에 갈 수 있어?"

"글쎄, 아버지가 어떻게 나올지……." 지로가 떨떠름하게 대답했다. "아참!" 갑자기 생각이 나서 아주머니에게 물어보았다. "아주머니는 우라비치 호텔 건설에 찬성이에요, 반대예요?"

"아줌마는 물론 반대야." 얼굴을 잔뜩 찌푸리며 즉석에서 대답이 돌아왔다. "리조트 호텔 같은 거, 내지에서 관광객이 와봤자 잘되는 건 호텔 내부뿐이야. 호텔 안에서 식사하고 호텔 안에서 쇼핑하고, 그 회사만 엄청 돈을 번다니까. 민박이나 펜션이라면 대환영이지만 리조트 호텔은 안 돼."

"숲속의 우타키를 부순다는 건 어떠세요?"

"그건 정말 말도 안 되지." 한층 더 미간을 좁히며 손을 내둘렀다. "처음에 했던 주민 설명회 때는 숲은 그대로 두겠다고 하더니, 나중에 나눠준 계획서에는 그 숲이 별안간 수영장이 되어 있더라니까. 정말 해도 너무하더라, 도쿄 개발업자들. 의회 의원까지 완전히 저희 편으로 만들어버렸어."

아주머니가 여기서 목소리를 낮췄다.

"이곳 의회에 자마(座間)라는 사람이 있는데 이 사람이 토건회사 사장이거든? 거기 토지를 정리해서 개발업자에게 제공한 것도 바로 그 자마 의원이야. 그 보답으로 건설공사 일을 따낸 거야. 이 근동 사람들은 다 아는 이야기지."

어른들의 세계는 복잡하다. 여기저기서 사기가 횡행하는 모양이다.

아주머니가 "이거 먹을래?"라며 마른 오징어를 내주었다. 모모코와 둘이서 질겅질겅 씹었다.

"그 우타키는 우리 섬을 지켜주는 하느님이야. 본토 사람들도 누가 자기 동네 절을 때려 부순다면 펄펄 뛰며 화를 낼걸? 그런데도 그 회사 사람들은 다른 곳에 또 만들면 되지 않느냐고, 아주 태연히 우기더라니까. 참내, 어이가 없어서."

"하지만 결국 호텔이 들어서겠지요?"라는 모모코.

"글쎄, 어떻게 될지. 반대운동이 벌어지는 바람에 미뤄지기는 했는데, 이제 슬슬 짓기 시작하려나 어쩌려나. 법률을 앞세우고 나서면 우리야 찍소리도 못하고 당해야지 뭐."

아주머니는 자기 손으로 어깨를 툭툭 치더니 "에구, 싫다 싫어"라고 투덜거리며 가게 안으로 들어갔다.

"결국 지을 건가 봐."

모모코가 노골적으로 반기는 표정을 지어서 코를 꽉 꼬집어주었다.

그보다 전화를 하고 싶었다. 기왕 전화카드도 받았으니 다시 친구들의 목소리를 듣고 싶었다. 세어봤더니 다섯 장이었다. 도합 2천5백 엔어치다.

우선 고맙다는 인사를 하기 위해 누나의 휴대전화에 걸었다. 금세 받는다.

"누나? 나야. 선물이랑 서류랑 잘 받았어. 고마워."

"응, 지로구나. 잠깐만." 업무중이었는지 자리를 뜨는 소리가 났다. "학교, 꼭 다닐 수 있게 아버지하고 한번 싸워봐."

누나가 격려해주었다. 하지만 그 목소리에는 어쩐지 기운이 없었다.

"저기, 거기서 사는 거 어떠니?"

"뭐, 그럭저럭 괜찮다고 할까?"

어떻게 대답해야 좋을지 몰라 지로는 애매한 대답을 했다.

"모기랑 파리 같은 게 우글우글해?"

"응, 꽤 있지. 하지만 금세 익숙해져. 사나흘 지나니까 모기도 안 물던데?"

"후우." 한숨을 내쉰다. 뒤에서 사이렌 소리가 들렸다. 도쿄 한복판의 빌딩 창문을 열고 팔을 괴고 있는 광경이 머릿속에 떠올랐다.

"언니, 이쪽에는 공공주택도 있어. 희망만 하면 당장 입주할 수 있대."

모모코가 얼굴을 들이대고 수화기를 향해 말했다.

"그래? 잘됐다."

"누나, 무슨 일 있었어?" 지로가 물었다.

"왜?"

"어째 기운이 없어서."

"아니, 그런 거 없어."

누나는 다시 밝게 말했지만, 억지로 웃는 듯한 느낌이 들었다.

"혹시 식구들 보고 싶어서?"

"애, 닭살 돋는 소리 하지 마. 난 이제 어른이야." 누나는 잠깐 쓴웃음을 짓더니 "자, 그럼 잘 있어. 전화 고맙다"라면서 끊었다.

고맙다…… 평소에는 식구들과 상대도 안하던 누나가 그런 인사를 하다니 뜻밖이었다.

누나, 외로운 걸까. 저 고집 센 누나가?

'별 아래 캠프장'에서는 나나에와 아이들이 벌써 삼각 베이스볼을 시작했다. 지로가 만든 야구 방망이는 아이들이 다 좋아해서 모두의 공유재산이 되었다. 저학년용으로 가벼운 것도 만들어줬더니 유헤이와 겐타가 완전히 지로에게 찰싹 달라붙어서 친형처럼 따랐다. 도쿄에서는 나이 어린 아이들과 놀아본 적이 거의 없었기 때문에 묘하게 신선한 느낌이 들었다. 아이들에게 배팅 요령을 가르쳐주는 것도 재미있었고, 가르쳐준 대로 잘 쳐내면 내 일처럼 기뻤다. 싸우기라도 할라치면 큰형님처럼 중재에 나서기도 했다. 나나에 앞에서 멋진 모습을 보여주고 싶은 이유도 있었다. 그 나나에가 말했다.

"지로, 오늘은 이시가키 섬 교육위원회 분이 오셨어. 교장 선생님이랑 야마시타 선생님과 함께 너희 집에 찾아가시려나 봐."

"아, 그래?" 쓴웃음을 지으며 한숨을 내쉬었다. "높은 사람이 올수록 우리 아버지한테는 역효과인데."

하지만 기대감은 부풀었다. 학교 일에 토지 문제에, 차츰차츰 포위망이 좁혀지고 있는 것이다.

"꼭 학교에 다닐 필요는 없습니다."

베니 씨가 참견을 하고 나섰다.

"왜요?"

"학교는 국가가 마음대로 활용할 수 있는 사람을 만들기 위해서 존재합니다."

"우리 아버지하고 똑같은 소리를 하시네? 둘이 금방 친해지겠어요."

"나도 꼭 만나보고 싶습니다. 오늘 저녁에 밥을 먹으러 가겠습니다."

귀찮아서 상대도 하지 않았다.

"아참, 우리 이모도 너희 아버지를 만나고 싶대"라는 나나에.

"별로 권하고 싶지는 않다. 진짜 괴짜거든."

"아냐, 이모랑 이모부가 리조트 호텔 건설 반대운동을 하는데 그 일로 의견을 듣고 싶다는 거야."

"혹시 개발업자를 쫓아냈다는 얘기가 벌써 다 퍼진 거야?"

"같이 반대운동을 하는 사람이 우리 집에 연락을 해준 거 같던데? 우라비치 숲에 이주한 사람이 예전의 전설적인 활동가 우에하라 이치로 씨라고."

역시 그런 쪽 사람들에게 아버지는 전국적인 유명인사인 모양이다. 지로는 안 좋은 예감이 들었다. 추어주는 대로 신이 나서 소란을 피우는 일은 없었으면 좋으련만.

"전설적인 활동가라는 거, 정말이니?"

"글쎄, 내가 태어나기 전의 이야기라서 나도 몰라. 도쿄에서는 노상 집에서 놀기만 했어."

"어머, 왠지 진짜 멋있다." 나나에는 흥미진진한 모양이었다.

"멋있기는 뭐가 멋있어?"

"우리 아버지는 만날 회사 일만 해. 머릿속에는 오로지 출세할 생각뿐이야."

그래 주는 아버지가 있다는 게 얼마나 고마운 일인가. 적어도 느닷없이 남쪽 섬으로 가겠다는 소리는 안 할 것이다.

잠시 놀고 있으려니 야마시타 선생님이 자동차를 타고 나타났다. 그 밖에도 사람들이 있었다. 교장 선생님과 교육위원회 분이라고 나나에가 작은 소리로 알려주었다.

"이곳에 있을 줄 알았지." 야마시타 신생님이 하얀 이를 내보이며 모래사장으로 내려왔다. "교장 선생님, 여기가 우에하라 지로 그리고 모모코예요."

"오, 안녕?" 여자 교장 선생님이 웃는 얼굴로 인사를 했다. 교육위원회에서 나왔다는 분도 인사말을 건네주었다. 눈썹이 굵직한 오키나와 아저씨였다.

온화한 분위기였지만 표정은 어딘가 굳어있었다. 아버지와 이야기가 제대로 풀리지 않은 것이리라. 애초에 빈집에 살겠다고 들어온 것부터가 공무원에게는 천적이나 마찬가지였다.

"한 가지만 확인해두고 싶은데." 교육위원회 선생님이 지로를 향해 물었다. "너희 오누이는 등교 거부가 아니고 학교에 다니고 싶은 마음은 있는 거지?"

"다니고 싶어요." 곁에서 모모코가 힘차게 대답했다. "도쿄에 사는 언니에게서 오늘 전출신고서라는 서류도 받아놨어요."

"그래, 모모코는 아주 똑똑하구나."

칭찬을 받은 모모코는 흐뭇한 표정이었다.

"그리고 주재소 순경 아저씨 안내로 공공주택도 보러 갔었다면서? 어땠니?"

"네, 좋은 곳이라고 생각했습니다."

이번에는 지로가 대답했다.

"그러면 집도 학교도 아버님만 마음을 바꾸시면 해결되는 거구나?"

말없이 고개를 끄덕였다. 역시 설득에 응하지 않은 모양이었다. 아버지는 대체 무슨 논리로 교육위원회 선생님을 몰아붙였단 말인가.

"우선은 말이지." 교장 선생님이 뒷말을 이어받았다. "4학년과 6학년 교실에 두 사람을 위해 책상과 의자를 들여놓기로 했으니까 내일부터라도 학교에 와도 돼."

모모코가 단숨에 표정이 환해져서 지로를 올려다보았다.

"교과서는 다 있어. 급식도 준비해둘게. 원래는 정식 수속이 필요하지만, 교육위원회에서 그런 건 나중에 해결해도 된다고 허가해주셨으니까, 학교로서는 우선 너희를 받아들일 준비만이라도 해두기로 했단다. 그러니 언제라도 오려무나."

지로는 감격했다. 학교에 갈 수 있다는 것보다 모두의 친절이 고마웠다. 자신들을 위해 생판 낯선 섬사람들이 나서서 걱정해주고 있었다. 혼자가 아니라는 건 얼마나 마음 든든한 일인가.

"단지 그 다음 일은 선생님들로서도 어떻게 해볼 도리가 없어. 그게, 억지로 학교에 다니게 할 수는 없는 일이거든."

"네, 알고 있습니다."

"그러니까 지로와 모모코의 자유의사에 따라 학교에 와주었으면 해. 지금 사는 곳에서는 너무 멀어서 다니기가 퍽 힘들기는 하겠지만."

"선생님, 자전거 타고 가면 안 돼요?" 모모코가 물었다.

"그건 안 된단다. 초등학교는 도보 통학이 규칙이거든."

걸어서 간다면 한 시간 반이다. 하지만 얼마든지 참을 수 있을 것 같았다.

"학교에 가는 건 중요한 일입니다." 베니 씨가 모모코의 어깨에 손을 얹으며 말했다. "어린아이에게 필요한 것은 집단생활입니다."

방금 전과는 완전히 딴소리잖아? 지로가 차가운 눈초리로 바라보았지만, 전혀 개의치 않고 야마시타 선생님에게 유난히 호의가 담긴 미소를 던지고 있었다.

"다음에 영어 수업을 하러 가도 괜찮겠습니까?"

"물론이죠, 와주세요. 체험 수업으로서 환영합니다. 이번에도 급식 시간에 맞춰서 오세요."

교장 선생님이 대신 대답했다. 베니 씨는 알랑방귀도 잘 뀌는 외국인인 것 같다.

"급식은 비빔밥일 때가 좋습니다."

베니 씨가 모두를 웃겼다. 그 곁에서 시사가 덩달아 잇몸을 쓰윽 내보였다.

44

다음 날 아침, 지로는 6시에 잠이 깼다. 자명종이 없었지만 저절로 눈이 떠졌다. 일어날 수 있다는 확신이 있었다. 사람은 꼭 필요할 때는 몸속에 시계를 장착할 수도 있는 것이다.

옆자리 이불에서 아직도 자고 있는 모모코의 코를 세게 쥐었다. 신음 소리를 내며 눈을 뜬 모모코는 지로를 잠시 흘겨보더니, 문득 깨달았는지 다급하게 "지금 몇 시야?" 하고 작은 소리로 물었다.

지로가 말없이 손목시계를 보여주었다. 모모코는 크게 한숨을 내쉬더니 이불을 걷어차며 벌떡 일어났다.

"정말 한 시간 반이나 걸려?"라는 모모코.

"네 걸음으로는 더 오래 걸려. 그래서 6시에 일어난 거야."

둘이서 소리 나지 않게 조심조심 옷을 갈아입었다. 누나가 보내준 티셔츠를 입었다. 새 티셔츠 냄새가 코끝을 간질였다.

배낭에 필기도구만 넣고 본채를 빠져나왔다. 아버지는 아직 자고 있는 모양이었다.

별채 부엌에는 램프가 켜져 있었다. 안에 들어서자 어머니가 "어머, 깨우지도 않았는데 일어났어? 이렇게 일찍?"이라고 놀란 표정을 짓더니 잠시 뒤에는 쓴웃음을 흘렸다.

모모코와 둘이서 이를 닦았다. 그 사이에 어머니가 따끈따끈한 주먹밥을 만들어주었다. 맛있는 된장국 냄새가 솔솔 풍겨왔다.

어젯밤, 요다 할아버지 일행과 아버지가 이야기판을 벌이고 있을 때, 어머니를 다른 방으로 불러내 말했었다. 낮에 있었던 일을 설명하고 "내일부터 학교 다닐 거니까 그런 줄 알아"라고 약간 딱딱하게 선언해버렸다.

안 된다고 해도 갈 작정이었고 아버지에게는 굳이 상의힐 마음도 없었다. 아버지는 평범한 사람은 아니었지만, 한 번도 무섭다고 생각한 적은 없었다.

어머니는 다정한 눈빛으로 지로를 바라보더니 뭐가 재미있는지 슬며시 웃음을 터뜨리고는 "알았어"라고 인정해주었다. "선생님들이 좋은 분이시더라. 아버지도 언젠가는 져주실 거야"라고도 했다.

지로는 안도했다. 이걸로 한 걸음 전진이다. 그 다음은 공공주택에 들어가기만 하면 해피엔드다.

모모코가 오랜만에 오빠를 존경의 눈빛으로 바라보았다. 지로는 뿌듯했다…….

얼굴을 씻고 주먹밥을 덥석덥석 먹어치웠다. 김도 두르지 않았지만 유난히 맛있었다. 큼직한 주먹밥 네 개를 먹었다. 급식 시간까지는 한참 기다려야 하니까 되도록 배를 가득 채워둬야 한다.

다 먹고 집을 나섰다. "조심해서 다녀와." 어머니가 도쿄에서 살던 때와 똑같은 인사를 해서 "뭘 조심해?" 하고 되물었더니, 그제야 자동차가 없다는 것을 깨달은 어머니가 "산돼지"라고 대꾸해서 셋이서 웃었다.

나가는 길에 멤생이가 '메에에에' 하고 울었다. 거기에 장단을 맞추듯 집 안에서 아버지가 크게 재채기를 했다. 지로는 일순 목을 움츠렸다. 모모코와 마주 보며 살금살금 걸음을 옮겼다.

분명 아버지는 우리가 학교에 가는 것을 알아도 화를 내지는 않을 것이다. 그리고 이따가 학교에서 돌아와도 특별히 그 얘기를 꺼내거나 하지 않을 것 같았다. 어쩌면 이미 알고 있는지도 모른다. 인정은 하지 않지만 그렇다고 방해도 하지 않는 것이다.

조금씩 조금씩 표 나지 않게 처리해나가는 건 인간관계의 지혜이다.

숲을 지나 사탕수수밭으로 둘러싸인 길을 걸었다. 이른 아침의 선선한 공기가 살갗에 기분 좋게 와 닿았다. 내 그림자가 길 끝까지 뻗어있었다. 아직 하늘은 푸르스름한 색깔이었다.

머리 위에서 솔개가 커다란 호를 그렸다. 먹이가 아니라는 것을 알고는 산 쪽으로 날아갔다. 엄청 큰 개구리가 지로를 무시하고 길 한복판에 덜렁 앉아있었다. 전혀 사람을 무서워하는 기색이 없었다. 양다리 사이에 가두려고 했더니 그제야 옆으로 뛰었다.

"전학 인사도 해야 할까?" 모모코가 말했다.

"그야 한마디쯤 해야겠지."

"가쿠슈인 초등과에서 전학 왔습니다, 하고 거짓말을 할까?"

"바보. 벌써 전교생이 다 아는 사이인데?"

"교과서는 도쿄하고 똑같을까?"

"몰라."

"급식은 오키나와 음식?"

"몰라."

큰길에 나선 뒤에도 그저 열심히 걷고 또 걸었다. 고급 손목시계를 학교에 차고 다니는 건 교칙 위반이라 집에 두고 왔기 때문에 시간이 얼마나 지났는지도 알 수 없었다. 오가는 자동차도 히나 없이 들려오는 건 새소리뿐이었다.

모모코가 걸으면서 콧노래를 불렀다. 만화영화 주제가였다.

"오빠, 텔레비전 못 본 지 한참 됐다."

"그러고 보니 그러네."

"텔레비전을 못 보면 정말 못 살 줄 알았는데."

"그 대신 매일 저녁마다 아저씨들이랑 아주머니들이 몰려와서 산신(오키나와의 전통 현악기 – 역주)을 타면서 노래해줬잖아."

"학교 가면 쉬는 시간에 텔레비전 볼까?"

"맘대로 하서."

"만화영화 비디오 같은 것도 있을까?"

"모르겠네요."

걷는 것도 지겨워질 무렵, 히라라 스토어 앞길로 접어들었다. 아직 가게는 닫혀있고 유리문에는 커튼이 쳐져 있었다. 아참, 실내화는 가져다 놨을까? 그런 생각을 하며 바라보는데, 뒤쪽의 나무 문짝이 열리면서 아주머니가 쓰레기봉투를 들고 나타났다.

"어라, 지로, 모모코! 드디어 학교에 가니?"

지로가 멈춰 서서 고개를 끄덕이자, 아주머니는 잇몸을 잔뜩 내보이며 자기 일처럼 기뻐해주었다.

"저기, 실내화 주문하셨어요?"

"응, 했지, 했어. 오늘 올지도 모르니까 가는 길에 들러봐. 돈은 나중에 줘도 돼."

수많은 사람들이 등교를 축복해주는 듯한 느낌이었다.

"근데 지로네 아버지, 호텔 건설 반대운동도 하시냐?"

그새 그런 정보까지 들은 모양이다. 지로는 "모르겠어요"라고 대답하고 얼른 히라라 스토어를 뒤로 했다.

여기까지 왔으니 이제 조금 남았다, 라고는 해도 가볍게 1킬로미터는 더 남았다. 준과 무카이에게 얘기하면 어떤 얼굴을 할까. 비가 내리면 그날은 학교 쉬는 날이겠구나. 아버지가 말하던 이른바 '청경우독(晴耕雨讀)'이다. 내내 마음속으로 그런 우스운 소리들을 중얼거리며 걸었다.

그리고 하늘이 완전히 파랗게 밝아오고 내 그림자가 짧아졌을 무렵에 마침내 파이카지 초등학교에 도착했다. 교문에서 교사의 시계를 바라보았다. 7시 45분을 가리키고 있었다. 집을 나선 게 6시 반이니까 한 시간하고 15분이 걸린 셈이다. 예상했던 것보다는 조금 빨랐다.

"내일부터는 삼십 분은 더 잘 수 있겠다"라는 모모코. 단, 당분간은 아버지와 아침에 얼굴을 마주치지 않도록 일찌감치 나서는 게 좋을 것이다.

교정 한구석에서 4학년 하루나가 혼자 화단에 물을 주고 있었다. 모모코를 알아보더니 팔짝팔짝 뛰었다. 모모코도 팔랑팔랑 달려가 어제도 만났으면서 몇 년만의 재회인 것처럼 기뻐했다. "오늘, 화단 물 당번이야." "그럼, 나도 도와줄게." 그런 말들을 나누며 둘이서 신바람이 났다.

교무실 창문이 열리고 교정 선생님이 얼굴을 내밀었다. "안녕? 잘 왔다, 애들아." 과분한 환영에 어쩐지 부끄러웠다.

"얼마나 걸렸니?"

"한 시간 십오 분요."

"그래. 힘들겠지만 한번 애써보렴."

이미 등교해있던 다른 선생님들이 줄줄이 교정으로 나왔다. 모두들 실눈을 뜨고 웃으며 환영의 인사를 건네주셨다. 한 분 한 분 자기소개도 하셨다. 무서운 선생님은 한 분도 안 계신 것 같았다. 모두 온유한 표정이었다. 왕따나 등교 거부가 없고 구로키

같은 문제학생도 없기 때문에 저절로 따스한 얼굴이 되는 것이리라.

빨간 소형 자동차가 들어왔다. 야마시타 선생님이었다. 자동차에서 내리자마자 "아이, 좋아라" 하며 자기 가슴을 끌어안고 약간 섹시한 포즈를 취한다.

선생님은 서무실 아저씨까지 모두 일곱 분이었다. 어제까지는 학생보다 더 많았던 것이다.

아이들도 속속 학교에 나왔다. 1학년 유헤이와 3학년 도모코는 누나와 남동생이라서 함께 나타났다. 나나에는 토트백을 어깨에 걸고 쇼핑에라도 나선 듯 건방진 차림새로 등교했다. "어머, 잘됐다." 웃는 얼굴을 보여준 건 좋았지만 여전히 누나처럼 구는 말투였다.

마지막으로 3학년 겐타가 달음박질로 교문을 통과했다. "저런! 겐타는 토끼장 청소 당번이잖아!" 교감 선생님이 정색을 하고 나무랐다. 겐타가 흠칫 멈춰 서서 "죄송합니다" 하고 머리를 숙였다. 나름대로 엄격한 면도 있는 것 같았다.

"얼른 먹이 줘야지. 오늘 아침에는 조회도 있어!"

겐타는 황급히 교정 뒤편으로 뛰어갔다.

교장실에서 교과서를 받은 뒤에 야마시타 선생님과 나나에의 안내를 받아 1층 가장 안쪽의 6학년 교실로 갔다. 보통 교실보다 약간 작은 교실에 책상 두 개가 덩그러니 놓여 있었다. 예상은 했었지만 정말 기묘한 광경이었다. 선생님과 학생 두 명, 과연 어떤 수업을 하는 걸까.

교실에서는 숲 냄새가 났다. 뒤쪽이 곧바로 산이고 수목이 무성했기 때문이었다. 활짝 열어둔 창문으로 바람이 흘러들고 작은 새의 지저귐이 들려왔다.

벽에는 붓글씨며 그림이 붙어있었다. 모조리 나나에의 작품이었다. 찬찬히 살펴보고 있으려니 "그렇게 쳐다보지 마"라며 나나에가 겸연쩍은 표정을 보였다.

"지로, 정말로 걸어왔니?"

선생님에게 들리지 않도록 나나에가 작은 소리로 물었다.

"그래, 걸어왔어."

"어휴, 고지식하기는. 자전거 타고 와서 우리 집에 맡겨놓고 학교 오면 되잖아."

비웃는 듯한 말씨에 불끈 화가 났다. 지로는 고집으로라도 계속 걸어 다니기로 결심했다.

8시 15분부터 조회가 있었다. 지로와 모모코의 전학 때문에 조회를 하는 모양이었다. 교정에 전교생이 일렬로 섰다. 교장 선생님이 연단에 올라가 환영의 말씀을 하셨다.

"여러분도 아시다시피 오늘부터 새 친구가 두 사람이나 늘었어요. 우에하라 지로와 우에하라 모모코입니다. 멀리 도쿄에서 온 전학생이에요. 시라이 학생과 같은 학년이지요? 이 두 사람도 섬 생활은 처음이니까 여러분이 친절하게 도와주세요."

어떤 이유에서 이곳까지 왔는지에 대해서는 얘기하지 않고 덮어두셨다. 이어서 지로와 모모코가 인사를 하게 되었다. 긴장하는 성격은 아니라고 생각했는데 너무 적은 인원수에 도리어 바짝 긴장해버렸다.

"에에, 그, 그게, 일본에서 온 우에하라 지로입니다. 아직 낯선 일이 많으므로……."

"오빠, 오빠." 모모코가 셔츠를 잡아당겼다. "도쿄에서 왔다고 해야지, 도쿄에서!"

에? 내가 이상한 소리를 했나? 앞을 보니 모두가 웃고 있었다.

"죄송합니다. 도쿄에서 온 우에하라 지로와 모모코입니다."

모모코가 곁에서 냉큼 말하고 고개를 숙이자 선생님들까지 한 덩어리가 되어 웃어젖혔다.

연단을 내려온 뒤에야 모모코가 알려줘서 눈앞이 아찔했다. 교감 선생님이 "오키나와가 옛날에는 류큐 국이었으니까, 그 말도 맞아"라고 위로해주셨다.

그대로 모모코와 둘이서 앞에 선 채로 모두가 불러주는 교가를 들었다. 이리오모테의 자연을 마음껏 자랑한 노랫말이었다. 인상적인 멜로디여서 2절은 콧노래로 따라 불렀다. 이것으로 마침내 이 학교의 정식 학생이 된 듯한 마음이 들었다.

1교시 수업은 국어였다. 새로 받은 교과서를 펼치고 잉크 냄새를 맡았다. 도쿄에서 쓰던 것과는 다른 교과서였지만 대충 넘겨보니 내용에 큰 차이는 없었다. 좀 더 오키나와에 대한 이야기가 많을 거라고 예상했었는데 그렇지도 않았다.

수업도 도쿄와 비슷하게 진행되었지만, 학생이 둘뿐이라는 건 역시 당황스러웠다. 주위가 허전하고 마치 벌거숭이로 앉아있는 것처럼 어쩐지 불안했다. 선생님과의 사이에 아무 장애물도 없어서 잠시도 한눈을 팔 수 없었다. 멍하니 딴생각도 못하는 것이다.

지로가 잔뜩 긴장한 것을 알아보았는지 야마시타 선생님이 교과서를 덮고는 "1교시는 잡담이나 할까?" 하고 갑자기 다정하게 나오셨다. 나나에가 손뼉을 치며 좋아했다. "지로, 이전 학교 얘기 좀 해봐."

요청에 응하여 지로는 나카노 중앙초등학교에 대해 이야기했다. 학생 수, 학교 시설, 쉬는 시간에 유행했던 놀이 그리고 나카노 거리에 대해서도 이야기했다. 브로드웨이의 북적거림, 최근에는 외국인들이 자주 찾아 국제적인 색채가 짙어졌다는 것까지.

하지만 야마시타 선생님도 나카노에 대해 훤히 알고 있어서 그만 김이 샜다. 그러고 보니 요코하마 출신이라고 나나에게 들은 적이 있었다. 대학은 도쿄에서 다녔단다. "오키나와가 너무 좋아서 일부러 이 지역 교원채용시험을 봤어"라고 마치 친구에게 이야기하듯 말했다.

"홋카이도와 오키나와는 그 지역 출신 이외의 교사가 많아. 말하자면 '자연 지향'이라는 유행을 탄 거지."

"후회하지 않으세요?" 지로가 물었다.

"아니." 야마시타 선생님이 고개를 저었다. "이곳 자연환경이 너무 좋은 걸?"

"거짓말이야, 거짓말. 미팅도 못한다고 지난번에 투덜투덜하셨어."

나나에가 놀려대서 셋이서 웃었다. 야마시타 선생님은 웃으면 눈이 강아지처럼 동그래졌다.

이럴 수가, 2교시도 잡담이었다. 나나에가 너무 우수한 학생이라서 교과 과정이 예정보다 빨리 끝나버렸다는 것이다.

"나하(那覇)에서 근무할 때는 한 학급이 삼십 명이었으니까 그 학생들을 다 외우느라 아주 고생이 막심했지. 근데 여기 오니까 그럴 일이 전혀 없어."

진도가 너무 빠를 때는 독서 시간으로 채우는 모양이었다. 나나에는 주니어소설 팬이라고 했다.

지로는 행여 자신이 학습 진도의 발목을 잡게 되지나 않을까 내심 걱정스러웠다. 나나에는 린조만큼이나 공부를 잘하는 것 같았다.

3교시는 체육이어서 체육관에서 배드민턴을 했다. 학생이 일곱 명뿐인 이 학교에는 아까울 정도로 훌륭한 체육관이었다. 운동이라면 지로의 특기였는지라 마음먹고 멋진 포즈를 보여주었다.

"체육 수업은 이제부터 지로가 선생님이네."

야마시타 선생님이 믿음직스럽다는 눈빛으로 바라보아서 지로는 자존심이 한층 높아졌다.

4교시도 다시 잡담. 어어, 이래도 되는 거야? 물론 이 섬의 어디에 무엇이 있는지 가르쳐주는 잡담이라서 사회 공부라고 할 수도 있었다.

그리고 마침내 급식 시간. 아침밥을 꼭두새벽에 먹고 왔는지라 배가 고파서 눈이 핑핑 돌 지경이었다.

여분의 교실을 급식실로 활용하여 학생들과 선생님들이 모두 모여 함께 먹었다. 어디서 요리를 하는지 물어봤더니, 섬에서 가장 큰 중학교에 급식 센터가 있어서 거기서 배달해준다고 했다. 메뉴는 뭉근하게 조린 햄버거에 샐러드와 밥. 특별히 오키나와 음식도 아니었다.

오랜만에 먹어보는 햄버거에 지로는 눈물이 날 것만 같았다. 모모코도 좋아했다. "오전에 무슨 수업했어?"라고 모모코에게 물어봤더니 "세상 이야기 하고 레크리에이션"이라는 대답이 돌아왔다. 전체적으로 여유 있게 진도를 나가는 학교인 모양이다.

급식 후 쉬는 시간에는 모두 나가 터치 볼을 했다. 하급생과 여자애들이 많아서 본격적인 시합이라고 하기에는 아쉬운 점이 많았지만 운동장이 잔디라는 게 마음을 풀어주었다. 맨발로 달릴 때의 기분이 한마디로 끝내줬다.

5교시와 6교시에는 제대로 수업을 했다. 과학 실험과 음악 리코더 연주였다. 두 가지 다 전용 교실이 있었다. 이런 남쪽 외딴섬까지 학교 시설이 번듯하게 갖춰져 있는 데에 놀랐다. 음악실에는 드럼 세트까지 있었다. 아버지는 인정하지 않겠지만, 나는 아주 잘하고 있는 것이다.

방과 후에는 '저녁 독서회'라는, 일주일에 한 번 하는 과외활동이 있었다. 방송실에서 마이크로 책을 낭독하는 것이다. 학교 인근 주민들이 자기 집 창문을 활짝 열고 학생들의 목소리에 귀를 기울여주는 이 지역 행사라고 야마시타 선생님이 알려주었다. 이런 행사는 도쿄에서는 생각도 못할 일이었다. 아마 소음 공해라는 항의가 빗발칠 것이다.

이날은 3학년 도모코와 겐타가 더듬거리는 목소리로 책을 읽어 내려갔다.

"옛날 옛날 한 옛날에 이리오모테 섬에는 게라이케다구스쿠라는 뛰어난 무사가 있었습니다. 게라이케다구스쿠는 개 한 마리를 귀하게 길렀습니다. 어느 날, 그 개와 함께 산돼지를 잡으러 가기로 했습니다……."

이리오모테 섬에 전해 내려오는 옛날이야기였다. 특별히 교훈적이랄 것도 없이 그저 단순한 구전 같은 것이었다. 나나에의 말에 의하면 야에야마에만 해도 수십여 개의 이런 옛날이야기가 있단다.

"가끔 이 근처에 사는 할머니가 특별 수업 시간에 나와서 이야기를 해주는데, 무슨 소리인지 반도 못 알아들어"라며 웃었다.

이야기의 섬이란 말이지……. 3학년생의 낭독을 들으며 하굣길에 오른 지로는 어울리지도 않게 가슴속이 따스해졌다.

보람차게 보낸 전학 첫날이었다. 이 섬에 오기를 잘했다고 생각했다.

45

지로와 모모코가 학교에 다니는 것에 대해 짐작했던 대로 아버지는 아무 말도 하지 않았다. 보고도 못 본 척하기로 한 것이다. 첫날 학교에서 돌아왔을 때, 아버지와 어머니는 한창 밭일을 하는 중이었지만, 어머니가 "어서 오너라. 어땠니?" 하고 웃는 얼굴로 맞아준 데 비해, 아버지는 무시하고 묵묵히 괭이질만 했다. 둘째 날은 나갈 때 화장실 앞에서 딱 마주치고 말았지만 아버지는 "아들, 요즘에 아침 삼각산은 잘 올라가냐?" 하고 을러대듯이 말했을 뿐, 방해하는 일은 없었다.

아버지가 내심 어떻게 생각하는지는 알 수 없었다. 은근슬쩍 안색을 살펴보았지만, 별반 화난 기색은 없었고 그렇다고 인정해주는 것도 아니었다. 요컨대 당분간 어중간한 상태로 지내기로 한 모양이었다. 분녕 이 세상에는 흑백을 분명하게 가리지 않는 게 더 좋은 일도 있는 것이다.

"멤생이 우리, 얼른 만들어줘라."

아버지는 그 말만 했다. 그것으로 무언가를 면제받은 듯한 마음이 들었다.

지로도 모모코도 학교생활이 마냥 즐거웠다. 수업이 본격적으로 시작된 뒤에는 물론 항상 즐겁기만 한 것은 아니었지만, 어떻든 농사일을 하는 것보다는 좋았다. 무엇보다 큰 즐거움은 급식이었다. 마요네즈나 케첩 맛이 이토록 그리운 것인 줄은 생각도 못했었다. 이리오모테에 온 뒤로 집에서는 된장과 간장밖에는 먹어보지 못했던 것이다.

유일하게 힘든 것이 있다면 통학 거리였다. 지도를 보니 정글을 뚫고 나가지 않는 한 지름길은 없어서, 왕복 두 시간 반의 여정은 어떻게 손써볼 도리가 없었다. 나나에의 말대로 자전거를 타고 나나에네 집까지 간다는 건 매력적인 유혹이었지만, 비겁한 짓 같아서 하지 않기로 했다. 그런 일을 들켜서 야마시타 선생님께 경멸의 시선을 받고 싶지는 않았다.

하지만 요다 할아버지나 오지로 아저씨처럼 아는 사람들의 자동차를 발견했을 때는 주저 없이 얻어 탔다. 아저씨들은 "이렇게 먼 거리를 잘도 걸어다니네. 참 기특하기도 하지" 하고 칭찬해주셨다.

전학 수속이 어떻게 되었는지는 알 수 없었다. 어쩌면 정식 학생이 아닌지도 모르지만, 이 섬에서는 그런 건 아무러나 상관없을 것 같았다. 동네 할머니를 초대하여 옛날이야기를 듣기도 하고 베니 아저씨가 불쑥 나타나서 갑자기 영어 수업을 하기도 하는 등, 매사 형식을 따지지 않고 부드럽게 흘러갔다. 선생님들도 모두 티셔츠 차림이었다.

방과 후에는 날마다 '별 아래 캠프장'에서 놀았다. 이따금 파이카지 초등학교를 졸업한 중학생들이 원정을 와서 함께 삼각 베이스볼을 하기도 했는데, 가쓰처럼 불량한 학생은 한 명도 없었다. 도쿄 이야기를 해달라고 조르는 순박한 모습에 오히려 호감이 갔다. 이곳 섬사람들은 너무 편했다. 누구에게도 신경 쓸 일이 없어서 좋았다.

참고로 말하자면, 베니 씨는 어느새 지로네 단골손님이 되었다. 문득 돌아보면, 섬사람들 틈에 끼어 술잔을 기울이고 있는 것이다. 아버지 어머니하고도 죽이 잘 맞는지 쉼 없이 농담을 주고받았다.

섬에서의 생활이 그럭저럭 안정되는 듯한 감이 들었다.

그날은 학교에서 돌아오니 집에 손님이 와있었다. 거실에서 다섯 명 남짓한 아저씨 아주머니가 아버지와 어머니를 둘러싸고 있었다. 무거운 분위기는 아닌 걸 보면 퇴거하라는 이야기는 아닌 것 같았다. 웃는 얼굴도 보였다. 게다가 이 손님들은 차림새가 털털했다. 머리에 두건을 두른 사람도 있는 것이 이 지역 스쿠버다이버든가 펜션 오너, 그런 느낌의 사람들이있다. 지로는 밖에서 "안녕하세요?"라고 인사를 했다.

"잘 다녀왔니? 잠시 놀러왔어."

모두들 다정한 눈빛으로 고개를 숙였다.

"지로하고 모모코라고 했지?" 한 아주머니가 돌아보며 말했다. "난 시라이 나나에의 이모야. 얘기 들었지? 이 섬에 이주해서 나나에랑 살고 있어."

"아, 네." 지로는 나나에가 했던 말을 떠올렸다. 하숙비가 목적이라던 나나에의 이모다.

"지로 아버님께 부탁드릴 일이 있어서 찾아왔단다."

나나에게 미리 들은 이야기가 있어서 대충 짐작이 갔다. 분명 호텔 건설 반대운동에 관한 이야기다. 뜻이 같은 사람들끼리 함께 투쟁하자는 것이리라.

과격한 쪽으로 흐르지 않으면 좋으련만. 어렵사리 이제 겨우 학교도 다닐 수 있게 되었는데…….

그런 생각을 하며 가방을 마루에 내려놓고 멤생이 우리를 만들러 나갔다. 전부 폐가의 목재들을 이용했다. 오키나와는 태풍이 잦아서 되도록 탄탄하게 지어야 한다. 뼈대는 지난번 오지로 아저씨가 놀러 왔던 길에 잡아주셨다. 이제 벽과 지붕 만드는 일만 남았다.

모모코가 한 발 늦게 지로에게 다가왔다. "오빠, 아버지 기분이 별로야." 미간을 좁히며 말한다.

"왜? 반대운동 이야기 아니었어?"

"그 이야기이긴 한데."

"그럼 아버지하고 한 편이잖아."

"하지만 뭔가 복잡한 표정이었어."

"어머니는?"

"난처한 표정."

마음에 걸려서 잠시 엿듣기로 했다. 둘이서 뒤란으로 돌아가 뒷문 앞에 허리를 숙이고 앉았다. 어른들의 목소리가 들려왔다.

"그러니까 저희 '이리오모테 섬의 바다와 숲을 지키는 모임'

에서는 우에하라 씨께서 꼭 저희와 함께 투쟁해주셨으면 해요. 숲 입구에 바리케이드를 쌓고 그 앞에 감시 초소를 세워서 어떻게든 케이티의 공사 착공을 저지하려고……."

"그러기 위해서도 우에하라 씨 부부께서 반드시 저희 모임의 회원이 되어주시고, 가능하다면 지도자 역할도 맡아주셨으면 좋겠어요."

"옛 혁공동의 우에하라 선생님을 만나다니, 저희로서는 정말 영광입니다. 도쿄 사무국에 연락했더니 백만 원군을 얻은 셈이라고 변호사 선생님도 너무 좋아하시고……."

뒷문 틈새로 넘어다보니 아버지는 책상다리를 튼 채 기둥에 몸을 기대고 그 기둥에 쿵쿵 뒤통수를 치고 있었다. 아닌 게 아니라 심사가 틀어진 표정이었다.

"사쿠라 씨께서도 예전에는 활동을 하셨다면서요? 마지막 나리타 투쟁 때……."

"집 사람은 끌어들이지 마쇼."

아버지가 머리를 긁어 올리며 모임 회원들에게 날카로운 시선을 던졌다. 어머니는 "뭐 어때요, 그런 말씀쯤이야……" 하고 그리 마음 쓰지 않는 기색이었다.

"죄송합니다, 지난 얘기를 들춰내서. 아무튼 이곳에 정착해주셔서 저희로서는 정말 큰 행운이지요. 부디 케이티의 위협에 굴복하지 마시고 저희에게 큰 힘이 되어주시기 바랍니다."

"저희가 도울 일이 있다면 무엇이든 말씀해주세요. 식량이든 생활용품이든……."

"고마운 얘기지만 그런 선심은 받을 수 없소이다."

아버지가 말했다.

"그렇게 사양하실 거……."

"사양하는 게 아냐!"

아버지의 말투가 거칠어져 모임 회원들이 문득 입을 다물었다. 거실에 잠시 무거운 공기가 흘렀다. '메헤헤헤' 하고 바깥에서 멤생이가 태평하게 울었.

"나는 이미 운동이니 뭐니, 그런 데서 손을 뗐소." 아버지가 그렇게 말하고 팔짱을 꼈다. "일부에서는 아나키스트라고도 합디다만, 그것도 영 잘못 짚은 소리야. 나는 국가와 자본가의 뜻대로 움직이지는 않겠다, 단지 그것뿐이오."

"그렇다면 저희와 똑같은 취지가 아닐까요? 국가와 자본가의 전횡을 허락하지 않는다는 점에서 활동의 접점을 발견할 수 있을 텐데요."

"그렇죠. 케이티는 저희 모임이 단순한 환경보호 시민단체라고 하찮게 여기거든요. 이참에 실력행사도 불사하겠다는 강경한 의지를 보여주는 게 좋아요. 그래서 우에하라 씨의 이번 점거에 대찬성이고……."

"아, 잠깐." 중심인물인 듯한 수염 난 중년 남자가 여자 회원들을 제지했다. "이렇게 한꺼번에 말을 하면 우에하라 선생도 곤란하실 거라고."

중년 남자는 헛기침을 한 번 하더니 입가에 웃음을 띠고 여유 있는 태도로 이야기하기 시작했다.

"우에하라 선생, 툭 털어놓고 이야기하자면요, 우리는 운동 규모를 확대하려는 겁니다. 현재 이리오모테와 도쿄 쪽의 모임이 연합해서 활동하고 있는데 아직 이렇다 하게 주목을 받지 못하고 있어요. 한마디로 여론의 관심 밖이라는 거죠. 그래서 이참에 우에하라 선생의 힘을 빌려서 매파적인 면모를 톡톡히 보여 놓으면 우선 매스컴에서 달려들 것이고 케이티 측에서도 여론에 신경을 쓰지 않을 수 없겠지요. 게다가 우에하라 선생의 이름 석 자가 권력자 측에는 큰 압력으로 작용할 겁니다. 뭐, 얼른 말해서 우에하라 선생께서 우리의 행동대장이 되어주셨으면 하고……."

중년 남자가 눈을 가느스름하게 뜨고 아버지의 안색을 살폈다. 맞는 말이라는 듯 아주머니들이 고개를 주억거리고 있었다.

"혁공동의 내홍을 겪으면서 큰 혐오감을 느끼셨다는 긴 충분히 이해합니다. 하지만 우리 모임은 결코 그런 일은 없을 겁니다. 그야말로 똘똘 뭉쳐있거든요."

"당신, 어디 쪽 분파요?" 아버지가 조용히 물었다.

"아뇨, 나는 그냥 시민운동가예요. 도쿄에서 작은 인쇄소를 운영하고 있구요." 남자의 목소리가 갑자기 높아졌다.

"그냥 시민운동가가 혁공동의 내홍을 어떻게 아실까?"

"신문에서 읽었지요. 텔레비전에도 나왔었고."

"그래도 보통 사람이면 그런 데는 별로 신경을 안 써. 어디요?

이치가야? 와세다?"

"대체 무슨 소리요?" 사내의 얼굴이 경직되었다.

"뭐, 어디건 됐어요. 일개 시민이라고 해도 상관없지." 아버지가 허리를 세우고 한쪽 팔을 괴었다. "나는 당신 같은 운동꾼들에게는 더 이상 어떤 공감도 느낄 수가 없어. 좌익운동이 슬슬 힘이 빠지니까 그 활로로서 찾아낸 게 환경이고 인권이지. 즉 운동을 위한 운동이란 거요. 포스트 냉전 이후 미국이 필사적으로 적(敵)을 찾는 것과 똑같은 방식이야."

"어머, 우리를 미국과 한통속으로 몰다니요?"

한 여자가 눈을 동그렇게 떴다.

"첫째로 환경과 인권은 무엇보다 소중하잖아요?" 나나에의 이모가 말했다. "누군가 들고일어서지 않으면 오키나와는 점점 더 도쿄 자본에 유린되고 말 거예요."

"되도록 험한 말은 하고 싶지 않지만 말요, 오키나와 출신이라면 또 모르되, 내지 사람이 멋대로 남쪽 섬을 동경하고 '자아 찾기' 삼아서 환경운동에 덤벼드는 건 그야말로 큰 폐를 끼치는 일이오."

아버지의 말에 모임 회원들의 안색이 변했다.

"그럼, 오키나와 출신이 아니면 발언도 못합니까?" 나나에의 이모가 거칠게 항의했다.

그때 모모코가 소매를 잡아당겼다. 어두운 얼굴로 "이제 됐어"라고 한다. 지로도 듣는 게 지겨워졌다. 이야기가 어떻게 되어가는 건지 제대로 이해할 수는 없었지만, 아버지는 또 다시 적을 만들고 있는 것 같았다.

이곳에 오기 전에 아키라 아저씨의 체포로 가택수색이 있었을 때의 일이 다시 생각났다. 아버지는 이미 좌익운동도 믿지 않는다. 오로지 단독으로 행동하는 인간인 것이다.

발소리를 죽여 그 자리를 떴다. 아버지가 반대운동에 가담하지 않는 게 우리 식구들에게 좋은 일인지 나쁜 일인지, 지로는 짐작도 할 수 없었다.

"이제 이웃사람들하고도 사이가 나빠지겠어. 나나에 언니네 이모도 우리를 미워할 거야."

모모코가 여자다운 걱정을 했다.

"별일 없을 거야. 요다 할아버지 같은 섬사람들하고는 사이가 좋은데 뭐. 저 사람들은 모두 다른 데서 이주해온 사람들이야."

지로가 대꾸했다. 하지만 나나에의 이모와 틀어졌다는 건 은근히 마음에 걸렸다.

대화는 계속 평행선을 달렸는지, 그로부터 십여 분 뒤에 모임 회원들은 몹시 실망한 표정으로 돌아갔다.

어머니가 저녁 준비를 시작했다. 아버지는 우물물을 길어 올리고 있었다. 오후 6시를 넘어섰지만 해는 높직하게 뜬 채였다. 지로는 못과 망치로 멤생이 우리에 판자를 박아 넣었다. 탕탕탕 하는 소리가 나무 사이로 메아리쳤다.

모모코가 그새 페인트칠을 하겠다고 덤볐다. "아직 다 짓지도 않았는데 어떻게 칠을 해?" 지로가 나무랐다.

자동차 소리가 났다. 다시 누군가 찾아온 모양이었다. 시선을 돌려보니 경찰차였다. 아라가키 순경이 나타난 것이다. 무슨 일일까. 마음 착한 아라가키 순경이라면 지로는 대환영이지만, 아버지와는 도저히 어울릴 수 없는 관계였다. 이사 문제로 찾아온 것이라면 오늘로 벌써 두 번째의 한없는 말씨름이 펼쳐질 터였다.

자동차가 밭 앞에서 멈췄다. 조수석에 인기척이 있었다. 여자였다. 문이 열리고 날씬한 다리가 나왔다. 그리고는 차 문 위로 불쑥 얼굴이 나타났다.

"언니!" 모모코가 외쳤다. 거기 서있는 것은 누나였다. 지로는 제 눈을 의심했다. 누나가 온 것이다.

어머니가 부엌에서 고개를 내밀었다. 아버지가 뒤란 우물에서 뛰어나왔다.

모모코가 달렸다. 지로도 망치를 내던지고 뛰었다. 멤생이까지 따라왔다. 숲의 새들이 일제히 울었다.

"어머, 꽤 괜찮은 집이네? 형편없는 움막일 줄 알았는데."

누나가 집을 바라보며 침착하기 이를 데 없이 말했다. "어떻게, 어떻게 왔어?" 모모코가 흥분한 얼굴로 누나에게 매달렸다. 그 물음에는 대꾸하지 않고 "얘가 멤생이구나" 하고 염소의 머리를 쓰다듬었다.

어머니가 다가왔다. "어서 와. 잘 왔다." 요즘 들어 처음 보는 웃는 얼굴이었다. 아버지는 돌담 너머에서 코밑을 손으로 비비며 말했다. "오우, 오랜만이다."

"왜 왔어?" 지로가 물었다.

"뭐야, 난 오면 안 되니?"

누나는 부끄러움을 감추려고 그러는지, 새침한 얼굴이었다.

"그런 건 아니지만."

"몇 시 비행기?"라는 어머니.

"오후 비행기. 네 시에 이시가키 섬에 도착했는데 금세 배편이 있어서 그거 탔어."

"용케도 여기까지 찾아왔네?"

"그건, 저기 저 순경아저씨가……."

누나가 몸을 돌렸다. 아라가키 순경이 큼직한 보스턴백을 들고 경찰차 옆에 서있었다. 누나하고 얘기하느라 깜빡 잊고 있었다. 아라가키 순경이 누나를 데려다준 것이다.

"저, 요코 씨가 히라라 스토어에서 길을 묻는 것을 마침 제가 지나가다 봤거든요. 걸을 만한 거리가 아니어서 제가 모셔왔습니다." 아라가키 순경이 뺨을 붉히며 말했다. "짐은 어디에 내려놓을까요?"

"어머, 죄송해요." 누나가 받아 들려고 했다.

"아뇨, 무거우니까 제가 옮기겠습니다."

"저런, 미안해요, 아라가키 순경. 우리 딸이 큰 신세를 졌네요." 어머니가 미안해 했다.

"천만의 말씀이십니다. 뭐, 이 정도쯤이야."

아라가키 순경이 뻣뻣한 동작으로 가방을 마루까지 들고 왔다. 해외여행에라도 나선 것처럼 큼직한 짐 가방이었다. 누나는 놀러온 게 아니라 여기서 살 생각인 걸까.

그보다 아라가키 순경의 열기 어린 말과 몸짓에 지로는 시선을 빼앗겼다. 얼라리, 하고 생각했다. 아라가키 순경이 누나에게 호감을 품었구나. 첫눈에 사랑에 빠져버린 남자의 얼굴이었던 것이다. 에휴, 어쩌면 저렇게도 단순한 순경 아저씨가 있을까.

한참 못 본 사이에 누나는 인상이 달라져 있었다. 우선 예뻐졌다. 얼굴 생김새도 온화해졌다.

"그럼 저는 이만 실례하겠습니다."

아라가키 순경이 등을 꼿꼿이 세우고 경례를 했다.

"아라가키 씨, 기왕 오셨으니 저녁이라도 먹고 가요." 어머니가 권했다.

"아뇨, 무슨 말씀을……. 갑자기 폐를 끼쳐서야……."

"항상 손님이 오시니까 밥을 넉넉하게 해요. 몇 사람 더 와도 괜찮으니 어서 들어와요."

"그래요, 먹고 가세요."

모모코가 다정하게 팔을 잡고 흔들었다.

아라가키 순경이 누나를 쳐다보았다. "그러세요"라는 누나의 말에 실로 행복한 표정이 된다.

"어이, 먹고 가라면 먹고 가. 공무원은 별로지만, 요코가 신세를 졌다면 이야기가 다르지."

아버지도 입 끝을 치켜들며 윽박지르듯이 말했다.

"알겠습니다. 그럼 잠시······."

아라가키 순경은 유난히 뻣뻣한 자세로 마루에 올라섰다. 거실로 들어와서는 정좌를 한다.

"집 안도 깨끗한데? 리폼이 제대로 됐네." 누나가 방을 둘러보며 감탄했다. "이거 나카노 전셋집보다 더 좋은 거 아냐?"

"언니, 언제까지 있을 거야?" 모모코가 물었다.

"글쎄. 마음에 들면 계속 있을지도 몰라."

누나가 테이블에 팔을 짚고 한숨을 섞어 대답했다.

"회사는?"

"관뒀어." 딱 잘라 말한다.

"그래?"

"그보다 전기가 없다는 게 정말이야? 에어컨 없이 밤에 잘 수 있어?"

"여기는 바람이 잘 통합니다. 언덕 위니까요." 왜 그런지 아라가키 순경이 냉큼 대답한다. "저희 주재소는 바로 옆에 연못이 있어서 습기가 장난이 아니죠. 아하하." 머리를 긁적거린다.

"하지만 램프를 켜고 사는 건 좀 그렇다. 텔레비전도 없잖아?"

"그런 문제라면 공공주택이 있으니까 괜찮습니다. 가족 단위라면 우선적으로 입주할 수 있어요."

"응, 맞아. 지난번에 아라가키 아저씨가 구경시켜주셨어." 모모코가 테이블에 몸을 내밀고 말했다. "히라라 스토어 바로 옆이라 물건 사기도 편리하고 학교도 가까워."

"뭐야, 벌써 학교 다니는구나? 잘됐다."

"괜찮으시다면 요코 씨도 내일 구경하러 가시겠습니까? 그참에 우리 섬을 안내해드리죠. 오바라하고 시라하마 쪽까지요. 자동차가 없으면 매사에 불편한 곳이거든요."

"누나는 좋겠네, 드라이브도 하고." 지로가 놀리듯이 말했다.

"아니, 외딴섬에서는 주민 서비스도 주재소의 중요한 업무입니다."

아라가키 순경이 초등학생에게까지 존댓말을 쓰는 바람에 누나가 쿡쿡 웃었다.

"자, 많이 드세요."

어머니가 저녁을 내왔다. 구루쿤 튀김에 산돼지 훈제, 그리고 고야와 두부 부침, 거기다 건더기가 듬뿍 들어간 된장국이었다.

"이런 거, 다 어디서 샀어?" 누나가 어머니에게 물었다.

"전부 얻어온 거."

"저도 대부분 이웃에서 나눠주는 것으로 삽니다. 우리 섬은 그런 점이 아주 좋아요. 젊은 사람들도 자꾸 늘어나고 있죠. 요코 씨도 만일 일자리를 찾으신다면 관광객을 상대하는 식당이나 선물 가게가 있으니까요, 괜찮으시다면 제가 알아보겠습니다."

아라가키 순경이 부쩍 말수가 많았다. 덕분에 많은 것들을 애매하게 덮어둘 수 있었다. 토지 일이며 누나의 회사 일 등등. 가족끼리였다면 분위기가 영 어색했을지도 모른다.

"어이, 한 잔 하지." 아버지가 소주를 들고 테이블에 앉았다.

"아뇨, 자동차를 가져와서요. 게다가 정복 차림입니다."

"내가 따라주는 술을 못 마시겠다는 거야?"

아버지가 장난처럼 쓰윽 쏘아보았다.

"아, 그건 곤란합니다. 음주운전 및 복무 위반이 되거든요." 아라가키 순경은 아버지의 농담을 곧이곧대로 받아들이고 열심히 거절의 말을 늘어놓았다.

"불법 점거 중인 집에 들어와서 밥을 먹는 건 괜찮은가?"

"아, 예, 그, 그건……."

"아버지, 아라가키 씨를 놀리지 마세요." 누나가 나무랐다.

"그러니까 저는 공공주택에 입주하실 수 있도록 설명하기 위해 방문한 것으로서……."

"됐어요, 됐어요. 우리 아버지는 아예 상대도 하지 마세요."

아라가키 순경은 정말 착실한 아저씨였다.

오랜만에 신나는 대화가 오갔고, 웃음소리가 터졌다. 역시 가족은 함께 있는 게 좋다. 모자랐던 퍼즐 한 조각을 한순간에 찾아낸 듯한 느낌이었다.

"우와, 나쁘지 않은데?"

누나가 벽에 매달린 램프를 올려다보며 불쑥 말했다.

부드러운 램프 불빛을 받은 누나의 얼굴을 아라가키 순경이 간절한 눈빛으로 흘끔흘끔 훔쳐보았다.

그날 밤 안쪽 방에서 자고 있는데 아버지의 코고는 소리 사이사이로 누나와 어머니의 이야기 소리가 들려왔다.

"이제 다 끝냈어." 그런 얘기를 누나는 담담히 말하고 있었다.

"그래?" 하고 어머니가 대꾸한다.

"도쿄에도 당분간은 돌아가지 않을래."

"그래."

"남자란 건 마지막에는 도망치더라."

"그래?"

"하긴 우리 아버지는 절대 안 그러겠지?"

어머니가 쓴웃음을 지었다. 두 사람이 모녀간이라는 것을 새삼스럽게 실감했다. 누나와 어머니가 이불을 나란히 하고 자는 건 지로가 철든 뒤로는 처음 있는 일이었다.

46

다음 날 학교에서 나나에게 적잖이 마음에 걸리는 이야기를 들었다. 반대운동 모임에서 우라비치에 감시 초소를 세운다는 것이었다.

"우리 이모가 환경문제에 워낙 열성적이시거든."

비꼬는 어조로 나나에는 말했다.

"알아. 너희 이모, 어제 우리 집에 왔었어."

"지로네 아버지는 회원 가입을 거절하셨다면서? 그 뒤에 우리 집에서 다시 모였는데 다들 불퉁불퉁 불만이 많더라. 사람을 영 잘못 봤다나?"

"그런 얘기를 나한테 해봤자……."

"아니, 상관없어. 멀쩡한 어른이 제대로 일도 안 하면서 반대운동은 무슨 반대운동이야?"

"그래?"

"글쎄, 초등학생에게는 제대로 설명을 못하겠다만, 뭐랄까, 일하기 싫은 거, 돈 못 버는 거, 출세하지 못한 거를 무슨 간판처럼 내세우는 것 같아. 무조건 정의만 부르짖으면 다들 아무 말도 안 할 줄 아나 봐."

"흐응." 지로는 감탄했다. 말도 참 잘한다.

"케이티개발이 중장비를 준비하고 있다는 정보가 들어왔대."

"중장비라니?"

"불도저니 뭐니 하는 거. 그럼, 너희 집도 위험한 거 아니니?"

"상관없어. 그렇게 되면 공공주택에 입주할 수도 있고."

하지만 은근히 불안했다. 그쪽이 실력행사로 나온다면 아버지와는 전면전이 불가피할 것이다. 아버지가 물러선다는 건 도저히 생각할 수 없었다. 어쩌면 한바탕 피바람이 몰아치는 일이 벌어질지도 모른다.

"그리고 신문사와 텔레비전 방송국에도 전화를 하더라. 반대운동을 취재해달라는 거 같아."

그 정보도 상당히 마음에 걸렸다. 전체적으로 큼직한 사건으로 확대되고 있었다.

홈룸 시간에 야마시타 선생님에게 호텔 건설에 대한 의견을 물어보았다.

"선생님은 절대 반대야." 야마시타 선생님은 짧은 머리를 좌우로 흔들며 즉각 대답했다. "섬 의회에서는 세수(稅收)가 불어날 거라고 좋아하지만, 리조트 손님들이란 원래 섬에는 돈을 떨구지 않아. 게다가 이 섬에서 가장 아름다운 우라비치 해변이 섬사람들에게는 출입금지가 된대. 진짜 너무 심한 거 아니니?"

그 의견에는 충분히 공감이 갔다. 우라비치가 외부인의 전유물이 되다니, 갑작스레 이 섬의 주민이 된 지로로서도 분통이 터지는 일이었다.

"그럼, 섬 의회에서는 찬성이에요?"

"다수결로는 그렇지. 토건회사를 하는 자마라는 의원이 있는데, 팔십 먹은 노인 의장을 구워삶았대. 그 사람, 진짜 싫어. 거의 이시가키 섬에서 살다시피 하는 주제에 왜 이리오모테 섬 일에 나서는 거야? 틀림없이 기업 쪽에서 돈을 먹었을 거야. 선생님이 이런 소리 했다는 거, 다른 데서는 말하면 안 돼." 장난스럽게 웃으며 어깨를 으쓱 쳐들었다. "근데, 지로네 누나가 왔다면서?"

"어떻게 아셨어요?"

"소식통 히라라 스토어 아주머니가 알려주셨지. 스물한 살이고 키가 큰 미인, 직업은 '그래익 데나이라' 라던데?"

"그래익 데나이라가 아니라 그래픽 디자이너인데······."

"히라라 아줌마가 그러시더라니까?"

지금쯤은 온 동네 사람이 다 알고 있을 것이다. 누나도 유명인사가 된 것이다.

방과 후, 열심히 집에 가고 있는데 멀리 스쿠터를 탄 누나가 현도를 폭주하고 있는 게 보였다. 게다가 헬멧도 쓰지 않은 채였다. 지로와 모모코를 알아보고는 "이야호!" 하고 괴성을 내질렀다. 가까이 다가와 주변을 빙글빙글 돌고 있다.

"누나, 지금 뭐하는 거야!"

"섬을 순회하고 있지. 얘, 정말 아무 것도 없더라."

"그 스쿠터, 어떻게 된 거냐고."

"빌렸지. 요다라는 할아버지를 잘 안다는 사람이 와서 아무도 안 타는 거니까 쓰고 싶으면 쓰래."

누나는 무엇인가로부터 일시에 해방된 듯한 느낌이었다. 누나가 웃으면 이런 얼굴이구나, 지로는 뭔가 허를 찔린 듯한 기분이었다. 도쿄에서 살던 때는 노상 화난 얼굴이었던 것이다.

"학교까지 한 시간 넘게 걸린다면서? 잘도 걸어다니네, 정말. 학교는 하루씩 건너뛰시지 그래?"

"아버지 같은 소리 하지도 마. 공공주택에 들어가면 15분으로 줄어들어."

"그래, 오전에 그 공공주택도 구경했어. 우리 식구 다섯 명에게는 약간 좁지 않을까?"

"그럼, 지금 집은 넓어?"

"하지만 이쪽에는 활짝 열려있는 듯한 개방감이 있어."

누나가 액셀을 자꾸 공회전시키는 통에 엔진 소리가 푸른 하늘에 울려 퍼졌다.

"누나는 지금 집이 마음에 들었다는 거야? 화장실이 거름통인데?"

"으, 건 좀 그렇지. 아라가키 씨가 우선 공공주택에 신청을 해서 아이들만이라도 먼저 거기 가서 살면 어떻겠냐고 하더라."

"정말? 그럼 그렇게 하자."

"생각해볼게."

"아이 참, 뭘 생각해!"

"그보다, 태워줄 테니까 뒤에 타."

어차피 자동차는 올 것 같지 않아서 누나의 제안에 따랐다. 모모코를 가운데 태우고 폭주족처럼 셋이서 함께 올라탔다. 스쿠터의 서스펜션이 푹 가라앉았다. "끼야앗!" 다시 기성을 내지른다. 우리 누나, 대체 어떻게 된 건가.

한참 달리고 있으려니 뒤에서 경찰차가 쫓아왔다. 옆으로 다가온 경찰차 안에서 아라가키 순경이 눈을 휘둥그레 뜨고 차창을 열었다. "요코 씨, 세우세요!"라며 손을 새 날개처럼 팔랑거린다.

"어머, 아라가키 씨. 아까는 고마웠어요."

여전히 내달리며 누나는 시치미를 뚝 떼는 얼굴이다.

"이러시면 곤란해요. 우리 섬은 교통위반 제로의 기록을 갱신 중이에요."

"아이, 잔소리도 많으셔. 그딴 건 일찌감치 깨버리는 게 편해요, 마음적으로다가."

"그런 무모한 말씀 하시지 말고요."

아라가키 아저씨는 순경이면서도 영 저자세였다. 누나에게 미움을 받고 싶지는 않은 모양이다.

투덜거리며 누나가 스쿠터를 세웠다.

"그럼, 귀여운 남동생과 여동생은 차로 데려다 주실래요?"

완전히 고압적인 자세다.

"그건 좋은데요, 아까 오키나와 신문사 기자와 카메라맨이 섬에 들어와서 요코 씨네 집을 묻더라고요. 리조트 호텔 건설을 저지하기 위해 우라비치 숲의 폐촌에 정착한 가족이 있다던데 그게 사실이냐고 캐물었어요."

"나나에네 이모 때문이야!" 지로는 저도 모르게 큰소리가 터졌다. "건설반대 모임 쪽에서 알려준 거야."

"지로, 정말이야?"

"네. 나나에가 그랬어요, 매스컴에 취재를 부탁해서 사회문제로 부각시킬 거래요."

"큰일 났네." 아라가키 순경이 모자를 벗어 부채 대신 휠휠 부쳤다. "본서에 보고도 안 했는데……. 그리 큰 일이 아니라고 생각했거든."

"그래서 신문기자에게 뭐라고 했어요?" 누나가 물었다.

"처음에는 모른다고 잡아뗐는데 그이들이 조사해 보면 다 안다고 협박조로 나오는 통에, 이제 곧 공공주택에 들어갈 일가가 임시로 살고 있노라고 둘러댔죠."

"그럼 됐잖아요? 그냥 내버려둬요. 기껏해야 취재겠죠 뭐."

"아버지가 신문에 나는 거야?" 모모코가 곁에서 말했다.

"바보, 좋아할 일이 아냐." 지로가 머리통을 쥐어박았다.

"뉴스가 터지면 본서에서도 가만있을 수 없을 거예요. 케이티 측의 태도도 훨씬 경직될 거고."

"경직이 뭐야?"

"모모코, 넌 입 다물어."

그러는 참에 히라라 스토어 아주머니의 차가 맞은편에서 달려왔다. 몸체에 녹이 슨 자동차가 눈앞에서 멈춰 서더니 창문으로 거무스레한 얼굴이 나왔다.

"어라, 다들 모였네? 지금 신문사 사람들을 지로네 집에 안내해주고 오는 길이야."

일순, 대답이 나오지 않았다. 또, 또, 그 넓은 오지랖으로 일을 저지르셨구나……. 모두 똑같은 생각을 했다. 그 사람들이 물어보는 대로 우에하라 집안에 대한 이야기도 잔뜩 늘어놓았을 것이다. 아버지와 어머니가 예전에 과격파 운동권이었다느니, 얼마 전까지 아이들을 학교에 보내지 않았다느니.

비난에 찬 시선을 느꼈는지 아주머니가 급히 변명을 했다.

"오늘 밤에 저 뒤 민박집에서 자고 간다면서 술이니 안주를 한 보따리씩 사주는데 낸들 어떡해. 부탁을 거절할 수가 있어야지."

"괜찮아요, 아줌마. 정말 친절하기도 하시지." 누나가 억지웃음을 지으며 말했다.

"산속에서 어떻게 먹고사느냐고 묻길래 섬사람들이 생선이니 야채를 갖다준다고는 했는데."

"아, 됐거든요."

"그래?"

아주머니는 빙긋 잇몸을 내보이더니 캉캉캉, 하고 웃는 듯한 날카로운 엔진 소리를 울리며 떠나갔다.

"누나, 어쩌지?" 지로가 물었다.

"일단 집에 가보자. 아버지가 신문기자들하고 싸울지도 모르니."

"저런, 그러면 안 되죠!" 안색이 바뀐 아라가키 순경이 외쳤다. "검거자 제로 기록도 갱신중이라고요."

지로와 모모코는 경찰차에 타고 누나는 아라가키 순경의 헬멧을 빌려 쓰고 모두 함께 집으로 향했다.

누나가 맹렬한 스피드로 내달린다. 언뜻언뜻 하얀 이가 드러나는 걸 보면 한껏 스릴을 즐기는 모양이었다. 걱정도 많은 아라가키 순경이 마이크를 들었다.

"앞의 스쿠터, 속도를 늦추세요."

누나는 무시하고 머리와 어깨를 잔뜩 숙이는 자세를 취했다.

예쁘장한 엉덩이가 톡 튀어나왔다.

집에 도착해보니 아버지는 마루에서 기자를 상대로 열변을 토하고 있었다. 손짓과 몸짓을 섞어가며, 무슨 대연설이라도 하는 듯한 모습이었다. 기자는 메모지 위에 바쁘게 펜을 놀리고 있었다. 싸우지는 않는 모양이었다. 그러기는커녕 우호적인 분위기마저 감돌았다. 지로 일행을 보더니 카메라맨이 렌즈를 들이대며 셔터를 눌렀다.

"자, 잠깐, 나는 찍지 말아요."

아라가키 순경이 얼굴을 손으로 가렸다.

"어어, 아라가키 순경. 완전히 우리 집 단골손님이 됐구만."

아버지가 놀리듯이 말했다.

젊은 기자가 아라가키 순경을 향해 물었다. "경찰의 입장에서는 어떻게 생각하죠? 묵인하는 겁니까?"

"그렇지 않습니다. 기자님, 오해하지 말아주세요. 아까도 말했던 대로 이 댁은 공공주택 수속을 기다리는 중이고, 어디까지나 잠정적인 조치로서⋯⋯."

"자네 마음대로? 나는 이 집에서 한 발짝도 움직이지 않을 거야. 도쿄의 자본가 따위, 오는 대로 때려눕혀 주지."

아버지는 아라가키 순경을 지그시 바라보며 "캬하하하!" 하고 호쾌하게 웃었다.

"그러면 우에하라 씨는 어떻게든 이 토지와 우타키를 지켜내겠다는……?" 기자가 슬슬 유도질문을 한다.

"그렇지. 이곳은 원래 하테루마 이주자들이 개척한 땅이야. 내가 들은 바에 의하면 어딘가의 의회에서 서너 푼에 몽땅 사들여서 케이티인지 뭔지 하는 회사에 몽땅 넘겨줬다던데 말이야, 애초에 본토인이 야에야마의 토지를 침략하겠다는 그 꿍꿍이 자체가 나는 마음에 안 들어."

"침략이라고 하셨습니까?"

"당연하지. 이게 침략이 아니면 뭐야? 고래로부터 야에야마는 야에야마 사람의 손으로 통치해왔어. 그러다가 류큐 왕조에 편입되었고. 그뿐인가, 사쓰마(薩摩) 따위에 농락을 당하고 어찌어찌하다 보니 일본 정부의 지배 하에 들어간 거지. 잘 들으쇼, 리조트라는 그럴싸한 이름으로 이 섬의 토지를 빼앗으려는 건 인두세 이래 최대의 폭압이오, 폭압. 음, 이 말은 반드시 써주쇼."

"인두세 이야기가 나왔는데요, 우에하라 씨는 예진에 인두세 폐지를 위해 투쟁했던 우에하라 간진 씨의 자손이라고 하던데, 그게 사실입니까?"

"음, 그렇지, 그렇지. 사전조사를 착실하게 잘했네."

"간진 씨는 테러리스트라는 견해도 있습니다만?"

"테러리스트?" 아버지가 눈을 부라렸다. 기자가 흠칫 몸을 뒤로 뺀다. "흐음, 테러리스트라는 것도 좋지. 본토의 지배층 입장에서 보자면 테러로 보일 게야. 근데 그게 뭐가 어떻다고? 그거야말로 명예로운 이름이야."

"그리고요, 얼핏 들었습니다만 야에야마의 영웅 아카하치의 자손이시라던데……?"

"맞아. 내가 바로 아카하치의 자손이오. 이시가키 섬의 장로이신 상라 어른에게 확인해보쇼."

말도 안 돼. 지로는 얼굴을 찡그렸다. 아카하치와 우리 가문에 관한 소문은 과장되게 부풀려진 엉터리 이야기라고 하지 않았던가.

사정을 알지 못하는 누나는 어리둥절해하고 있었다. 어머니는 나는 모르겠다는 투로 부엌에서 설거지만 했다.

"이건 기사로 써도 괜찮겠습니까?"

이야기가 재미있다고 생각했던지, 기자가 눈을 반짝였다.

"물론이지. 아주 크게 쓰쇼. 사진은 괜찮은 사내 꼴로 찍힌 것을 쓰시고."

"가능하면 가족 모두가 함께 찍은 사진도……."

"알았어. 어이, 사쿠라 동지! 요코, 지로하고 모모코, 모두 신문에 실리는 거다!"

아버지가 불그레하게 상기된 얼굴로 말했다. 이런 때의 아버지는 술 취한 사람과 별반 다를 게 없었다.

"싫어." 누나가 가슴을 젖히며 감연히 거부했다. "아버지 마음대로 나를 동지 취급하지 말라구요. 무슨 일인지는 모르지만, 난 투쟁 따위는 할 생각 없어."

"허어, 미안하구만. 아직 의식 통일이 이뤄지지 않았어." 아버지가 기자를 향해 손을 저었다. 카메라맨이 "그럼 우에하라 씨만이라도……"라며 집 앞에서 촬영에 들어갔다.

괭이를 손에 들고 우뚝 선 아버지. 이게 멋진 그림이 되어버리니 문제였다. 어째서 이럴 때면 아버지는 저토록 생생하게 살아나는지.

"흥, 바보 같아." 누나가 내뱉었다. "지로, 모모코, 아버지는 내버려두고 공공주택에 들어갈 거니까 그리 알아."

"그렇게 해주신다면 저야 큰 도움이 되지요."

아라가키 순경은 울상을 짓고 있었다.

47

아카하치의 난(亂) 재현, 리조트 개발에 반기를 들다

이리오모테 섬의 북동 지구, 통칭 '우라비치 숲'의 폐촌에 도쿄에서 온 일가가 불법으로 이주하여 지역사회에 파문을 일으키고 있다. 일가는 이 토지에 예정되어 있던 리조트 호텔 건설에 명백한 반대 의사를 표명하고 있어 개발업자와 정면으로 대결할 태세이다.

이주한 이는 이시가키 섬 출신의 조부를 둔 우에하라 이치로 씨(44)와 그 가족 4인. 우에하라 씨는 "야에야마는 야에야마 사람을 위해 존재하는 것이며, 도쿄의 자본이 돈벌이를 위해 이 땅의 자연을 파괴하는 것은 절대로 용서할 수 없다"고 말한다. 숲속의 폐가는 이시가키 섬과 이리오모테 섬 지역 주민들의 전폭적인 협력에 의해 수복되었으며, 전기도 수도도 없는 이 집에서 자급자족의 생활을 목표로 하고 있다고 한다.

"본토에 착취당하는 오키나와의 지배 구조를 타파하기 위해서는 세금을 내지 않는 것이 가장 좋은 방법이다."

예전의 운동권 활동가로 널리 알려져 있는 우에하라 씨의 주장은 과격하다. 1985년에 보텐마 미군기지에서 일어났던 '팬텀기 화재 사건' 때는 중요 참고인으로서 조사를 받은 일도 있었다. 또한 오랜 세월 이 숲속에 소중하게 모셔오던 '우타키'가 파괴될 예정이라는 데 대해 그는 "오키나와 문화를 유린하는 짓이며, 전통 종교에 대한 중대한 모욕 행위"라며 설봉(舌鋒)이 날카롭다. 이번 리조트 개발에 관하여 도쿄의 시민단체가 주축이 된 '이리오모테 섬의 바다와 숲을 지키는 모임'이 반대운동을 펼치고 있지만, 우에하라 씨는 "나는 나의 깃발을 흔들 뿐이다"라며 어디까지나 단독 행동에 나서겠다는 입장을 견지하고 있다. 우에하라 씨는 섬 주민들 사이에서는 '아카하치의 후손'으로서 상당한 존경을 받고 있고, 건설 예정지의 숲에 거주하는 이 일가에 대해 '이것은 현대의 아카하치의 난'이라며 지지하는 목소리도 크다.

리조트 개발을 추진하는 섬 의회에서는 "아닌 밤중에 홍두

깨. 현재 조사중"이라며 크게 당황하는 기색이다. 거대 건설사인 케이티개발(본사·도쿄)은 "이는 명백한 불법 점거이며, 즉시 철거를 요구한다"라며 공사 재검토를 전면 부인하였다. 이 소동, 과연 어떤 결말을 맞이할지, 섬 주민은 높은 관심을 기울이고 있다.

〈아카하치의 난〉
1500년에 당시의 슈리(首里. 옛 류큐 왕조의 수도-역주) 왕조의 과중한 세금 징수를 거부했던 이시가키 섬의 수장 오야케 아카하치가 일으킨 반란. 비록 전투에는 패하였으나 야에야마 사람들 사이에서는 그에 대한 존경과 흠모가 강하여 현재까지도 영웅시되고 있다.

"히익!"
히라라 스토어 앞에서 지로는 신문을 펼쳐들자마자 신음을 터뜨리고 말았다. 기사는 예상했던 것보다 훨씬 큼직하게 그야말로 대문짝만하게 실렸고, 거기다 아버지의 전신사진은 컬러였다. 우에하라 집안의 산속 생활이 전국 방방곡곡에 알려지게 된 것이다. 더구나 '리조트 개발 반대'라는 간판까지 붙은 채.
"지로네 아버지, 정말 너무 멋있다."
신문을 보여준 히라라 스토어 아주머니가 기쁜 듯이 말했다.
"응, 소우 쿨! 나도 이런 아버지가 있었으면 좋겠다."

나나에까지 부러운 눈빛으로 말했다.

"에헤헤……." 모모코는 그리 싫지 않은 눈치였다.

"너, 바보냐?" 지로는 태평한 누이의 머리통을 쥐어박았다.

"이제 아버지는 점점 더 기가 나서 날뛸 거야. 도쿄에서처럼 맘에 안 드는 사람들은 죄다 집어던질 거라고."

"우리 지로는 웬 걱정이 그리도 많은지. 꺼억!" 누나는 스쿠터 시트에 걸터앉아 느긋하게 콜라를 마시고 있었다. "법률을 상대로 싸워봤자 어차피 승산은 없어. 결국은 공공주택이지. 그러면 좋잖니?"

"승산도 없는 일이니까 문제가 복잡하지. 적당히 굽혀줄 줄을 모르니 자꾸 일이 꼬인다고."

"너는 누구를 닮아서 그리도 걱정이 많니, 대체?"

"어휴, 참. 누나야말로 언제부터 아버지를 닮았어?"

"닮기는 뭐가 닮아? 피가 다른데."

"어라라, 요코는 피가 달라?" 아주머니가 즉각 관심을 보였다.

"그렇답니다. 어머니가 싱글 마더로서……."

"누나, 그런 얘기를 여기서 왜 해! 그보다 나나에, 너희 이모가 매스컴을 불러들여서 일이 이렇게 됐잖아!"

지로는 나나에를 비난했다. 그러자 나나에는 눈을 치뜨며 반론에 나섰다.

"아냐. 우리 이모는 자기들이 감시 초소 세우는 걸 취재해달라고 연락했던 거야. 그러다가 너희 집에 대해서도 섬 주민의 저항으로서 잠깐 이야기했던 건데, 신문사에서는 그쪽에 더 관심을 갖고 반대모임 쪽은 싸악 무시해버린 거지. 이모가 몹시 불쾌해하더라."

"애초에 우리 집 얘기는 하지도 말았어야지."

"어이, 지로!" 그때 요다 할아버지와 오지로 아저씨가 소형 트럭을 타고 지나가다가 멈춰 섰다. "네 아버지가 아주 유명해졌더라." 둘이 똑같이 싱글벙글이었다.

"아, 예에……." 그런 얼빠진 대답밖에 나오지 않았다.

"할로, 여러분. 무엇을 하십니까?" 이어서 베니 씨도 개를 데리고 나타났다. 쇼핑도 하고 걸식도 하러 나온 모양이었다.

"오우, 당신이 지로의 누님이시군요. 소문은 들었습니다. 만나고 싶었습니다."

베니 씨는 과장스럽게 양팔을 펼치더니 누나를 끌어안으려고 했나. 누나가 풀찍 몸을 피했다.

"이봐요, 베니 씨. 지금 뭐하는 거요?"

거기에 아라가키 순경까지 경찰차를 타고 등장했다. 섬은 넓기도 하건만 어째서 사람들은 복닥복닥 이 좁은 곳으로 꾀어드는지.

"요코 씨, 저 사람은 캠프장에 정착한 수상한 외국인이니까 특별히 조심하세요."

"안심하십시오. 나는 신사입니다. 특별히 미인에 대해서는 더 친절합니다."

베니 씨가 그렇게 말하며 누나의 손을 잡고 잽싸게 입을 맞추었다.

"앗, 뭐하는 거야?" 아라가키 순경이 얼굴을 벌게져서 달려오더니 두 사람 사이에 끼어들었다. 세상 사람들에게 우에하라 요코를 사랑하노라고 고백하는 듯한 꼴이었다.

"어이, 아라가키, 베니를 냉큼 체포하면 될 거 아냐?" 오지로 아저씨가 놀려댔다. 누나는 손등을 지로의 셔츠에 닦았다.

"그런데 이것은 무엇입니까?"

베니 씨가 신문을 들여다보며 무슨 기사인지 궁금해 해서 나나에에게 넘겨주었다. 나나에는 영어를 섞어가며 신문기사에 대해 설명했다.

"이 신문기사가 아무래도 큰 문제가 될 것 같아요." 아라가키 순경이 누나를 상대로 이야기를 시작했다. "본서에서 당장 전화가 걸려와서, 너는 뭘 하고 있었느냐고 질책을 당했습니다. 케이티에서 의회 의원에게 압력을 넣었는지, 그 의원이 서장에게 마구 따지고 들었던 모양이에요. 저기요, 요코 씨가 아버지를 설득해주실 수 없을까요?"

"그건 안 돼요. 내가 하는 말을 들을 리가 없죠."

누나는 차갑게 대꾸했다. 생판 남의 일이라는 듯, 남은 콜라만 들이켰다.

"이거 참, 큰일이네. 이대로 가다가는 강제 철거에 들어갈지도 모르는데."

"하지만 이런 건 민사소송 아니에요? 경찰은 민사소송에는 개입하지 않는 거잖아요."

"케이티가 피해신고를 내면 이야기가 달라져요. 본서에서는 그것만은 피해야 한다면서……."

"업무가 불어나는 게 싫은 거군요?"

"그런 게 아니고요!" 아라가키 순경이 불끈해서 항변했다.

"나는 요코 씨를 지지합니다"라며 베니 씨가 옆에서 끼어들었다.

"그 집에서 계속 살아주십시오."

"이보세요, 그 땅을 점거한 건 내가 아니라 아버지에요. 사이좋게 지내고 싶다면 우리 아버지하고나 잘 지내세요."

"아버지와는 벌써부터 사이가 좋습니다."

"당신, 뭐하자는 거야?" 아라가키 순경이 불쾌한 듯 베니 씨를 노려보았다. 뭔가 이야기가 점점 더 복잡하게 얽혀든다.

"어이!" 다시 누군가가 왔다. 이름은 모르지만, 근처에 사는 아저씨였다.

"지금 이시가키에서 오는 길인데 내가 탔던 페리에 텔레비전 방송국 사람들이 잔뜩 타고 있었어. 촬영 기계를 실은 큼직한 왜건 차에 사람도 너덧 명은 되더라니까. 그것도 죄다 도쿄 사람이야. 우에하라 씨 집이 어디냐고 묻기에 약도를 그려 알려줬는데."

"저런, 친절하시게도……."

누나가 메마른 어조로 말했다. 모두들 서로의 얼굴을 마주 보았다. 시사까지 사람들의 둥그런 울타리 속에 끼어있었다.

"어휴." 아라가키 순경이 깊은 한숨을 내쉬었다. "정말 큰일 났네, 이번에는 텔레비전이라니. 텔레비전에서 찍어 가면 그야말로 전국적으로 알려지는데."

"우선 가서 좀 보자고. 다들 뒤에 타라."

오지로 아저씨가 손끝으로 짐칸을 가리켰다. 뭐에 홀린 것처럼 모두들 말없이 줄줄 올라탔다. 여기 있어봤자 해결되는 게 아무것도 없었기 때문이다. 사람이 짐칸에 타는 건 도로교통법 위반일 테지만, 기운을 잃은 아라가키 순경은 아무 말도 하지 않았다.

"우리가 텔레비전에 나오는 거야?"라는 모모코.

그때 "잠깐만!"이라며 히라라 스토어 아주머니가 올라탔던 짐칸에서 다시 내려섰다.

"화장 좀 하고 올 테니까 잠깐만 기다려요."

"그냥 떼어놓고 가, 떼어놓고 가." 요다 할아버지가 차갑게 말하자 아주머니는 투덜투덜 다시 올라탔다.

스쿠터와 트럭과 경찰차가 일렬로 우라비치 숲으로 향했다. 앞길에는 땡볕이 흐물흐물 흔들리고 있었다.

집에 도착하자 벌써 취재가 한창이었다. 카메라맨이 비디오카메라를 들었고 아버지는 조명을 받고 있었다. 마이크를 쥔 것은 젊은 여성 리포터였다.

"헤에, 큰 구경거리 났네."

"역시 텔레비전 방송국 사람들은 세련됐구먼."

요다 할아버지 일행이 저마다 한마디씩 감탄의 말을 흘렸다. 앞쪽에서는 텔레비전 팀과는 별도로 남자 둘이 나와서 집과 밭을 사진에 담고 있었다. 급기야 지로 일행 쪽으로도 다가왔다.

"〈중앙신문〉에서 나왔는데요, 이 집의 가족 되시는 분, 계십니까?" 메모를 한 손에 들고 물었다. 〈중앙신문〉이라고 하면 지로도 알고 있는 전국적인 유명지였다.

"없어요." 누나가 날름 거짓말을 했다. "우린 그냥 구경꾼이에요."

신문사 사람들은 텔레비전 방송국에 선수를 빼앗기고, 다음 인터뷰 순서를 기다리는 모양이었다. 처음 실렸던 기사가 예상 밖으로 동업자들의 관심을 끈 것이다.

"그러면 섬 주민으로서 한마디 코멘트를 해주시겠습니까?"

"코멘트고 뭐고, 우리야 어려운 말은 하지도 못해, 헤헤헤." 요다 할아버지가 수줍어서 어쩔 줄을 모른다. "어미, 사진은 안 돼요. 오늘은 진짜 안 된다니까." 히라라 스토어 아주머니는 엉뚱한 소리를 하고 있었다.

"우리는 우에하라 씨를 지지합니다. 이건 지하드, 성전입니다!" 베니 씨가 앞으로 썩 나서며 입을 열었다.

"지하드?"

"그렇습니다. 야에야마의 민중을 대표해서 우에하라 씨가 봉기한 것입니다."

누나가 얼굴을 찌푸렸다. 베니 씨는 기자를 상대로 자연과 함께 사는 삶의 존엄성을 설파했다. 캠프장 걸식자 주제에 마치 이 섬의 본토박이 같은 태도였다.

아라가키 순경은 이 자리에 있다가는 영 재미없겠다고 생각했는지 경찰차 안으로 피신했다. 다른 사람이 보기에는 불법 점거를 감시하러 나온 경찰인 셈이다.

아버지의 인터뷰는 열기가 대단해서 그 큰 목소리가 한참 떨어진 지로 일행의 귀에도 들어왔다.

"그 자들이 우타키를 부순다면 나는 그 답으로 야스쿠니 신사에 불을 질러주지. 일이 그렇게 되면 죄다 케이티 책임이오. 그만큼 우타키는 우리 야에야마 사람들의 정신적인 뿌리 같은 것이야!"

무슨 끔찍한 소리를 하는 건가. 이러다 또 다시 공안이 들이닥치는 건 아닐까. 리포터까지 곁에서 아버지를 슬슬 부채질하고 있었다.

"우에하라 씨의 삶을 반권력적인 '슬로 라이프'의 실천으로 생각해도 될까요?"

"흠, 그렇지. 마침 좋은 말을 하시는군. 세금을 납부하지 않는 것이야말로 참된 슬로 라이프요."

분명 이것으로 세무서도 적으로 만들었다.

누나는 더 듣고 싶지도 않은지 멤생이 집으로 가서 마른 풀을 주고 있었다. '메헤헤······' 멤생이는 기분이 좋아 보였다. 어머니는 매스컴 관계자들에게 차를 대접했다.

인터뷰가 텔레비전 방송국에서 신문사로 넘어갔을 즈음, 나나에의 이모를 비롯한 반대모임 사람들이 나타났다.

"이보세요, 우리 쪽 취재는 어떻게 됐죠? 아까부터 비치에서 기다리고 있는데요."

텔레비전 방송국 사람을 붙들고 불만스러운 투로 말했다.

"방송국에 정보를 제공한 건 우리라고요."

"맞아요, 우리부터 취재하는 게 순서죠."

폴로셔츠의 컬러를 바짝 치켜세운 디렉터인 듯한 남자가 손목시계를 들여다보았다. "아하, 이거 어쩌지?"라고 어쩔 줄 모르는 얼굴로 중얼거리더니 "죄송합니다. 돌아가는 배 시간이 급해서요. 촬영분을 오늘 중으로 편집해서 밤 뉴스 시간에 맞춰야 하는데, 그쪽 모임의 취재는 다음 기회로……"라며 난처한 듯 머리를 긁적였다.

"말도 안 돼……." 반대모임의 아줌마들이 기가 막힌 듯 말을 잇지 못했다.

"정말 너무하시네. 섬 의회 의사록까지 복사해뒀는데."

"죄송합니다. 또 올 테니까요, 그때는 꼭 찾아뵙겠습니다. 어이, 어서 철수하자고!"

도망치듯 속속 차에 올라탔다. 반대모임 회원들은 화가 난 표정으로 그들을 배웅했다.

나나에의 이모가 지로를 노려보았다.

"얘, 너희 아버지, 시민운동 갖고 장난치는 거 아니니? 성실하게 활동하는 사람들에게 방해가 된단 말이야."

그런 소리를 아들한테 하면 뭐하나. 하지만 말대꾸를 할 분위기가 아니어서 입속으로, 죄송합니다 하고 웅얼거리고는 고개를 숙였다.

"나나에, 너는 왜 여기 있어? 공부 열심히 해야지, 안 그러면 너희 엄마한테 혼날 줄 알아." 엉뚱한 불똥이 나나에에게도 튀었다.

"뭐, 어때요? 어디 있건 내 자유죠." 나나에는 지지 않았다.

"이모야말로 자기 일이나 제대로 하시죠."

나나에의 이모가 얼굴이 빨개졌다. 보고 있는 지로가 도리어 등이 서늘했다. 집에 가서 구박이라도 받으면 어쩌려고 저러는지, 나나에는 그런 건 걱정도 안 하는 모양이다.

돌연 시사가 반대모임 회원들을 향해 컹컹 짖어댔다. 시사도 직감적으로 그들이 적이라는 것을 느낀 모양이었다. 늘 얌전하던 시사가 눈을 치뜨고 있었다.

"이봐요, 이 개 좀 짖지 못하게 하세요!"

"짖는 것은 개의 권리입니다."

"지금 장난하세요?"

"저어, 저는 이제 그만 슬슬 실례할까 하는데요."

아라가키 순경이 경찰차에서 내려왔다.

"당신, 경찰이죠? 개를 이렇게 풀어놓는데, 단속도 안 해요?"

"이거 정말 난감하네. 오늘 밤 뉴스에 나온다고 했지요?"

아라가키 순경의 얼굴이 잔뜩 흐려져 있었다.

"내 얘기 듣는 거예요?"

"아라가키 씨. 벌써 가시려고? 기왕 왔는데 저녁이라도 먹고 가지 그래요?" 누나가 다가왔다.

"하지만 주재소에 돌아가서 업무일지를 써야 하는데……."

"그럼 내가 당신 대신 맛있는 저녁을 먹겠습니다."

"아니, 주재소에 갔다가 다시 올 거야!"

"당신들, 시민운동을 비웃는 거지!"

마침내 나나에의 이모가 히스테리를 일으켰다. 시사가 더욱 더 짖어댄다. 아버지는 주위의 소란에도 아랑곳하지 않고 여전히 열변을 토하고 있었다.

"우에하라, 나도 저녁 먹고 가도 되니?"

나나에가 눈을 찡긋하며 말하는지라 지로는 물론 괜찮다고 고개를 끄덕여주었다.

그나저나 이 소동은 어떻게 될 것인가. 과연 어떤 결론이 날지, 지로는 노서히 심삭도 가시 않았다.

48

텔레비전의 영향력은 예상을 뛰어넘는 것이어서, 지로는 그것을 단계적으로 실감하게 되었다.

우선 섬 안의 사람들이 번갈아가며 집 구경을 하러 왔다. 지역이 다른 어민이며 농민, 새로 섬사람이 된 다이버며 펜션 오너들,

다른 학교 학생들까지 찾아오는 것이었다.

특히 섬의 할아버지, 할머니들은 남의 집을 전혀 어려워하는 법이 없어서 "하이고, 여기네, 여기야" 하면서 마음대로 들어와 마루에서 쉬어가기도 했다. 아버지는 이즈음 고기를 잡으러 바다에 나가는 일이 많았기 때문에 주로 어머니가 그 상대를 해야 했다.

"원래부터 여기는 누구의 땅도 아녀. 그러니까 거래를 하는 쪽이 이상한 거야."

거친 이론이기는 했지만, 그런 말을 들으면 조금은 마음이 편했다.

게다가 할아버지, 할머니들은 반드시 먹을 것을 들고 왔기 때문에 우에하라 집안의 식량 사정은 한층 더 좋아졌다. "식량 보급로를 끊겨도 한동안은 끄떡없겠다"라며 어머니는 싱글벙글하고 있었다.

이어서 매스컴이 연일 파도처럼 밀려들었다. 각 신문사와 텔레비전 방송국, 그리고 주간지까지. 어딘가 한 군데만 정해서 취재하면 좋을 텐데 하는 생각은 이쪽의 생각일 뿐이고, 모든 언론사에서 똑같은 짓을 하지 않으면 속이 시원하지 않은 게 이 나라의 매스컴이었다. 하지만 그들이 밀려드는 덕분에 섬의 민박집이며 호텔은 금세 만실이 되어서 경영자들은 모두 얼굴에서 웃음이 떠나지 않았다. 지로는 길에서 불려가 선물용 티셔츠를 받기도 했다.

매스컴은 어디나 우에하라 가에 호의적이었지만, 그 뒤편에서는 전혀 다른 행동도 취했다. 섬의 면사무소며 경찰서, 그리고 케이티개발에 가서는 "언제까지 저대로 방치해둘 것이냐?" 하고 압박을 가한 것이다.

인구가 적고 좁은 지역이라서 아무도 감추고 자시고 하는 일이 없는지라 그런 정보는 곧바로 귀에 들어왔다. 어제는 주간지 기자가 면사무소에 찾아가 "강제 철거 날짜를 알려 달라"면서 끈질기게 물고 늘어졌다고 한다.

"매스컴은 이 일을 더 크게 만들고 싶은 거야." 누나가 정말 지겹다는 투로 말했다. "남의 싸움은 클수록 재미있다는 심보라니까."

지로도 그 의견에는 공감했다. 히라라 스토어에 부탁해서 텔레비전을 봤는데, 아버지의 과격한 발언만 거듭해서 내보내고 있었다. 경찰이나 세무서 쪽에서는 진짜로 분통이 터졌을 것이다.

게다가 텔레비전의 영향을 가상 그게 실감한 것은, 아버지가 일약 전국적인 유명인사가 되었다는 것이었다. 당일치기 버스 관광객들까지 일부러 이 깊은 산속에 찾아와 기념촬영을 하고 갔다.

아버지도 그만 화가 나서 입구의 외길에 '출입금지'라는 팻말을 세웠다. 그러자 그것을 사진과 함께 실어놓고 '마침내 전면 대결'이라는 식의 의도적인 오보까지 터뜨리는 판이었다.

왠지 불안해서 학교에서 돌아오는 길에 무카이에게 전화를 해보았다.

"우리 아버지, 거기서도 유명하냐?"

"오, 지로냐? 물론 학교에서 날마다 그 얘기만 하지. 웬만한 인기 스타 못지않아."

지로는 어깨를 떨구었다. 이것으로 점점 더 아버지는 기가 나서 날뛸 것이다.

"내가 생각건대, 너희 아버지는 그림이 돼. 키 크지 눈썹 굵직하지, 게다가 웃으면 묘하게 애교도 있어. 그러니 매스컴이 가만히 놔두지 않는 거야."

"남의 일이라고 잘도 주절거린다."

"아니, 그게 말이야, 뭐뭐를 지키는 모임이라는 곳과도 인터뷰를 하더라만, 이건 그저 평범한 환경보호 단체라서 눈곱만큼도 재미가 없어. 두건 같은 걸 머리에 둘둘 감고, 원, 촌스럽기는. 완전히 스테레오 타입이야, 그쪽은."

"스테레오 타입이 뭔데?"

"흔해빠진 패턴이라는 거야. 신선미가 부족하다구."

"지금 그게 문제가 아니잖아?"

"아니, 그게 문제야. 그나저나 너도 텔레비전에 나오더라? 얼굴에 모자이크 처리가 되어 있긴 했지만."

"모자이크 처리?"

"그래. 역시 초등학생이라 인권에 대한 배려를 한 거겠지? 야아, 유감이었다. 텔레비전으로라도 네 얼굴을 보고 싶었는데."

깊은 한숨을 쉬고서 수화기를 내려놓았다. 이참에 준의 목소리도 듣고 싶었다.

"우와, 진짜 굉장하다, 굉장해. 너희 아버지, 날마다 텔레비전에 나온다구!"

준은 전화를 받자마자 흥분해서 난리였다.

"나도 알아."

"텔레비전을 통해서 보니까 새삼 너희 아버지, 정말 폼 나더라."

"준, 너까지 그런 소리 하지 마라."

"사실인걸 뭐. 카메라를 쓰윽 노려보면서 '세금 따위는 못 내!' 하고 무시무시하게 쏘아붙이는 거야. 우리 엄마는 아주 박수까지 쳤어."

분명 일본 전국에 그런 무책임한 시청자가 넘칠 것이다.

"어떤 방송에선가, 캐스터가 올해의 유행어 대상은 그걸로 정해진 거나 마찬가지라고 했어."

누가, 왜, 자기 멋대로 그런 걸 정하냐고요.

지로는 대충 일의 전말이 이해되었다. 아버지는 사람들의 흥밋거리가 되어버린 것이다. 언젠가 다마(多摩) 강에 출몰했던 바다표범처럼.

"여름방학 때, 다 함께 갈 테니까 그때까지 잘해봐."

"까불지 마." 지로는 저도 모르게 거친 소리를 질렀다.

하지만 친구의 목소리를 들었더니 조금쯤 마음이 가라앉았다. 적어도 아버지는 미움을 받는 사람은 아니었다. 그러기는커녕 묘하게 폭넓은 인기마저 얻고 있었다.

"옛다, 아이스캔디. 모모코도."

전화를 끝내고 나왔더니 히라라 스토어 아주머니가 하회탈 같은 얼굴로 아이스캔디를 내주었다. 아무래도 공짜로 주는 모양이었다.

"지로 아버지 덕분에 우리 가게가 요즘 너무 잘돼. 매스컴에서 나온 사람들이 아예 휴게실로 쏜다니까. 오늘도 벌써 오전에 빵이랑 삼각김밥이 다 팔렸어."

"그래요?"

"나중에 집으로도 보내줄 테니까, 어서 먹어라."

"고맙습니다." 모모코가 천진하게 고맙다는 인사를 했다. 지로는 말없이 코만 들이켰다. 섬 주민들이 합세하여 아버지의 뒤를 밀어주는 꼴이었다.

모모코와 둘이서 집에 돌아오자 숲 입구에 취재진이 잔뜩 몰려와 있었다. 최근 며칠 동안 낯익은 광경이었지만, 오늘은 어딘가 더욱 어수선한 느낌이었다. 지로와 모모코를 알아보고 기자 한 사람이 말을 걸어왔다.

"얘, 케이티개발 담당 책임자하고 의회 의원이 찾아온다는데, 혹시 아버지한테 무슨 얘기 못 들었니?"

"몰라요, 우리는 학교에 갔다 오는 길이라서요."

앞길을 가로막는 바람에 어쩔 수 없이 멈춰 섰다.

"3시 배로 출발했다는 정보가 들어왔어. 어떻게 대처할 건지 아버지에게 좀 물어봐줄래?"

"예?"

"어이, 아이들은 끌어들이지 마!" 다른 기자가 옆에서 거칠게 소리쳤다. "아이들 코멘트는 따지 않기로 합의했잖아."

"내가 언제 코멘트를 받았다고 그래? 나는 우에하라 씨에게 연락을 좀 해달라는 것뿐이야." 즉각 사납게 대든다. 모모코가 겁에 질려 지로의 등 뒤에 숨었다.

"그게 규칙 위반이지. 당신, 큰딸한테도 뭔가 자꾸 캐물었지?"

"그건 잡담이야. 날씨 얘기도 하면 안 된다는 거야?"

두 기자가 험악한 분위기로 서로 노려보았다.

"아무튼 부부 이외에는 취재하지 않는다는 게 규칙이니까 그렇게 해달라고. 그걸 지키지 않으면 공동회견 때는 뺄 거야."

"이 새끼, 총무 한 번 밑더니 이래지래 제멋대로 하고 있어."

"이봐, 말조심해." 기자가 얼굴을 붉혔다.

"제1선은 우리야. 나중에 왔으면서 무슨 잔소리냐고."

"이봐, 어지간히 해. 아이들 앞에서 어른들이 부끄러운 줄 알아야지." 다시 다른 기자가 끼어들었다.

"부끄러운 줄 알라고? 너희 회사지, 그 가게 삼각김밥을 몽땅 사들인 게?"

"말 다했어?"

"다했다!" 입에 거품을 물고 있었다.

모모코가 울려고 해서 지로는 기자들을 밀쳐내고 빠져나왔다. 이른바 매스컴의 이면을 희미하게나마 엿본 것 같았다. 보도 기자의 가장 중요한 업무는 선수를 빼앗기지 않는 것, 그리고 자리를 확보하는 것이었다.

집 안에서는 아버지가 마루에서 생선을 다듬고 있었다. 푸른 비늘이 선명한 물고기였다.

"이거 아버지가 잡아오신 거야. 저녁 때, 회로 먹을 거다."

어머니가 곁에서 듬직하다는 듯 바라보고 있었다.

"지로, 나도 고기 잡으러 갔었어."

누나는 구루쿤의 꼬리를 잡고 쳐들며 자랑이 늘어진다.

"나도 갔습니다. 요코 씨는 낚시를 아주 잘합니다."

어째서 베니 씨가 여기 와있는지, 이미 궁금하지도 않았다.

"별로 할 일도 없어서 따라갔는데 꽤 재미있더라. 배도 잠깐 조종해봤어. 나, 바다만 잠잠하면 배를 몰 수 있다구."

"뭐야? 암초에 걸린 주제에." 아버지의 코웃음에 "초심자가 그 정도면 잘한 거네요"라고 말대꾸를 하면서도 누나는 기분이 좋았다.

그토록 싫어하던 아버지와 함께 나가다니, 대체 무슨 바람이 불었단 말인가.

"지로, 이 섬에서 중학교 졸업하고 어부가 되어보는 게 어때? 나도 도와줄 테니까."

"그런 걸 왜 누나 마음대로 정해?" 아랫입술을 툭 내밀며 대꾸했다.

"자연이란 참 좋더라. 도쿄에서는 도시 아닌 데서 산다는 건 생각도 못했는데, 막상 와서 보니까 상당히 좋아. 아마 아침 일찍 일어나서 땀을 흘리며 일하는 게 인간의 본질인가 봐."

정말 누나답지 않은 말이었다. 누나는 항상 한밤중에 돌아와 한낮까지 자는 생활을 보냈던 사람이다. 환경이 바뀌면 사람도 변하는가. 하긴 아버지가 가장 좋은 실례다. 이리오모테 섬에 온 뒤로는 날마다 일을 했다.

누나의 태도 변화를 조금쯤 이해할 듯한 마음이 들었다. 누나는 지로와 마찬가지로, 일하는 아버지를 태어나서 처음으로 보았다. 늠름한 근육이 그냥 멋으로 달린 게 아니라는 것을 알았다. 아버지를 다시 본 것이다.

"매스컴이 고기 잡는 것까지 취재를 하더라니까"라는 누나.

"뭣 때문에?"

"자급자족의 생활을 시청자에게 전달하고 싶다고 하더라만, 한마디로 그림에 변화를 줄 필요가 있었던 거지 뭐. 요다 할아버지랑 오지로 아저씨의 배에 양쪽으로 나눠 타고 여기저기서 카메라를 돌리더라니까. 덕분에 요다 할아버지네는 배 임대료를 두둑히 챙겼지 뭐."

요다 할아버지와 오지로 아저씨가 좋아라 하는 얼굴이 떠올랐다. 이담에 만나면 뭐든 좀 달라고 해야지.

"선박 면허와 어업권에 대한 질문을 하는 통에 곤란하긴 했지만."

"그랬어?"

"아버지, 가슴을 턱 내밀고 '그런 거 필요 없어!'라고 했어."

"내가 왜 국가에서 허가 따위를 얻어야 해? 배 타는 것도 고기 잡는 것도 개인의 자유야."

아버지가 눈을 가느스름하게 뜨고 말했다. "그 말이 맞습니다"라고 베니 씨가 무책임하게 고개를 끄덕였다. 지금까지의 경위로 보아 매스컴은 당장 경찰과 어업조합에 고자질을 하러 달려갔을 것이다. 아버지가 들고 있는 카드는 모조리 조커 투성이다.

잠시 뒤에 숲 입구의 외길로 사람들이 몰려왔다. 카메라맨과 조명이 기자재를 떠메고 뒷걸음질로 걷고 있었다. 라이트를 받은 건 양복 차림의 남자들이었다. 케이티개발 사람들이 온 것이다. 그 주위를 기자들이 에워싸고 있었다.

"흥, 기업의 앞잡이들이 온갖 폼을 다 재는군."

아버지가 코웃음을 치며 일어섰다. 마루에서 내려가 마당에 나가 섰다. 케이티개발에서 나온 남자들은 긴장된 표정으로 아버지 앞으로 다가왔다. 세 사람 모두 중키에 평범한 몸집이라 아버지가 위에서 내려다보는 형세였다.

수많은 마이크가 아버지와 사내들 사이에 내밀어졌다. 뒤쪽에서는 "밀지 마!" "비켜!" 하고 기자들이 티격태격 몸싸움을 했다.

가장 직급이 높아 보이는 중년 남자가 누런 봉투에서 서류 한

장을 꺼내 아버지에게 내보이며 무겁게 입을 열었다.

"우에하라 씨, 이게 이 토지의 권리서입니다. 확인해주십시오."

"누가 누구에게 양해를 얻어서 정한 거요? 나라인가? 현인가? 어디가 됐건 그저 종이쪽이오."

아버지의 우렁찬 목소리가 울려 퍼졌다. 입 끝을 치켜들고 남자들을 정면으로 바라보며 가슴을 젖혔다. 일제히 플래시가 터졌다.

"그러면 최종 통고서를 읽겠습니다."

중년 남자가 또 한 장의 서류를 상장이라도 건네듯 펼쳐들었다. 매스컴의 마이크가 머리 위로 이동했다. 남자는 헛기침을 한 번 하더니 서류를 읽어 내려갔다.

"철수에 관한 최종 통고. 폐사 케이티개발주식회사는 이리오모테 섬 북동지구에 있어서의 토지개발사업에 착수하는 기일을 본 서면의 도달일로부터 3일 이내로 정하였는 바, 우에하라 이지로 씨에 대해 신속한 퇴거를 요청한다. 만에 하나, 퇴거 통고에 따르지 않을 시에는 착공에 따라 가옥 철거를 실행할 것이며 그때에 발생하는 가재도구의 파손 등에 대해 폐사는 일절 책임을 지지 않는다. 또한 농성 등의 저항이 있을 경우에는 법적 수단으로서 즉각 제거하기로 한다. 이상 이곳에 통고한다. 2005년 6월 18일, 통고인 케이티개발주식회사 상무이사 가미야마 이치로, 통고 대리인 다쿠치 마사히코. 피통고인 우에하라 이치로 귀하."

"형편없는 문서로군. 좀 더 쓸 만한 변호사는 없었나?" 아버지가 허리에 손을 짚고 턱을 쭉 내밀었다. "사흘까지 기다릴 거 없이 당장 내일이라도 덤비시지. 날짜가 길어질수록 기자 분들의 체재비가 많이 들거든, 와하하하."

아버지의 높직한 웃음이 또 좋은 그림이 되는 건지, 모든 카메라가 아버지를 향했다.

"아무튼 우리는 통고를 했습니다. 문서를 받아주시오."

중년 남자는 새파란 얼굴이었다.

"누가 받을 줄 알아? 이런 건 말요······."

아버지가 서류를 잡아 쭈욱 찢었다. 기자들이 술렁거렸다.

"여러분, 보셨지요? 똑똑히 찍으셨지요? 폐사는 일단 최종 통고를 했습니다. 여러분이 증인입니다."

남자의 목소리는 떨리고 있었다. 샐러리맨인 이 사람에게 아버지의 존재는 엄청난 재난이리라. 두 남자는 발길을 돌려 빠른 걸음으로 집 마당을 빠져나갔다. 기자들이 코멘트를 따내려고 마이크를 내민 채 그 뒤를 따라갔다.

"이보쇼, 우에하라 씨." 한 사람 남아있던 대머리의 사내가 아버지를 불렀다. "나는 여기 의회의 자마라는 사람인데······."

양복을 입었지만 어딘지 시골 졸부 같은 풍채였다. 얼굴이 거무스레해서 작업복이 더 잘 어울릴 듯한 아저씨였다.

"오, 당신이군, 이곳 토지를 푼돈에 긁어모아 케이티에 팔아먹었다는 토건회사 사장?"

아버지가 한 걸음 썩 나섰다. 얼굴을 가까이 들이대고 자마라는 남자를 똑바로 쏘아보았다.

"아아, 글쎄, 그렇게 흥분하지 말고." 자마 사장이 목소리를 낮추었다. "지금부터 내가 하는 말은 케이티 쪽과는 관계없이 일개 섬 주민으로서 제안하는 건데……, 어때요, 내가 퇴거료를 내는 것으로 하고 이쯤에서 정리해줄 수 없겠소?"

"어이, 기자 분들. 아직 가지 마쇼. 여기 악당 한 놈이 있소!"

아버지가 큰소리로 외쳤다. 집 밖으로 나서던 기자들이 돌아보았다.

"이 자가 바로 그 토건업을 하는 의회 의원이야. 방금 나를 뒷돈으로 회유하려고 했어!"

"거짓말, 거짓말이야. 난 아무 말도 안 했어."

자마 사장이 과장스럽게 손을 휘저으며 부정했다. 기자들이 다시 몰려들었다.

"흥, 어디 두고 보자!" 험악한 눈초리로 아버지를 노려보더니 큰 걸음으로 총총히 자리를 뜬다.

"비켜, 비켜. 나는 상관없어!"

의회 의원이라기보다 야쿠자 같은 말투였다. 기자들에게 둘러싸여 비비적거리고 있었다.

"흥!" 아버지가 코웃음을 쳤다. 또 한 명, 적이 늘어난 것 같다.

문득 고개를 돌려보니 조금 떨어진 곳에 아라가키 순경이 어두운 표정으로 서있었다.

"우에하라 씨, 어떻게 좀 조용히 끝낼 수 없을까요? 현경(縣警)

의 지원 부대가 내일부터 이쪽으로 나온대요."

"하지만 피해 신고가 들어올 때까지는 민사 불개입 아닌가요?" 어머니가 물었다.

"그런 건 마음만 먹으면 발목을 잡을 재료가 얼마든지 있어요. 무면허운전에, 공문서 부실 기재도 있고요. 전출지가 히라라 스토어라니, 그건 좀 심했어요."

"아, 그건 내가 한 거예요"라고 누나가 나섰다.

"에? 요코 씨까지······."

"그러면 나도 체포해주십시오. 캠프장에서 사는 것은 사실은 무허가입니다."

"당신은 또 왜 여기 와있는 거야?"

아라가키 순경이 불쾌한 듯 얼굴을 찌푸렸다.

"흥, 오키나와 경찰도 도쿄와 전혀 다를 게 없군."

"본부장은 도쿄에서 파견된 분입니다."

"자네는 화도 나지 않나? 오키나와의 구석구석까지 도쿄 나가타의 지배를 받는데 자네는 아무렇지도 않아?"

"그야, 화나는 일도 있지만요······."

아라가키 순경이 눈을 내리깔고 입을 툭 내밀었다. 아버지가 빙긋 웃고는 "됐어, 밥이나 먹고 가" 하더니 마루로 올라가라고 권했다.

"아저씨, 우리 아버지한테 선전선동이라는 거 당하지 않게 조심하세요." 지로가 등에 손을 얹으며 속닥속닥 말해주었다. 아라가키 순경은 사람이 너무 착해서 은근히 걱정이 되었던 것이다.

저녁밥을 먹을 때가 되자 요다 할아버지가 나타났고 언제나처럼 술자리가 벌어졌다. 산신의 곡조에 맞추어 누나가 춤을 추었다. 그 모습을 아라가키 순경이 홀린 듯이 바라보았다.

사흘 뒤, 우리 집은 어떻게 되는 걸까. 혼자 고민해봤자 뾰족한 수도 없어서 지로도 춤을 추었다. 춤을 추다보니 이게 또 무지하게 즐거웠다.

국가는 없어도 좋지 않을까. 그런 생각까지 들었다.

49

다음 날부터 숲 입구 외길에 경찰차가 지키고 서있었다. 아라가키 순경의 작은 경찰차가 아니라 섬 밖에서 실어온 대형 세단이었다. 제복 차림의 경관이 스물네 시간 사람들의 출입을 감시했다. 그래도 매스컴 쪽 차가 훨씬 더 많아서 전혀 삼엄한 분위기는 없었다.

조금 떨어진 곳에는 잠복 경찰도 와있었다. 학교에서 돌아오는데 차 안에서 이쪽으로 카메라 렌즈를 들이댔다. 분명 공안이다. 아직 초등학생 신분임에도 불구하고 그런 쪽을 척 알아보게 되고 말았다.

텔레비전에서 연일 보도해준 덕분에 본토에서 공연한 손님들까지 찾아들었다. 좌익과 우익이었다. 좌익 단체는 자기들 멋대로 아버지의 행동에 연대를 표하면서 '리조트 개발반대'라는 커다란 플래카드를 내걸려고 경찰과 다투고 있었다.

아버지는 도쿄에서 찾아온 좌익 단체에 싸늘한 태도였다. "당신들의 반정부 운동에 오키나와를 이용하지 마시오"라고 나지막한 소리로 을러대서 활동가들을 긴장시켰다.

지로도 직감적으로 그쪽은 별로 마음에 들지 않았다. 슬금슬금 조여오는 느낌이 영 기분 나쁜 것이다.

우익과는 요란하게 한바탕 벌렸다. 가두용 차량을 집 가까이 들이대고 "야스쿠니 신사에 불을 지르겠다니, 무슨 망언이냐!"라고 마이크로 꽥꽥거리는 얼룩덜룩한 군복 차림의 아저씨에게 양동이로 물을 퍼부은 것이다.

"대기업 건설사에 빌붙어서 먹고사는 이 우익 놈들! 너희는 야스쿠니를 놓고 떠들 자격이 없어!"

당장 몸으로 들이박는 싸움이 벌어져서 경찰이 달려와 필사적으로 떼어놓았다. 결국 폭력은 쓰지 않겠다는 규칙을 정한 끝에 매스컴이 지켜보는 앞에서 일대 설전을 펼치게 되었는데, 무슨 영문인지 삼십여 분 뒤에는 서로 어깨를 두드려주는 사이가 되었다.

"우에하라 씨, 당신은 어떻든 단독으로 행동하는 사람이니까 참 대단해."

우익은 마지막에는 그런 말을 남기고 떠났다. 주의나 주장의 차이보다 '폭력적 성향의 연대감'이라는 공감대가 더 컸던 것 같다. 인간은 본능적으로 동질의 인종을 구분해내는구나, 라고 지로는 생각했다.

그날은 일요일이어서 아버지의 고기잡이에 따라가기로 했다. 원래 지로의 배이기 때문에 주저할 것 없이 당당하게 요구했다. 게다가 꼭 한 번은 낚시를 해보고 싶었다.

어머니와 누나와 모모코도 함께 나갔다. 즉 온 가족 총출동이었다. 누나가 고등학교를 졸업한 이래로 온 식구가 함께 외출해본 건 처음이었다. 어머니가 "왠지 무척 오랜만인 거 같다?"라며 입이 헤벌어져서 모두 함께 웃었다.

집은 베니 씨와 나나에 및 파지카이 전교생에게 부탁했다. 통고 하루 전날이라 별일은 없겠지만, 만일의 사태에 대비하여 긴급 시에는 발연통을 터뜨리도록 준비해두었다. 베니 씨는 사명감에 불타서 처음으로 씩씩한 얼굴을 보였다.

매스컴이 막무가내로 따라오겠다고 해서 어쩔 수 없이 출항하는 모습만은 찍어도 좋다고 허락했다.

"모모코, 손 좀 흔들어봐."

여성 리포터의 부탁에 모모코가 배의 갑판에서 얌전히 손을 흔들었다. 일제히 셔터가 터지고 모모코는 만족스러운 표정이었다.

"신문이나 주간지에 실리는 거야? 기념으로 한 권 갖고 싶다."

"바보, 너는 모자이크 처리야."

사실 히라라 스토어에서 보여준 스포츠지에는 모자이크 처리

된 가족사진이 실려있었다.

경찰에서는 아버지의 어업을 보고도 못 본 척했다. "어이, 행동 확인을 하러 따라오지 않아도 되는 거야?" 아버지가 공안의 사복형사에게 말을 건네자 "닥쳐! 돌아오는 시간이나 알려줘"라며 지겹다는 표정만 지었을 뿐이다.

아버지가 항구로 가는 길에 그에 대한 해설을 해주었다. 공안이 따라나서게 되면 아버지가 무면허로 배에 타는 것을 목격하게 되고, 그러면 온 매스컴 앞에서 감시 대상을 놓치는 꼴이라는 것이다. 아직 현 시점에서는 검거 명령이 떨어지지 않았기 때문에 그 자리에 입회하는 건 영 재미없는 일이 된다고 했다. 게다가 해상보안청에 연락할 의무도 발생해서 이래저래 귀찮아진다. 공안도 공무원인 것이다.

배로 앞바다에 나서자 이날은 한층 더 바다가 투명해서 산호 하나하나가 또렷하게 보였다. 더구나 온 바다가 기막힐 만큼 아름다운 에메랄드그린이었다.

"우와, 왜 이렇게 예쁜 거야!" 모모코가 눈을 동그랗게 떴다.

"산호가 오랜 세월 바닷물에 쓸려서 그 가루가 바닥에 쌓이고 그것이 빛을 반사해서 이런 색깔이 된대." 누나가 알려주었다. 지난번 고기잡이 때, 요다 할아버지에게 들은 모양이었.

바닷바람이 기분 좋았다. 물결은 온화하게 여름 태양을 받아 반짝반짝 빛났다. 하늘에서는 바닷새가 춤을 추었다. 영락없는 천국이었다. 집에 돌아가면 퇴거라는 난관이 버티고 있다는 게 거짓말만 같았다.

조타실의 아버지만 빼고, 넷이서 나란히 뱃머리에 앉았다. 각자 진한 탄성을 내뱉었다. 이 순간, 모두들 진심으로 행복하다는 게 손에 잡힐 듯이 느껴졌다.

"너희, '파이파티로마'라는 거 알아?" 어머니가 말했다.

"몰라." 셋이서 나란히 대꾸했다.

"하테루마 섬 앞쪽에 사실은 또 하나의 작은 섬이 있는데, 지도에는 실려있지 않아. 그게 바로 파이파티로마야."

"아, 그거! 아버지가 가끔 얘기하던 '야에야마의 비밀의 낙원'이라는 섬? 본토 사람에게 알려지는 걸 피하려고 야에야마 사람들이 모두 비밀로 한다는 곳이지?"

누나가 갑판에 기다란 다리를 내던진 채 대답했다.

"나도 들어봤어. 그걸 파이파티로마라고 하는구나."

도쿄에서 아버지가 언젠가는 꼭 이주할 거라고 했던 섬이었다. 물론 또 괜한 소리구나 하고 상대도 해주지 않았었다.

"그 섬은 어느 누구의 통치도 받지 않아. 자급자족으로 살아가고, 전쟁도 없고, 모두가 자유야."

"너무 좋겠다. 거기도 우리나라야?" 모모코가 물었다.

"아니, 국가 같은 게 아니라니까. 그냥 커뮤니티야. 사람들의 모임. 어느 나라의 영토에도 속하지 않으려고 지도에 실리는 것도 거부한 거야."

"헤에, 그런 게 가능해?"

"바보, 전설이야. 가능할 리가 있냐?"

지로가 모모코에게 쏘아붙였다. 갑판에 벌렁 누워 하늘을 보았다. 구름 한 점 없는 푸른 하늘이었다. 이따금 물거품이 튀어오는 게 또한 기분 좋았다.

"하지만 엄마는 이 바다를 보니까 정말 그 섬이 있을 것 같아."

"하긴 그렇긴 하네." 지로도 믿고 싶은 마음이었다.

"정말 남쪽 섬으로 오니까 갖고 싶은 게 하나도 없어." 누나가 유쾌하게 말을 이었다. "그러면 정치경제도, 국가도 필요 없겠지?"

"후아, 너무 어려운 얘기야." 모모코가 얼굴을 찡그렸다.

"혼자 살더라도 사리사욕을 채우려고 들면 정치경제가 발생해. 하지만 어느 누구도 그런 걸 생각하지 않으면 정치가도 자본가도 필요 없는 거야. 돈이 없어도 모두가 콘스턴트하게 가난을 즐기면 얼마든지 행복하지 않을까?"

"엄마 말은 더 못 알아듣겠어."

"모모코는 아직도 도쿄로 돌아가고 싶니?" 어머니가 물었다.

"글쎄, 내 마음은 복잡미묘."

모모코만 빼고 셋이서 푸하하 웃음을 터뜨렸다. 한참이나 웃음이 멈추지 않았다.

지로는 어깨에서 스르르 힘이 빠지는 것 같았다. 어깨를 내려놓고 나서야 비로소 이제껏 잔뜩 힘이 들어갔었다는 것을 깨달았다. 이 해방감은 대체 무엇일까. 지금까지 살아오는 동안 내쉰 것

중에서 가장 큰 한숨을 후우 내쉬었다.

일어나서 양팔을 활짝 펼쳤다. 온몸으로 바람을 맞았다. 기분 좋게 보였는지 모모코가 따라했다. "나도!"라며 누나도 일어섰다. 어머니도 그대로 흉내를 냈다. 네 사람이 연처럼 바람에 펄럭였다.

"뭐하냐, 너희들. 공기 저항이 늘어나잖아!"

조타석에서 아버지가 소리쳤다.

"아버지, 파이파티로마에 가도 좋아!" 누나가 말했다. "아버지도 가고 싶지?"

"흥, 너희에게는 과분한 곳이야." 아버지는 코웃음을 쳤다.

새까맣게 그을린 아버지는 타고난 바닷사람으로 보였다. 이미 도쿄 냄새는 어디에도 없었다. 돌아와야 할 장소에 돌아왔다는 느낌이 들었다.

"지로, 조종하게 해줄 테니까 이리 와." 손짓으로 부른다.

"응, 할래, 할래."

지로가 키를 잡았다. 너무 가벼워서 깜짝 놀랐다. 작은 물결까지도 예민하게 전해져왔다. 양다리를 버티며 정면으로 앞을 보았다. "지로, 또 키가 컸잖아!" 곁에서 아버지가 말했다. 스스로 생각하기에도 그런 것 같았다.

산호 틈새에 닻을 내리고 낚시를 시작했다. 물이 얕아서 배 위에서도 바다 밑바닥이 투명하게 다 보였다. 물고기들이 우아하게 헤엄치고 있는 것이다. 산호 가장자리는 해류에 흔들흔들 흔들렸다.

누나는 지난번에 와봤는지라 요령 있게 척척 준비를 하고는 낚싯줄을 내렸다. 제법 심오한 경지에 오른 것 같았다. 3분도 안 되어 큼직한 금붕어 같은 컬러풀한 물고기가 잡혀 올라왔다.

"지로, 봤지? 봤지?" 누나가 자못 자랑스럽게 하얀 이를 내보였다. "아무래도 내가 낚시에 소질이 있나 봐. 아휴, 어쩌면 좋아, 호호호."

연달아 세 마리나 낚았다. 갑판에서 물고기가 힘차게 펄떡펄떡 뛴다.

"지로, 너도 해봐."

누나의 채근에 지로도 해보았다. 물고기가 있을 듯한 산호 그늘에 줄을 내렸다. 5분이 지나도 추는 꿈쩍도 하지 않았다. 물고기가 뻔히 보이는데 물지 않고 그냥 지나가 버렸다.

"마음속에 욕심이 있어서 그래. 나처럼 맑은 심성의 소유자가 아니면 물고기도 마음을 열어주지 않는 거라우."

"누나, 좀 조용히 해."

그 사이에 아버지가 거물급을 낚아 올렸다. 10킬로그램은 나갈 것 같은, 얼굴이 못생긴 물고기인데 이름이 나폴레옹피시라고 했다. 그냥 보기에도 열대어다운 풍모였다.

"그거 되게 맛없겠다."

"그런 소리는 한 마리라도 낚아본 뒤에 하시지? 호호호."

누나가 지로를 자꾸 놀려댔다.

"오빠, 나도 해볼래"라는 모모코. 낚싯대가 두 개뿐이어서 내내 곁에서 지켜보기만 했던 것이다.

"한 마리 잡을 때까지 기다려."

"언제 잡을 건데?"

"다음 주에나?"라는 누나. 지로는 점점 더 기분이 나빴다.

그때 줄을 꾸욱 당기는 감촉이 느껴졌다. "왔다, 왔어!" 저도 모르게 소리를 내질렀다. 시커멓고 큼직한 그림자가 줄 끝에 보였다. 낚싯대가 금세 끊어질 것처럼 척 휘어졌다. 이건 월척이다! 누나와 모모코가 배 밖으로 몸을 내밀고 바닷속을 들여다보았다.

"얘들아, 가자." 귓가에서 아버지가 말했다.

"물었어, 물었어." 열심히 릴을 감았다.

"줄을 끊어. 긴급 사태야."

그 말에 돌아보니 아버지가 턱을 들어 가리켰다. 섬 방향에서 하늘을 향해 일직선으로 빨간 연기가 올라가고 있었다. 발연통이었다. 핏기가 쓰윽 가셨다.

"왜? 아직 통고 날짜 안 됐잖아?"

"내가 아냐? 아무튼 일이 터졌나보다."

가위로 줄을 싹둑 끊었다. 아깝다는 생각도 없었다. 행운의 물고기가 산호 그늘로 스윽 사라져갔다. 아버지가 조타실로 뛰어들었다. "꽉 잡아라!" 배가 크게 기울며 섬을 향해 돌아섰다. 엔진

이 신음 소리를 올렸다.

"너무 비겁해. 우리가 없는 틈을 노리다니, 진짜 비겁해."

누나가 창백한 얼굴로 부르짖었다. 모모코는 어머니에게 매달렸다. 다시 한 발, 발연통이 올랐다. 작은 빛이 검고 빨간 연기를 이끌고 로켓처럼 튀어올랐다.

베니 씨는 괜찮은 걸까. 나나에와 학교 아이들은? 안타까운 마음이 치밀었다. 남의 속도 모르는 바닷새가 먀아먀아 하고 울면서 따라왔다.

항구에 도착하자 오지로 아저씨가 마중을 나와 있었다. 부두 끝에서 펄쩍펄쩍 뛰며 손을 흔들었다.

"빨리, 빨리 와! 자마 그 놈이야. 불도저를 몰고 갑자기 쳐들어왔어."

아버지에게서 로프를 받아 부두의 말뚝에 감았다.

"그 욕심 사나운 놈이 이대로 가다가는 케이티 쪽에 영 체면이 안 서게 생겼으니까 저희 회사 젊은 놈들을 데리고 집을 부수러 왔어."

지로는 의회 의원이라던 사람의 얼굴을 떠올렸다. 케이티개발과 뒤에서 손을 잡고 있다는 건 섬 주민이라면 모두가 아는 일이었다.

"경찰은요? 매스컴은? 다들 쳐다보기만 하던가요?"

어머니가 물었다.

"글쎄, 나는 다급하게 여기로 뛰어왔으니까 모르겠어. 아무튼 어서 차에 타. 경운기로는 너무 늦어. 그건 나중에 다른 사람더러 가져오라고 할 테니까 걱정 말고."

"베니 씨는요? 나나에랑 친구들은요?"

"그것도 나는 모르지. 그래도 아라가키 순경이 경비를 맡고 있으니까 함부로 손은 못 댈 거야."

온 가족이 소형트럭의 짐칸에 올라탔다. 맹렬한 속도로 현도를 질주했다. "다 때려부쉈으면 어쩌지? 이제 우리 집이 없어지잖아." 모모코가 울먹거렸다. 공공주택에서 살기를 그토록 원했던 모모코가 진심으로 산속의 우리 집을 걱정하고 있었다.

지로도 똑같은 심정이었다. 최근 며칠 사이에 갑작스럽게 집에 대한 애착이 강해졌다. 손을 대면 댈수록 집이 한 식구처럼 소중하게 여겨졌다. 게다가 멤생이 우리도 있었다. 내 손으로 만든 집인 것이다.

숲 앞에는 보도진이 없었다. 자동차도 모두 텅텅 비었다. 사복 경찰만 심란한 기색으로 숲 입구의 외길을 지켜보고 있었다. 안에서 무언가 일이 벌어지는 모양이었다.

"어이, 무슨 일이야?" 아버지가 공안에게 물었다.

"우에하라, 미안하지만 우리는 노터치니까 그리 알아. 부상자가 나오지 않는 한, 집 안에는 못 들어가."

"그러니까 무슨 일이냐고?"

공안이 길 안쪽을 가리켰다. 바라보니 밭 입구 부근에 보도진이 잔뜩 몰렸고 그 앞은 푸른 장막으로 가로막혀 있었다.

"토건회사에서 집 주위에 비닐 시트를 쳐버렸어. 그쪽의 사유지인 이상, 우리는 들어갈 권리가 없어. 이해해줘. 일단 관할관청에서 아이들을 밖으로 내보내라는 신청은 넣었대."

"음, 알았어."

몇몇 기자들은 비닐 시트 안쪽의 상황을 살펴보려고 사다리에 오르고 있었다. 안쪽에서는 불도저 소리가 들려왔다.

"토건회사도 집 안에 애들이 있는 줄은 몰랐나 봐. 당황한 기색인데, 이제는 물러서려야 물러설 수 없는 거 같더라구."

"흠, 그래?" 아버지가 집 쪽으로 다가갔다.

"어이, 우에하라." 공안이 불러 세웠다.

"당신도 많이 변했네. 오키나와로 이주했다는 얘기 듣고 우리는 우에하라 이치로가 미군기지에서 화려하게 부활하려는 모양이라고 잔뜩 경계했더니만, 이리오모테에서 작은 부동산업자와 토건회사 상대로 싸움질인가? 이거, 윗선에서 지나치게 신경을 썼지 뭐야."

아버지는 말없이 공안을 쏘아보았다. 잠시 틈을 두더니 입을 열었다.

"나는 낙원을 추구해. 단지 그것뿐이야."

"허어, 낙원이라. 멀쩡한 어른이 그런 걸 믿어?"

"추구하지 않는 놈에게는 어떤 말도 소용없지."

발을 돌려 달렸다. 가족 모두가 그 뒤를 따랐다. 아버지를 알아본 보도진이 일제히 에워쌌다.

"공사를 강행하는 모양인데, 아직도 저항을 계속할 건가요?"

"통고 일을 지키지 않았는데요, 거기에 대해서는 어떻게 생각하십니까?"

저마다 한마디씩 질문을 퍼부었다. 안에서는 불도저 소리와 함께 사람 소리도 들렸다. 시사가 거세게 짖고 있었다.

"당신들은 팔짱 끼고 구경만 하는 거야? 안에 아이들도 있다고!"

"지금 몇 사람이 바다 쪽으로 돌아서 들어가는 중이에요. 그리고 주재소 순경이 안에서 설득하고 있어요."

"비켜! 길 좀 터!" 아버지의 목소리가 거칠어졌다.

기자들을 헤치며 비닐 장막 앞까지 들어갔다. 비닐은 임시로 쳐놓은 게 아니고 철망을 설치하고 그 위를 뒤덮은 것이었다. 높이가 3미터 가까이나 되었다. "이놈들, 아주 용의주도하군." 아버지가 힘껏 발로 걷어찼다. 철책이 흔들리기는 했지만 일일이 철사로 묶여 있어서 좀체 넘어지지 않았다.

"지로. 내 어깨를 타고 올라가서 안을 들여다 봐."

"응, 알았어."

아버지가 땅바닥에 무릎을 댔다. 지로는 그 어깨에 맨발로 올라탔다. "자, 간다!" 아버지가 천천히 일어섰다. 눈의 위치가 쭈우욱 올라가고 거인이 된 것 같은 착각이 들었다. 철책 위로 손을 짚었다. 안이 보였다. 파워쇼벨의 쇠 발톱이 지붕을 뚫고 들어가 있었다. 엄청난 충격을 받았다.

"아버지, 집을 부수고 있어!"

"안으로 들어가라. 나도 뒤따라갈게."

아버지의 어깨를 박차고 철책 위로 건너뛰었다. "지로, 조심해라!" 어머니의 목소리가 등에 쏟아졌다. 다리를 걸고 걸터앉았다가 건너편으로 점프했다. 착지와 동시에 지면을 뒹굴었다. 얼른 일어나서 집으로 달려갔다.

작업복 차림의 남자 대여섯 명이 있었다. 중장비는 파워쇼벨과 불도저 두 대였다. 검은 배기가스를 토해내며 이리저리 돌아다녔다. 불도저는 돌담을 부수고 있었다. 이게 무슨 일인가. 옛 이주자들이 피와 땀으로 쌓아올린 담장이다. 밭에는 파워쇼벨이 뭉개고 지나간 흔적이 있었다.

집 앞으로 달려가 안을 들여다본 순간, 지로는 그 자리에 얼어붙었다. 베니 씨와 아이들이 거실 기둥을 필사적으로 부여안고 있었던 것이다. "부수지 말아요!" "이러면 안 돼!"라고 저마다 외치고 있었다. 지로는 할 말을 잃었다. 실제로 눈앞에서 일어나는 일이라는 게 도저히 믿어지지 않았다. 시사가 파워쇼벨을 향해 미친듯이 짖고 있었다. 멤생이는 제 움막 안에서 잔뜩 겁에 질려 울고 있었다. 집 전체가 뒤흔들리고 있었다.

집 옆에서는 자마 사장이 아라가키 순경에게 고함을 지르고 있었다.

"너는 누구 편이야? 타지 사람의 불법 점거를 감싸주겠다는 거야!"

"아무튼 중지해주세요. 아이들이 위험합니다."

아라가키 순경은 필사적인 얼굴로 자마 일행을 제지하려 하고 있었다.

지로는 집 안으로 뛰어들었다. "지로!" 나나에가 큰소리로 불렀다.

"저 사람들, 진짜 지독해. 갑자기 쳐들어와서 집을 마구 부수고 있어."

도모코와 하루나는 울먹거리고 있었다. 유헤이와 겐타는 남자라고 이를 악물며 눈물을 참고 있었다.

"나 혼자라도 괜찮습니다. 다들 밖으로 나가십시오!"

베니 씨는 자신의 몸을 로프로 기둥에 꽁꽁 묶고 있었다.

지로는 가슴이 뭉클했다. 얼마 전까지도 전혀 모르는 사이였던 이 아이들이 이제는 친구가 되어 시로의 집을 지켜주고 있었다.

그때 불도저 소리가 멈췄다. 동시에 조종하던 남자가 땅바닥에 등을 대고 털썩 떨어졌다. 모두의 시선이 일제히 그쪽으로 향했다. 아버지였다. 아버지가 작업원을 끌어내린 것이다.

"이 새끼가!"

폭주족 깡패 같은 젊은 작업원이 벌떡 일어서더니 시뻘건 얼굴로 아버지에게 주먹을 들이댔다. 오른쪽 팔이 일직선으로 쭉 뻗는다.

아버지는 피하지 않았다. 둔중한 소리가 났다. 사내의 펀치를 제대로 얼굴에 맞은 것이다. 그 자리에 있던 모두가 일순 숨을 멈추었다.

"……어이, 아라가키 순경, 똑똑히 봤지? 먼저 손을 댄 건 이 녀석이야."

아버지가 조용히 내뱉더니 입 끝을 치켜올렸다. 흉흉한 눈초리를 아래로 착 깔더니 작업원의 옷깃에 팔을 뻗었다. 이마가 좁은 젊은이를 잡아당겨 번쩍 머리 위로 쳐들었다.

"앗, 저런!" 아라가키 순경이 비명을 올리며 내달렸다. "안 됩니다, 안 돼요!"

거꾸로 쳐들린 작업원이 허공에서 춤을 추었다. 운수 사납게도, 달려오던 아라가키 순경에게 명중했다. 둘이 나란히 땅바닥에 나뒹굴었다. 아라가키 순경은 신음을 내쉬며 몸을 옹크리고 있었다.

아버지는 그러거나 말거나 이번에는 자마 사장을 향해 천천히 걸음을 옮겼다. 어깨를 흔들며 큰 걸음으로 쓰윽쓰윽 다가갔다. 아버지의 키가 2미터쯤으로 보였다.

"다, 다, 당신, 폭력은 안 돼."

자마 사장이 필사적으로 가슴을 젖히며 허세를 부렸다. 하지만 목소리가 갈라졌고 무릎은 벌벌 떨리고 있었다.

"잘도 부숴놨군, 나의 낙원을."

아버지가 바로 앞에 다가가 얼굴을 들이댔다.

"무슨 소릴? 여기는 케이티개발 땅이라고!"

"그리고 네 놈은 케이티의 똥개냐?"

"뭐야? 타지에서 온 놈이 감히!"

"우에하라 씨, 그만 두세요!"

가까스로 일어난 아라가키 순경이 비틀거리며 사이에 끼어들었다.

"어이, 경찰, 당장 이놈을 체포해! 우리 작업원을 폭행했어!"

자마 사장이 흥분한 얼굴로 외쳤을 때, 바다 쪽 숲에서 몇 사람의 기자가 넘어 들어왔다. 비디오카메라를 어깨에 멘 텔레비전 팀도 있었다.

"이봐요, 매스컴 여러분. 어서 찍어. 폭행 현장이야. 이 불법 점거자가 우리 작업원을 내던졌어. 한마디 해두겠는데 우리는 케이티개발의 지시를 받고 온 게 아니라고. 어디까지나 선의의 제삼자야. 도쿄에서 온 예전의 과격파 운동권 일가가, 아니, 예전이 아니지, 지금도 과격파야. 그 일가가 섬의 발전을 방해하고 있어. 리조트 개발은 외딴섬의 오랜 소망이야. 반대하는 건 외지에서 온 작자들 뿐이라고. 무슨 환경보호니 슬로 라이프니 해가면서 저희 광고를 하고 반대운동을 하고 개발을 막고, 그러다 막상 제 아이가 중학교만 졸업하면 가정 형편을 들먹이면서 널름 본토로 가버린다고. 이 집 식구들도 똑같아. 평생 여기서 살 생각도 없으면서 날치고 있어. 반대운동은 본토 사람의 자기만족 놀음이란 말이야!"

자마 사장이 과장된 몸짓을 섞어가며 기자들에게 호소했다. 어느새 철책 일부가 부서지고 다른 기자들도 몰려왔다. 파워 쇼벨이 꽂힌 집의 지붕을 올려다보며 저마다 입을 떡 벌리고 있었다.

"아뇨, 여기서 살 거예요. 우에하라 집안은 평생 여기서 살 거라구요!"

누나가 앞으로 썩 나서며 말했다. 모두의 시선이 쏟아졌다. 누나는 눈이 빨개져 있었다.

"리조트 회사야말로 평생 여기서 호텔을 할 마음이 있나요? 그저 돈이 목적이니까 돈이 안 벌리면 당장 철수하겠죠? 그런 무분별한 개발의 폐허가 일본 전국에 없는 데가 없잖아요!"

"그 말이 맞습니다. 개발은 한이 없습니다. 돈을 원하는 욕심도 한이 없습니다."

베니 씨도 로프를 풀고 내려왔다. 자마 사장을 내려다보며 둘째손가락을 좌우로 흔들었다.

"무슨 순진한 소리야? 병원도 상가도 없는 섬에서 한번 살아보라고!" 자마 사장이 침을 튀기며 대꾸했다.

"그래서 당신은 이시가키 섬으로 이사를 갔소?" 오지로 아저씨가 한 걸음 앞으로 나서며 말했다. "당신은 진즉에 이 섬을 버린 사람이야!"

"아니, 일 때문에 일시적으로 옮겨갔을 뿐이야. 주민등록도 이쪽에 있고 세금도 여기서 낸다고."

"다음 선거가 기대되는군, 자마 사장."

"닥쳐. 다음 선거 때는 이시가키 시에 합병될 걸? 선거구 따위,

싹 바뀌었어."

"이제 그만하면 됐어"라는 아버지. 오지로 아저씨와 베니 씨를 뒤로 밀쳐냈다. "슬슬 속편으로 들어가볼까?"

말이 떨어지자마자 자마 사장을 붙잡아 어깨 위에 떠멨다.

"안 됩니닷!" 아라가키 순경이 아버지에게 매달렸다. "아버님이 체포되시면 안 되잖아요. 뒤에 남을 부인이랑 요코 씨는 어쩌란 말입니까……?"

기자들까지 만류하고 나섰다. "우에하라 씨, 우리도 폭력만은 그대로 넘어갈 수 없어요. 이 이야기는 분명하게 기사로 써드릴 테니까, 부디 폭력은 쓰지 마세요." 몇 사람이 달려들어 자마 사장을 내려놓았다.

"훙. 오늘은 봐주지." 아버지가 손바닥을 탁탁 털었다.

자마 사장이 거친 숨을 몰아쉬며 사람들을 헤치고 나갔다. "어이, 철수하자. 불도저, 바깥으로 끌어내." 작업원들에게 지시를 내렸다. 자마 사장은 트럭에 올라 창문을 열고 얼굴을 내밀더니 침을 뱉었다.

"기한은 내일까지야. 내일은 케이티에서도 피해 신고를 넣을 거라고. 그러면 당신들, 다 체포야. 그러기 전에 조용히 끝내게 해주려고 했더니만. 에이, 퉤!"

"멍청한 아저씨, 졌으면 졌다고 깨끗이 인정하시지!"

누나가 눈을 치켜뜨고 외쳤다. 지로는 누나의 담대함에 놀랐다. 그 아버지에 그 딸이었다.

불도저가 끼익거리며 집 마당을 나섰다. 지붕에 뻐끔 구멍이 뚫려 있었다. 흥분한 시사가 굴삭기를 쫓아가며 짖어댔다. 자마 사장의 트럭도 내달렸다. 다음 순간, 시사가 자동차 앞으로 뛰어들었다.

"깨앵!" 예리한 비명이 울려 퍼졌다. 평생 귓속에 남을 단말마의 소리였다.

"시사!" 베니 씨의 얼굴에서 한순간에 핏기가 사라졌다. 일직선으로 내달린다.

트럭이 지나간 뒷자리에 시사가 쓰러져 있었다.

"시사! 시사!"

베니 씨가 땅바닥에 무릎을 꿇고 시사를 끌어안았다. 지로 일행도 그 자리로 달려갔다.

시사는 입으로 피를 토했다. 눈을 감고 있었다. 꿈쩍도 하지 않았다. 시사가 죽은 것이다.

"우아앙." 유헤이와 도모코가 울음을 터뜨렸다. 이어서 모모코와 하루나도 울부짖었다. 겐타와 나나에는 새파랗게 질려있었다. 어머니와 누나가 울고 있는 아이들을 끌어안았다.

베니 씨가 굵은 눈물을 뚝뚝 흘렸다. 비통한 목소리로 무슨 말인가 반복하고 있었다. 오 마이 갓, 오 마이 갓. 그렇게 들렸다.

잠시 모두가 우두커니 서있었다. 아무도 입을 열지 않았다.

시사는 모포에 감싸 숲의 우타키 곁에 묻었다. 베니 씨가 "십

자가를 세워도 괜찮습니까?"라고 묻자, 물론 괜찮다고 모두가 고개를 끄덕였다.

"이 자리를 케이티가 파헤칠지도 몰라." 아버지의 말에 베니 씨는 "그러니까 이 땅만은 절대로 내줄 수 없다는 뜻입니다"라고 한 번도 본 적이 없는 진지한 얼굴로 대답했다.

"애들아, 시사의 이름을 크게 불러줘라. 새로 태어나게 이름을 불러주는 거야. 그게 이 섬의 풍습이란다." 오지로 아저씨의 말에 아이들이 모두 함께 목이 터져라 시사를 불렀다.

"시사! 시사! 시사!"

지로의 눈에서 눈물이 떨어졌다. 나나에도 눈가가 빨갛게 부어올랐다.

그리고는 지붕 수리에 들어갔다. 수리라야 비닐 시트를 덮는 응급처치일 뿐이었다. 몇몇 기자들이 도와주었다.

"케이티노 초조했겠죠, 경찰이 도통 피해 신고를 받아주지 않으니. 그래서 아마 자마 씨에게 음으로 양으로 압력을 넣었을 거예요."

기자 한 사람이 불쑥 말했다. "그래?" 아버지가 되물었다.

"애초부터 케이티 측에서는 피해 신고를 준비했었어요. 그런데 경찰에서 어물어물 시간을 끌면서 어떻든 당사자들끼리 해결하라고 접수를 거부한 거죠."

"왜요?" 누나가 물었다.

"실례되는 말이지만 이런 골치 아픈 사안에 경찰 쪽은 되도록 관여하기 싫은 거예요. 전국적으로 주목을 받는 터에 자칫 잘못하면 기업의 앞잡이라는 비난을 받기 십상이고 그러면 영 이미지가 나빠지거든요."

"어떤 일에나 이면이 있구나." 누나가 흥 하고 콧방귀를 뀌었다. "경찰은 자기들이 제일 불쌍한 척하고."

아라가키 순경이 고개를 숙인 채 한쪽 구석에서 조그매져 있었다.

"아라가키 씨는 잘못한 거 없어요. 오히려 오늘 일, 감사드려요."

"정말 고마워요, 아이들을 지켜주고."

누나와 어머니가 각각 위로에 나섰다. 모모코가 아라가키 순경 곁에 다가가 다정하게 등을 쓰다듬었다. 지로도 고마웠다고 인사를 건넸다.

아버지는 좀 더 열을 내며 분개할 줄 알았더니 의외로 과묵했다. 파워쇼벨이 망쳐놓은 밭을 둘러보며 그나마 나은 곳에 괭이질을 하고 있었다. 그 조용함이 도리어 으스스했다. 아버지는 열심히 감정을 죽이고 있었다. 뭔가 말을 시작했다가는 모든 게 일시에 폭발해버릴 것 같은 모양이었다.

저녁까지 요다 할아버지와 히라라 스토어 아주머니를 비롯한 섬사람들이 줄줄이 문안을 와주었다. 모두들 자마 사장에 대해 분개했고 그런 인물을 의원으로 뽑고 만 선거를 한탄했다.

선생님들도 방문해주셨다. 학생들이 걱정되어서 온 모양이었다. "참으로 죄송합니다만, 학생들이 이곳에 오는 것을 금하겠습니다." 교장 선생님이 의연한 태도로 말했다. 당연한 말씀인지라 아버지와 어머니는 그 뜻을 받아들였다. 집을 봐달라고 부탁한 것에 대해 아버지는 진심으로 고개 숙여 사과했다.

반대모임에서는 아무런 연락도 없었다. 아마 또 한 번 무시당했다고 화를 내고 있을 것이다.

밤이 되자 아버지가 어머니에게 말했다. "여보, 오늘 밤은 아이들 데리고 요다 할아버지네 집으로 가." 뭔가 단단히 결심한 말투였다.

"내일, 아라가키 순경에게 부탁해서 공공주택 입주 수속을 해달라고 해. 관청 신세를 지는 건 싫지만, 비상사태니 어쩔 수 없지. 관청을 이용하는 것도 전략의 하나야. 이 집에서 최소한 필요한 것만 남기고 나머지는 모두 가져가도록 해. 식량도 그렇고. 멘생이는 베니 씨에게 부탁하자. 알겠지?"

가족들은 얌전한 얼굴로 듣고 있었다. 아버지는 혼자서 싸우려 하고 있었다. 그런 심정이 생생하게 전해졌다.

"요코, 잘 들었지?" 어머니가 누나에게 말했다. "일이 이렇게 됐으니, 너에게 지로와 모모코를 부탁한다."

누나는 말뜻을 얼른 파악하지 못하고 있었다.

"……무슨 소리야?"

"엄마는 여기 남을 거야. 부부간이고, 이래봬도 엄마는 예전의 활동가야. 알고 있니? 엄마도 대학생 때는 오차노미즈 대학의 잔다르크로 통했어. 기동대의 물대포도 수없이 맞아봤지."

장난스러운 눈빛으로 말했다.

"무슨 소리야? 당신은 안 돼."

"그래, 엄마만 남으려고? 비겁해."

아버지와 누나가 동시에 이의를 제기했다.

"나도 남을 거야. 지로, 모모코를 부탁한다"라는 누나.

"설마. 애들끼리만 살라는 거야?"

지로는 저도 모르게 엉거주춤 몸을 일으켰다.

"괜찮아, 지로. 너라면 할 수 있어. 너는 더 이상 어린애가 아니야."

"요코, 안 돼. 네가 지로와 모모코를 돌봐줘야지."

"사쿠라, 당신도 안 돼. 애들 엄마잖아. 자아비판을 시킬 거야."

"한 사람보다 두 사람이 나아요."

"두 사람보다는 세 사람이 낫지."

"요코는 안된다니까."

"어째서 안 돼?"

가족이 뒤엉켜 말다툼이 벌어졌다. "그럼, 나도 남을래." 지로도 한마디 해봤지만 상대도 해주지 않았다. 세 사람이 몸을 내밀어가며 서로의 주장을 다투었다. 지로와 모모코는 애초에 논외로 밀려났다.

아버지의 "차!"라는 말에 지로는 떨떠름하게 차를 끓여냈다. 모모코는 낮에 겪은 일의 긴장이 풀렸는지 바닥에 쓰러져 잠이 들어버렸다. 지로가 이불을 덮어주었다.

한 시간 가까운 설전 끝에 결국 아버지와 누나가 졌다. 어머니가 아버지와 함께 남기로 한 것이다.

"지로, 누나 말 잘 들어라"라는 어머니.

"응." 불만이었지만 어떻게도 할 수 없었다. 어린애는 정말 이래저래 손해가 막심하다.

누나는 한숨을 내쉬었다. "나도 화염병 한번쯤 던져보고 싶은데……." 체념한 목소리로 장난치는 소리를 한다.

지로는 아버지에게 물었다. "섬사람들도 다 반대하는데, 케이티도 이제 포기하지 않을까?" 희망을 담은 질문이었다.

아버지가 허공을 바라보며 할 말을 찾고 있었다. 차를 한 모금 마시더니 입을 열었다.

"지로, 이 세상에는 끝까지 저항해야 비로소 서서히 변화하는 것들이 있어. 노예제도나 공민권운동 같은 게 그렇지. 평등은 어느 선량한 권력자가 어느 날 아침에 거저 내준 것이 아니야. 민중이 한 발 한 발 나아가며 어렵사리 쟁취해낸 것이지. 누군가가 나서서 싸우지 않는 한, 사회는 변하지 않아. 아버지는 그중 한 사람이다. 알겠냐?"

지로는 말없이 고개를 끄덕였다.

"하지만 너는 아버지 따라할 거 없어. 그냥 네 생각대로 살아가면 돼. 아버지 뱃속에는 스스로도 어쩔 수 없는 벌레가 있어서 그게 날뛰기 시작하면 비위짱이 틀어져서 내가 나가 아니게 돼. 한마디로 바보야, 바보."

아버지가 자신을 비웃듯 입 끝을 치켜올렸다. 그런 식으로 말할 줄은 생각도 못했기 때문에 지로는 놀랐다. 누나도 의외라는 눈빛으로 보고 있었다.

어머니는 눈을 내리뜨고 웃었다. "자자, 아버지는 내일을 준비해야 하니까 애들은 어서어서 요다 할아버지네 집에 가서." 일어서서 찻잔을 치우기 시작한다.

마지막으로 누나가 방바닥에 큰대자로 누웠다. "천장, 뻥 뚫려 버렸네." 혼잣말처럼 중얼거렸다.

지로는 모모코를 마루까지 질질 끌고가 신발을 신겼다. 모모코는 인형처럼 곯아떨어져 있었다. 그대로 떠메고 나가 경운기 짐칸에 실었다.

세 사람 분의 이불도 옮겼다. 운전석에는 누나가 앉았다. "이런 걸 운전하는 날이 올 줄이야……." 중얼거리며 쓴웃음을 짓는다.

집을 뒤로 했다. 지로는 이불과 함께 짐칸에 누웠다. 덜컹덜컹 경운기가 달렸다.

뱃속의 벌레…… 아버지의 말이 귓가에 남아 있었다.

아버지는 이기지 못하리라는 것을 알고 있었다. 그런데도 칼날을 버리고 저항에 나섰다. 도저히 좋은 결과는 기대할 수 없었다. 이번에야말로 체포가 기다리고 있을 뿐이다.

파이파티로마가 있으면 좋겠다. 지로는 그렇게 생각했다. 그곳이라면 아버지도 자유롭게 살 수 있으리라. 하테루마 저 앞의 비밀스러운 낙원······.

하늘에서는 별이 빛났다.

50

다음 날, 조회시간에 교장 선생님이 어제 일에 대해 이야기했다. "앞으로 한동안은 우에하라 지로네 집에 가면 안 됩니다." 얼굴에는 미소를 담고 있었지만 강경한 어조였다. 그리고 어떻게 이런 일이 일어났는지에 대해 일러주었다.

"우에하라네 가족은 이시가키 섬의 장로이신 상라 어른의 소개로 이 섬에 이주하였습니다. 그런데 그 토지는 어느새 도쿄 리조트 개발회사의 소유지가 되어 있었습니다. 거기서 퇴거 문제가 발생했습니다······."

교장 선생님의 이야기를 들으며 지로는 조금도 부끄럽지 않았다. 이 자리에 있는 아이들이 모두 동지라는 것을 알고 있었기 때문이다. 그리고 이 문제를 은근히 감추거나 하지 않고 정면으로 다루는 이 학교 선생님들께 존경의 마음을 품었다. 도쿄 학교라면 이런 분쟁에 대해 되도록 언급하지 않고 학생들의 귀에도 들어가지 않게 하려고 애썼을 것이다.

"어느 쪽이 옳은지, 선생님도 섬사람들도 모릅니다. 호텔 건설을 원하는 사람도 있고 원하지 않는 사람도 있습니다. 단지 한 가지 말할 수 있는 것은, 초등학생인 여러분의 본분은 공부라는 것입니다. 어른들의 문제에 끼어들어서는 안 됩니다. 모든 어른에게는 좋은 부분과 나쁜 부분이 있습니다. 여러분이 거기에 휘둘려서는 안 됩니다. 만일 의문을 품었거나 뭔가 이상하다고 생각되는 일이 있다면, 그것을 잊지 말고 가슴속에 간직해주세요. 그리고 어른이 되었을 때, 자신의 머리로 판단하여 정의의 편에 서는 사람이 되어주세요……."

지로는 큰 격려를 받은 것 같았다. 자신 역시 아버지만이 정의라고는 생각하지 않았다. 어느 누구에게도 지배받으려 하지 않고 혼자 국가에서 튀어나와 살아가겠다니, 그건 너무 자기 멋대로인 게 틀림없었다. 하지만 국가가 정의라고도 할 수 없었다. 튀어나갈 자유를 허락하지 않는다는 것은 지배자의 생각이었다.

교실에서는 야마시타 선생님이 다정한 말을 건네주셨다.

"아까 주재소 순경에게서 전화가 왔는데 공공주택에 오늘이라도 들어갈 수 있대. 그러니까 오늘 학교 끝나면 공공주택으로 가거라. 선생님, 이제야 좀 안심이 된다. 만일 지로와 모모코가 자마 사장 패거리 때문에 다치기라도 했다면 선생님은 당장 복수하러 달려갔을 거야."

장난꾸러기처럼 가라테 포즈를 취하시는 바람에 지로는 흐뭇했다. 이 학교는 역시 마음에 든다.

반대모임 쪽의 이야기는 나나에에게 들었다.

"무지하게 신경질 나는가 봐. 자마 토건에 항의를 하러 갔더니 '지금 바쁘다' 면서 내쫓더래. 내 생각에는, 우리 이모랑 그 사람들, 요컨대 누군가에게 사과를 받고 싶은 거야. 어서 빨리 우리 반대모임 쪽에 사죄를 해라, 그것만 하면 정의도 이뤄진다, 그런 식으로 생각하는 거 같아. 그 리더라는 사람, 도쿄에서 살고 이 섬하고는 아무 관계도 없는걸 뭐."

도저히 동갑내기 같지 않은 나나에의 발언에 지로는 감탄했다. 어떻게든 무카이와 한번 맞대결을 시켜보고 싶은 마음이 간절했다.

역시 그날 수업은 제대로 집중하기가 어려웠다. 케이티가 들이닥쳐 아버지와 어머니에게 퇴거를 요구하는 날인 것이다. 아버지는 마지막까지 저항할 심산이다. 또 어제와 같은 소란이 반복되는 것이다. 결국 아버지는 잡혀가고 마는 걸까.

그래서 6교시가 끝나자마자 지로는 학교를 뛰쳐나왔다. 모모코는 5교시가 마지막 시간이었기 때문에 먼저 집에 돌아갔다.

"지로, 잠깐!" 나나에가 쫓아왔다. "우라비치 숲에 갈 거지? 나도 갈래."

"그러다 선생님께 혼나."

"아아, 괜찮아, 괜찮아. 어차피 애들 다 거기 가 있어."

그 말대로 우선 나나에의 집에 들르기로 했다. 거기서 나나에의 자전거를 꺼내오고, 그 다음에는 공공주택으로 가서 지로의 자전거를 픽업하자는 계산이었다.

　나나에의 마운틴 바이크는 지로가 몰았다. 뒤에 짐칸이 없어서 나나에는 바퀴 케이스를 딛고 서서 지로의 등을 잡았다. 모모코 외에는 여학생과 자전거를 타보는 건 처음이었다. 집안 상황이 이 지경인데도 뭔가 행복한 기분이 들었다. 몸이 조금 달아올라 있었다. 여자 냄새가 났다. 달콤한, 핑크빛의, 하반신이 뻐근해지는, 묘한 냄새였다.

　"지로, 우리 중학생이 되어도 이 섬에서 살자." 나나에가 말했다.

　"응." 지로는 부러 간결하게 대꾸하고는 땀투성이가 된 채 내달렸다.

　공공주택에 도착해보니 누나도 모모코도 없었다. 현관문이 잠겨있지 않아서 집 안에 책가방을 던져놓고, 지로는 자기 자전거에 올라탔다. 그리고 두 대가 나란히 숲으로 향했다.

　허리를 쳐들고 온 힘을 다해 페달을 밟았다. "잠깐, 나만 떼어놓고 갈래?" 나나에가 숨을 헐떡이며 따라왔다. 바다 쪽은 날씨가 맑은데 산 위에는 검고 두툼한 구름이 걸려있었다.

　미지근한 바람이 앞쪽에서 불어왔다. 콧등에서 땀이 뚝뚝 떨어졌다.

　숲 앞 도로에는 자동차가 염주처럼 줄줄이 이어졌다. 보도진의 차량과 경찰차에 뒤섞여 불도저와 파워쇼벨을 싣고 온 듯한 대형 트럭이 정차해있었다. 길이 차로 완전히 막히다시피 했다. 사람들도 엄청나게 모여들었다. 무슨 축제 날처럼 붐비고 있었다.

"아, 지로, 지로!" 히라라 스토어의 아주머니가 지로를 발견하더니 발돋움을 하며 손을 저었다. 불안한 표정이었다.

"조금 전에 케이티하고 자마 토건회사 사람들이 밀고 들어갔어. 지로네 아버지는 집 앞 외길에 바리케이드를 쳤고."

요다 할아버지도 달려왔다.

"이거야 어떻게 손써볼 도리가 없다. 유감스럽지만 이미 진 싸움이야. 이러다 다치기라도 하면 큰일이니까 지루는 우리 집으로 오너라. 오늘 저녁에도 자고 가."

눈썹이 팔자로 처지며 지로의 어깨에 손을 얹었다. 그 뒤에는 겐타와 하루나가 서있었다.

"모모코는? 우리 누나는?"

"바다 쪽으로 갔어. 뒤로 돌아서 들어갈 거래." 창백한 얼굴로 바다 쪽을 가리켰다.

"음, 알았어." 지로가 발길을 돌리려고 하자 아주머니가 "안 돼, 거기 가면!"이라고 강경한 어조로 만류했다.

"경찰에서 오늘은 폭력사태가 벌어지면 당장 체포한대. 그런 걸 아직 어린 네가 봐서야 쓰겠냐? 얼마나 괴롭겠냐고."

지로는 돌아서서 대답했다. "아주머니, 난 아무렇지도 않아요. 경찰에 잡혀가는 거, 벌써 많이 봤어요. 우리 아버지하고 엄마는 소문난 과격파 운동권인데요 뭐."

할 말을 잃은 아주머니를 내버려두고 지로는 달렸다. 나나에도 뒤를 따라왔다. 낮은 봉우리를 몇 개나 넘어서 우라비치로 나섰다. 지로가 먼저 절벽 위로 올라가 팔을 내밀어 나나에를 끌어올렸다. 둘이서 산으로 들어갔다. 나뭇가지를 헤치며 안으로 안으로 들어갔다. 바람이 강해졌는지 나무들이 윙윙거리며 흔들렸다. 한참 가다보니 저 앞에 사람들이 몰려있었다. 기자들이었다. 카메라를 들고 나무 그늘에서 강제 철거 상황을 찍으려는 것이었다. 그 속에 누나와 모모코가 있었다.

"누나!" 하고 불렀다.

누나가 상기된 얼굴로 돌아보았다.

"지로, 아버지가 진짜 붙어보려나 봐."

앞으로 비집고 들어가 내려다보니 아버지는 바리케이드 앞에서 각목을 든 채 인왕상처럼 버티고 서있었다. 그 곁에 또 한 사람, 아버지와 비슷하게 키가 훌쩍 큰 남자가 있었다.

"⋯⋯베니 씨?" 지로는 그만 말이 막혔다.

"그래. 시사의 복수를 하겠다면서 말을 듣지 않아."

"여행길에 이런 일까지 할 건 없는데⋯⋯."

"베니 씨는 유대인이래. 나도 잘은 모르지만 베니 씨 말로는, 유대인은 자기 땅을 잃고 세계 각지에 흩어져 사는 민족이다, 그래서 여기서 더는 도망칠 수 없다는 거야."

베니 씨의 옆얼굴은 늠름했다. 먼눈으로도 결연한 각오가 뚜렷이 느껴졌다. 매부리코가 한층 높직하게 보였다.

"엄마는?"

"집 안에 있어. 기둥에 몸을 꽁꽁 묶었대."

"와우, 멋있다!" 곁에서 나나에가 흥분한 기색으로 말했다.

"유명 브랜드에 미쳐서 사는 우리 엄마하고는 비교가 안 돼."

기자 한 사람이 말을 붙여왔다.

"오전에 했던 케이티 기자 회견, 봤니?"

"아뇨. 우린 텔레비전도 없고, 동생들은 학교에 갔었어요."

누나가 대답했다.

"너희 아버지 어머니를 악당으로 만들려고 아예 작심을 했더라. 부부가 나란히 전과가 있다느니, 처음 이사 와서는 애들을 학교에도 보내지 않았다느니."

"전혀 상관없어요. 우리 식구, 정 하나는 끝내주거든요."

지로도 곁에서 고개를 끄덕였다.

"그나저나 케이티 측도 참 교활하군. 오후 4시에 깅제 되기에 들어간 건 낮방송의 생중계를 피하려는 속셈이야. 텔레비전 쪽에서는 다들 2시부터 해달라고 아우성을 쳤는데 말이야."

"그러셨어요?" 누나는 차갑게 대꾸했다.

"경찰 쪽도 관할 주재소에 다 미루고 현경 본부와 공안은 철수해버렸어. 이 자리를 모면하려는 속셈이 뻔히 다 보인다니까. 게다가 피해 신고는 결국 수리하지 않고 끝이야."

유난히 친한 척 다가드는 기자의 말투에 지로도 불쾌했다. 매스컴은 대부분 흥미 본위였다. 마음속으로는 요란한 난투극이 벌어지기를 고대하는 것이다.

숲의 상공에도 두툼한 구름이 드리워졌을 무렵, 케이티의 현장 책임자가 핸드 마이크로 자주적인 퇴거를 요구했다.

"에, 우리는 케이티개발주식회사입니다. 당사 부지 내에 있어서 불법적인 점거를 계속하는 일가에게 마지막으로 통고합니다. 즉각 바리케이드를 허물고 이곳에서 퇴거해주십시오. 그렇지 않으면 당사가 직접 바리케이드를 철거하고 부지 내의 점거물을 제거하는 권리를 행사하겠습니다."

"닥쳐라, 나는 이 땅에서 살 것이다. 이곳은 원래 우리 조상의 땅이다. 자본가 놈들이 마음대로 유린하게 놔두지 않겠다!"

아버지가 소리를 질렀다. 깜빡 빨려들어갈 만큼 우렁찬 목소리였다.

바리케이드 반대편에 초대형 작업용 사다리가 몇 개나 서있었다. 카메라 행렬이었다. 텔레비전 팀이 아버지에게 라이트를 들이댔다. 숲 전체가 훤하게 빛났다. 원형극장의 객석에 있는 것 같은 착각이 들었다.

"그렇다면 지금부터 바리케이드 철거에 들어가겠습니다."

불도저의 디젤 엔진이 포효를 울렸다. 폐재를 쌓아올린 바리케이드가 삐그덕삐그덕 흔들렸다. 불도저로 밀어붙인 것이다.

이제야 깨달았지만 바리케이드의 앞쪽에는 나뭇가지가 깔려 있었다. 마치 쿠션 같았다. 무엇 때문에 깔아놓은 건지, 지로는 알 수 없었다.

그런 생각을 하는 사이에도 바리케이드는 슬슬 무너지고 있었다. 불도저의 팔뚝이 보였다. 차디찬 쇳덩이의 색깔이었다. 쌓아놓은 바리케이드의 반쪽은 이미 절반 높이로 허물어졌다. 한쪽에서는 헬멧을 쓴 작업원들이 직접 망치로 부수고 있었다.

아버지와 베니 씨는 그래도 꿈쩍하지 않았다. 등을 꼿꼿이 세우고 땅바닥에 다리를 버티고 서있었다.

제방이 뚫리듯 마침내 바리케이드가 무너졌다. 불도저가 더욱 힘차게 움직였다. 남은 폐재마저 뭉개며 부지 안으로 들어섰다.

요란하게 카메라 플래시가 터졌다. 지로 바로 곁에서도 셔터 소리가 울렸다.

그래도 아버지와 베니 씨는 도망치지 않았다. 정면으로 마주 보고 있었다. "아앗!" 모모코가 비명을 올렸다. "아버지, 어서 피해!" 누나가 외쳤다.

다음 순간, 불도저기 앞으로 고꾸라졌다. 지붕이 내보였다. 철 팔뚝은 시야에서 사라져버렸다. 캐터필러(caterpillar) 불도저가 굉음과 함께 머리부터 땅속으로 잠겨들었다. 무슨 일이 벌어진 건지, 얼른 이해할 수 없었다. 모두가 눈앞에 뻔히 보이는 광경을 믿지 못했다.

흙먼지가 피어올랐다. 우르릉 하고 땅이 울렸다. 불도저는 꽁무니만을 남기고 나뭇가지에 휘감긴 채 땅바닥 아래로 사라졌다. 그제야 겨우 함정이라는 것을 깨달았다.

"어떠냐! 무엇을 감추겠는가, 옛날에 경시청 제4기동대 방수차를 나리타 땅속에 처박은 것이 바로 이 몸이야! 놀랐지? 아하하하……."

아버지가 부르짖었다. 대체 어떻게 된 사람인가. 단 하룻밤 만에 저 함정을 팠단 말인가. 아버지는 슈퍼맨이다.

곁에서 베니 씨가 팔짝팔짝 뛰었다. 위디드 잇! 그런 소리를 외치고 있었다.

"자, 여긴 외길이다. 너희 쇳덩이리 기계가 그 길을 막아버렸어. 다른 불도저는 이제 못 들어와. 이제는 백병전이다. 어디, 덤벼봐라!"

아버지가 허리를 낮추고 각목을 휘둘렀다. 악당 영화에 나오는 정의의 투사 같았다. 나나에가 입을 헤벌리고 넋이 나간 듯 쳐다보았다. 누나도 모모코도 마찬가지였다. 어째서 아버지는 저런 모습이 그대로 멋진 그림이 되는 건가. 도쿄 시절의 게으름뱅이 아버지, 황당한 소리로 온 가족을 힘들게 했던 아버지, 그런 아버지를 지금 저 모습이 모조리 날려버렸다.

"무슨 짓이냐, 이놈!" 헬멧을 쓴 자마 사장이 핏발을 세우며 튀어나왔다. "이 불도저가 얼마짜린 줄 알아? 보험도 안 들었다고!"

"일이 이 지경인데도 돈 걱정이냐? 기사가 다쳤는지, 그것부터 챙겨라!"

불도저 기사는 다른 작업원들이 구덩이에서 끌어올리고 있었다. 창백해진 얼굴로 몸을 떨고 있었다. 작업원들 모두가 믿을 수 없다는 표정이었다. 아버지의 기백에 완전히 압도된 것이다.

"당신이 내 사업을 방해할 권리가 어딨어? 우리는 영세업자야. 공공사업이나 대기업 하청으로 근근이 연명하는 처지라고. 섬 주민들이 이러쿵저러쿵 잔소리를 하지만 건설 사업을 따오지 않는 한, 이런 외딴섬은 죽을 때까지 농사꾼하고 어부밖에 없는 깡촌이란 말이얏!"

자마 사장은 도저히 분노를 삭일 수 없다는 기색이었다. 시뻘건 얼굴로 마구 고함을 질렀다.

"그게 뭐가 나쁘지? 농사짓고 고기 잡으면서 몇 백 년을 살아왔어. 섬을 위해서라고? 그 참에 네 놈의 뱃구레도 채우겠다는 속셈이냐!" 아버지가 각목을 휘두르며 대거리를 했다.

"웃기지 마. 본토 사람에 비하면 우리는 참새 눈물이야. 이 야에야마에는 벤츠를 몰고 다니는 사람이라고는 한 놈도 없어. 다들 본토 사람들에게 빨아 먹혀. 이놈, 이놈아!"

흥분한 자마 사장이 나무를 주워들어 아버지에게 내던졌다. 딱해서 봐줄 수가 없을 지경이었다.

"그래, 당신도 착취당하는 쪽이었군. 그렇다면 뒤에 숨은 케이티를 나오라고 해. 하청업자에게 퇴거작업까지 밀어붙이는 비겁한 자본가를 이 자리로 끌고 와!"

"우에하라 이치로, 여기는 오키나와 야에야마 경찰서다. 너의 행위는 위력(威力)에 의한 업무 방해 및 기물 파손에 해당한다. 현행범으로서 인정한다. 신속하게 무기를 버리고 투항하라."

이번에는 경찰이 핸드 마이크를 들었다. 십여 명의 제복 경관이 함정을 우회하여 부지 내로 들어갔다. 그 속에는 아라가키 순경도 있었다. 손에는 기다란 경봉이 들려있었다. 폭한(暴漢)을 제압하기 위해 끝부분을 U자형 금속으로 만든 봉이었다. 아라가키 순경은 핏기를 잃은 얼굴이었다. 게다가 엉거주춤 구부정한 자세였다.

"드디어 등장하셨군. 이 자본가의 앞잡이들! 관청 쪽은 일절 봐주는 거 없다!"

아버지는 기가 꺾이는 기색이 없었다. 오히려 유쾌한 듯 크게 입을 벌리며 경관을 위협했다.

"무기를 버려라. 승산은 없다."

"공복 주제에 오만불손하구나. 해보지도 않고 어찌 알아!"

아버지가 발을 쓸며 앞으로 나서더니 번개처럼 각목을 휘둘렀다. 아라가키 순경의 U자 봉이 가뭇없이 떨어져버렸다.

"공무집행 방해! 검거하라!"

U자 봉이 한꺼번에 튀어나왔다. 아버지는 그것을 한몫에 가볍게 쳐냈다. 정말 유명한 검객 같았다.

하지만 베니 씨는 단순한 배낭 여행자였다. 경관 셋이 한꺼번에 공격하자 각목을 놓치고 어이없이 땅바닥에 짓눌렸다. "노! 노!" 필사적으로 저항하고 있었다.

"어떡해!" 모모코가 얼굴을 가렸다.

"베니!" 누나가 외쳤다. "잘 했어. 유디드잇!"

"투망을 가져와라! 우에하라에게 투망을 씌워!"

두 사람의 경관이 커다란 망을 들고 슬금슬금 아버지에게 다가갔다. U자 봉을 든 경관과 앞뒤에서 동시에 공격했다.

먼저 뒤쪽에서 U자봉이 뻗어왔다. 그것을 떨쳐낸 순간, 망이 던져졌다.

공중에서 사방 1미터 정도의 크기로 펼쳐졌다. 거대한 가오리 같았다. 아버지는 손으로 밀쳐내려고 했지만, 무심하게도 순식간에 뒤덮었다.

"제압하라!"

대여섯 명이 한꺼번에 달려들었다. 아버지는 땅바닥에 쓰러지고 그 위를 경관들이 우르르 덮쳤다.

"아아, 저런!" 주위에서 한숨인지 비명인지 모를 소리가 터졌다. 어느새 숲은 사람들로 둘러싸여 있었다. 기자들이 일제히 뛰어나가며 카메라 셔터를 눌렀다.

망에 휘감긴 아버지가 플래시 세례를 받았다. 베니 씨는 이미 수갑이 채워졌다. 옷이 흙범벅이었다.

집 안에 있던 어머니도 끌려나왔다. 심하게 저항을 했는지, 두 사람의 경관이 양팔을 붙들고 있었다. 어머니는 얼굴을 쳐들고 똑바로 앞을 바라보았다. 머리에 점퍼를 씌우려는 경관의 손을 뿌리치며 말없이 노려보았다.

누나가 돌아섰다. 붉어진 얼굴로 입술을 깨물었다. 모모코는 엉엉 울었다. 나나에는 안색이 창백해져서 고개를 떨구었다.

"이놈, 결국 이렇게 되었지!" 자마 사장이 해머를 떠메고 아버지에게 다가가더니 씹어뱉었다. "두 번 다시 여기서 살 수 없게 해주마!"

자마 사장은 집 안으로 뛰어들더니 마루 기둥을 해머로 내리쳤다. 기둥이 찌부러지는 소리가 울려 퍼졌다. 지붕이 기우뚱 흔들렸다.

"사장님, 뭘, 꼭 지금 하지 않아도……."

아라가키 순경이 곤혹스러운 얼굴로 막아보려 했지만 자마 사장은 듣지 않았다. 다섯 번, 여섯 번, 수없이 내려쳤다. 마침내 기둥이 비명을 올리며 ㄴ자로 구부러졌다. 동시에 지붕이 크게 기울었다. 지붕 기와 끝의 시사 액막이가 땅에 떨어졌다.

"우아아!"

그때 베니 씨가 울부짖는 소리를 내질렀다. 경관의 손을 뿌리치더니 수갑을 찬 채 집 안을 향해 뛰었다. 황급히 쫓아가는 경관들. "뭐, 한번 해볼래?" 주춤하면서도 싸울 태세를 잡는 자마 사장. 하지만 마루에 뛰어오른 베니 씨는 그대로 거실을 지나 뒷마당까지 내달렸다. 이게 무슨 일인가. 베니 씨는 무슨 짓을 할 생각인가.

숲에 있는 모두가 몸을 내밀며 집 안을 들여다보았다. 십여 초 뒤에, 아까 쫓아갔던 경관들이 뒷걸음질을 치며 나왔다. 그 얼굴에는 낭패의 기색이 역력했다. 저마다 손을 저으며 "안 돼, 하지 마!"라고 외쳤다. 자마 사장은 꽁지가 빠져라 마루에서 굴러 내려왔다.

베니 씨가 모습을 드러냈다. 플라스틱 통을 머리 위로 쳐들어 안에서 흘러나오는 액체를 뒤집어쓰고 있었다. 또 다른 손에는 램프를 켤 때 쓰던 라이터가 쥐어져 있었다.

지로는 몸이 부르르 떨렸다. 베니 씨는 발전기용 휘발유를 온몸에 뿌린 것이다.

"여러분, 이 집에서 모두 나가십시오. 그렇지 않으면 불을 붙입니다."

베니 씨는 분노하고 있었다. 아버지의 분노와는 종류가 전혀 다른, 복수심에 불타는 민족의 분노였다. 다들 이건 진짜라고 생각했다.

베니 씨가 빈 플라스틱 통을 멀리 내던졌다. 천천히 마루에서 마당으로 내려서더니 그대로 경관들에게 에워싸인 채 마당 한복판에 섰다. 라이터를 얼굴 가까이에 들이댔다.

"베니, 위험해, 그러지 마!"

아라가키 순경이 애원하듯 말했다.

"어이, 보도진은 물러서요!" 나이든 경관이 우르르 몰린 기자들을 밀어냈다. "구경꾼들도 물러서요, 물러서!"

"베니, 그럴 만한 상대가 못 돼. 자네는 이거 말고도 할 일이 많아." 아버지가 고개를 뽑아 외쳤다. "이 따위가 뭔데? 우리의 영혼은 이런 것에는 굴복하지 않아!" 수갑이 채워진 손을 머리 위로 쳐들며 말했다.

"그래요, 베니. 이런 자들에게 목숨을 던져서는 안 돼." 어머니도 쥐어짜는 목소리로 타일렀다.

"베니, 그만둬요!" 누나가 숲에서 달려 나갔다. "베니 씨, 이제 그만해요." 지로도 그 뒤를 따랐다. "베니! 베니!" 모두가 그의 이름을 불렀다.

그 순간, 큼직한 물방울 하나가 지로의 머리 위에 뚝 떨어졌다. 올려다보니 비였다. 금세 투둑 투둑 머리를 내리쳤다. 모두가 하늘을 올려다보며 목을 움츠렸다.

큼직한 빗방울은 순식간에 대지를 연타했다. 숲에 굉음이 울려 퍼졌다. 양동이 백만 개를 한꺼번에 뒤엎은 듯한 소나기였다. 발밑에 금세 물웅덩이가 만들어졌다.

누군가 움직였다. 아라가키 순경이었다. 베니 씨에게 돌진하며 허리에 태클을 가했다. 진흙물을 튕기며 둘이 함께 땅바닥을 굴렀다. 곧바로 경관들이 차례차례 밀고 들어갔다.

"팔을 잡아!"

"라이터 뺏어!"

몇 사람이 베니 씨를 덮쳤다. 경관들 밑으로 그의 기다란 다리만 버르적거리고 있었다. "이놈!" 얼마나 속을 태웠던지 한 경관이 베니의 안면에 팔꿈치 가격을 넣었다.

"뭐하는 거예요!" 누나가 달려가 그 경관의 등짝을 후려쳤다.

"요코 씨, 안 돼요." 아라가키 순경이 튀어나와 누나를 뜯어말렸다.

비가 더욱 거세졌다. 온몸이 흠뻑 젖었다. 눈도 뜰 수 없었다. 말소리도 들리지 않았다.

아버지가 그 자리에 책상다리를 하고 앉았다. 무언가 외치고 있었다. 지로는 알아들었다. 내 의사로는 움직이지 않을 것이다! 그렇게 말하는 것이었다. 어머니도 똑같이 몸을 낮추고 앉았다.

경관들이 달려들어 옷자락을 움켜잡았다. 아버지와 어머니는 그렇게 질퍽거리는 밭둑길을 질질 끌려갔다. 두 사람 모두 흙투성이였다. 어머니의 한쪽 운동화가 벗겨졌다. 모모코가 그것을 주워들고 뒤를 쫓아갔다. 모모코는 우는 것도 잊고 있었다.

베니 씨는 허리를 포승줄로 묶였다. 입 안에는 면장갑이 물려 있었다. 경찰들이 양옆을 붙들어 연행했다.

기자들이 몰려들었다. 플래시의 섬광이 세 사람의 얼굴을 집중적으로 비추었다. 아버지는 대담무쌍한 웃음을 날렸다. 하얗게 빛나는 아버지의 얼굴을 보며 지로는, 세 사람은 평생 삶의 방식을 바꾸지 않을 거라고, 멀고 먼 누군가를 바라보듯 망연히 생각했다.

지로도 사람들 뒤를 따라갔다. 요다 할아버지와 히라라 스토어 아주머니가 다가와 어깨를 두드렸다. 말없이 그저, 응응, 이라며 고개를 끄덕이고 있었다. 젖은 머리털이 이마에 들러붙어 모두들 전혀 다른 인상으로 보였다.

대량의 빗물이 갈 곳을 잃고 비탈에서 아래로 아래로 쏟아져 내려왔다. 숲의 외길이 강처럼 변했다.

아버지와 어머니, 베니 씨가 경찰차에 실려 연행되고 나자, 퍼붓는 빗속에 케이티개발 현장 책임자가 기자들에게 둘러싸였다. "한마디 부탁합니다"라고 마이크가 몰려들자 입술을 떨며 떠들어댔다.

"여러분이 보신 그대로입니다. 저희는 일절 손을 대지 않았어요. 폭력에 호소한 건 불법 점거자 쪽입니다. 폐사는 완전한 피해자로서 이번 일로 막대한 손해를 입었습니다. 일이 평화롭게 진행되지 못한 것은 참으로 유감입니다. 호텔 건설에 관해서는 이미 충분히 설명회를 가졌기 때문에 섬 주민의 이해는 얻은 것으로 인식하고 있습니다. 지금껏 공사가 연기되어왔으나 내일부터는 준비를 갖추어 신속히 착공에 들어갈 것입니다."

"우타키도 부술 거요?"

기자들에 섞여있던 오지로 아저씨가 날카로운 고함을 질렀다.

"폐사의 개발은 자연환경을 충분히 배려하였으며 배수에 의한 해양 오염 등이 일부 지적되어왔으나 제삼자 기관에 조사를 의뢰한 결과, 문제가 없다는 회답을 받았습니다."

현장 책임자는 오지로 아저씨를 무시했다.

"기자 여러분께서는 부디 공정한 보도를 해주시기……."

"이봐, 내 말에 대답 안 해!"

"이제 어지간히 좀 해." 자마 사장이 뛰어나와 오지로 아저씨의 팔을 잡았다. "관광객이 몰려오면 우리 섬도 잘 살게 된다는

데, 왜 자꾸 그래?"

"잘 사는 건 당신 혼자겠지. 어부의 자식이 배를 내버리더니 이제는 본토 사람 앞잡이 노릇까지 해?"

"뭐야?"

서로 멱살을 잡았다. 섬 주민들이 말리고 나섰다.

"이제 됐네 됐어. 하고 싶은 대로 하라고 냅둬."

"우리는 이미 포기했고만."

모두들 피곤에 지친 기색이었다.

빗발은 전혀 약해질 기미를 보이지 않았다. 바다 쪽에서 강풍까지 불어왔다. 숲 전체가 흔들리고 있었다.

"지로, 그만 가자."

나나에가 지로를 향해 손짓을 했다. 그 주위에는 모모코와 아이들이 있었다.

자전거 있는 데까지 돌아와 거센 빗발 속에 페달을 저었다. 모두 말이 없었다. 유헤이가 옆에서 들이치는 바람 때문에 끙끙거리는지라 지로가 곁에서 나란히 달리며 바람막이가 되어주었다.

잠시 달려가자니 요다 할아버지의 트럭이 뒤에서 다가왔다. "실어라"라고 해서 그렇게 했다. 자전거 일곱 대를 실은 다음, 하급생들은 조수석에 좁혀 앉고 나나에와 지로만 짐칸 틈새에 앉았다.

다시 달렸다. 몸을 웅크리고 앉아 멀어지는 경치를 바라보았다. 하늘도 바다도 산도 길도, 눈에 비치는 모든 것이 회색이었다. 특히 바다의 깊고 깊은 회색빛은 끝도 없는 것 같아서 지로를 한층 불안하게 했다.

지로는 색깔 있는 것이 보고 싶었다. 색깔 있는 것이라면 맥도날드 간판이라도 좋았다.

비는 용서 없이 남쪽 섬을 내려치고 있었다.

51

밤에는 공공주택에서 잤다. 섬사람들이 저녁거리를 챙겨주어 셋이서 먹기에는 너무 많은 요리들로 식탁이 차려졌다.

아버지와 어머니와 베니 씨는 항구 가까운 공공회관으로 끌려간 모양이었다. "바다가 뒤집어져서 배가 못 뜨게 되었대"라고 히라라 스토어 아주머니가 알려주었다. 경찰의 감시 하에 이리오 모테에서 하룻밤을 보내고 내일 이시가키 섬의 경찰서로 데려간다고 했다.

"아라가키 순경한테 물어봤더니 별일 없는 한 실형은 안 받을 거래. 서류 송검은 하겠지만 불기소 처분이라나, 대충 그런 정도가 될 거라더라."

그 의견에 지로는 글쎄, 라고 생각했다. 어머니라면 또 모르지만 아버지는 '별일'이 너무 많은 것이다.

베니 씨도 잡혀갔는지라 멤생이는 공공주택 처마 밑에 묶어두었다. '메에에에~' 아무 것도 모르고 태평하게 울고 있었다. 내일 아침에는 학교에 데려갈 생각이었다. 교장 선생님께 부탁하면 교정에서 기르게 해줄 것 같았다. 먹이라면 이웃사람들이 나눠줄 것이다. 이곳은 무슨 일이나 서로 도와가며 살아가는 섬이다.

가스로 더운 물이 나오는 욕실에서 목욕을 하고 수세식 화장실에서 볼일을 보고, 오랜만에 문화적인 생활을 맛보았다. 형광등이 너무 눈부셔서 잠시 당황했다. 하지만 텔레비전이 없어서 들려오는 건 빗소리뿐이었다.

오늘의 농성 소동은 틀림없이 큰 뉴스가 되었을 것이다. 아버지는 국민의 눈에 어떻게 비쳤을까. 미움까지야 사지 않겠지만 동정도 받지 못했을 것 같다. 지로는 어디까지나 냉담한 시선으로 바라보았다. 경찰과 기업에 창끝을 들이댄 사람을 통쾌하다며 재미있어 하면서도, 그것을 막상 내 일처럼 생각해줄 사람은 없다. 텔레비전을 지켜본 어른들은 단 한 번도 싸운 일이 없고 앞으로도 싸울 마음이 없는 사람들이다. 대항하고 투쟁하는 사람을 안전한 장소에서 구경하고 그럴싸한 얼굴로 논평할 뿐이다. 그리고 마지막에는 냉소를 던지리라. 그것이 바로 아버지를 제외한 대다수의 어른들이었다.

"이 돼지고기 찜, 꽤 맛있네." 누나가 라후테를 한입 먹어보더니 말했다. "다음에 히라라 아줌마한테 배워서 나도 만들어봐야겠다."

"오늘 저녁은 왠지 고야가 맛있는 거 같아."

모모코는 잘 먹지도 않던 쓴 참외를 덥석 베어 먹었다. 지로는 밥을 세 그릇 먹었다.

밥맛도 없을 줄 알았는데 예상과는 달리 잘 넘어갔다. 묘한 해방감이 있었다. 울고 외치고, 뭔가를 죄다 토해낸 듯한 기분이었다.

"아버지하고 엄마, 이 집에서 살까?"

모모코가 밥을 먹으며 물었다.

"안 사실 걸? 적어도 아버지는 절대로 관청 신세는 지지 않겠다는 사람이니."

누나가 대답했다. 단무지를 소리 나게 씹고 있었다.

"그럼 어떻게 할 건데?"

"다시 빈 땅을 찾아내 집을 짓지 않을까?"

누나는 어딘지 남의 일 같은 말투였다.

"하지만 일본에 빈 땅이라고는 없잖아. 어떤 토지든 반드시 소유자가 있을 텐데." 지로가 끼어들었다.

"흥, 그렇겠지. 국가라는 거 진짜 성가시다, 이런 남쪽 섬까지 지배하다니. 연금도 건강보험도 필요 없으니 맘대로 살게 해달라는데 왜 그러지?"

"어라, 아버지하고 똑같은 소리."

"부모 자식 간은 저절로 닮는 거야."

그러면서 누나가 입 끝을 치켜올렸다. 그 몸짓이 아버지하고 완전히 붕어빵이었다.

"누나, 아버지가 친아버지 아니라는 거, 진짜야?"

지로가 물었다. 묻고 나서 가슴이 뜨끔했다. 뜻하지 않게 입 밖으로 튀어나온 질문이었던 것이다.

"진짜야. 생물학적으로는 완전한 타인이지."

누나는 밥에 물을 부어 휘적휘적 저었다. 바람이 알루미늄 새시 창문을 흔들었다. 지로도 모모코도 잠시 말없이 밥만 떠넣었다.

"그러고 보니 지로, 너 열두 살 됐니?" 누나가 불쑥 물었다.

"다음 주에 되는데?" 그러고 보니 정말 다음 주가 생일이다. 주변이 시끌벅적하게 돌아가는 통에 까맣게 잊고 있었다.

"지로가 열두 살이 되면 알려준다고 약속했었지?"

"뭐, 그런 약속은 안 지켜도 상관없어."

지로는 그렇게 대답했다. 정말로 안 지켜도 상관없는 것이다.

"우리 엄마……."

누나가 밥공기와 젓가락을 내려놓고 조용히 이야기를 시작했다.

"스무 살 때 대학 운동권의 어떤 분파에 들었었는데, 거기 리더와 연인 사이였대. 엄마 말에 따르면, 연인 사이였다는 건 사실 엄마 혼자 생각이었고, 뭐랄까, 너무 순수해서 쉽게 감화되었다고 할까, 선전선동에 넘어간 경우였나 봐. 엄마는 부잣집 귀한 딸로 곱게 자랐으니 그럴 만도 하지. 아무튼 그 리더와의 사이에서 생긴 애가 나였어."

대답을 못하고 지로는 어물어물 밥만 퍼먹었다.

"그때만 해도 서로 간에 속박하는 연애는 일종의 타락이라는 생각이 있어서 엄마는 임신한 것을 숨겼대. 그리고는 미처 말을 하지 못한 상태에서 대립하던 분파에 스파이로 파견되었고, 거기서 지금 우리 아버지를 만난 거야."

누나는 담담히 말을 이어갔다. 팔을 괴고 허공을 바라보고 있었다.

"처음에는 적이라고만 생각했는데, 아버지는 보통 좌익하고는 달리 반정부라기보다 반국가적인 사람이고 말보다는 행동으로 옮기는 사람이어서 점점 마음이 끌렸던가 봐. 마침내는 영역 다툼에만 골몰하는 엄마 쪽 분파를 믿을 수가 없게 되었대. 그래서 정보 제공을 거부했더니 배신자라고 자아비판을 받고 게다가 임신이 발각되어 낙태하라는 강요를 받고, 정말 엄마가 정신적으로 막다른 궁지에 몰렸겠지. 아마 젊다는 건 생각이 좁다는 것인가 봐……. 엄마는 결국 자기 자신을 잃고 그 리더를 칼로 찔렀어. 그게 엄마 나이 스물한 살 때, 지금 내 나이구나."

모모코가 서글픈 얼굴로 눈을 떨구었다. 지로는 침을 삼켰다. 그렇구나, 언젠가 가쓰가 했던 말은 역시 사실이었구나. 하지만 실망하지는 않았다. 엄마가 싫었던 적은 단 한 번도 없었다.

"엄마는 그 분파를 빠져나와 경찰에 자수했어. 그 리더는 가벼운 부상에 그쳤기 때문에 보통이라면 집행유예로 끝났을 텐데 그 전에 데모하다 체포되었던 전력이 있었고, 나라에서는 운동권에게는 유독 엄한 판결을 내렸으니까 출산을 마친 뒤에 반 년 동안 형무소 생활을 했대. 그래서 내가 태어난 건 경찰 병원이야."

누나가 후훗 하고 웃었다. 태어난 본인이 명랑하게 말해주어서 그나마 구원이었다. 게다가 예상했던 만큼의 충격은 없었다.

"엄마가 형무소에 들어가 있는 사이에 나를 키워준 게 바로 아버지야. 아버지도 엄마를 좋아해서 형무소에서 나온 뒤에 결혼했던 거지. 아버지는 여전히 활동가로서 곳곳에서 날뛰고 다녔지만, 엄마는 자신은 감화당하기 쉬운 사람이니까 당분간 아버지 말고는 아무도 믿지 않겠다면서 활동을 그만뒀어. 내 생각인데, 엄마는 내내 아버지의 열광적인 팬이었던 거 같아. 그러지 않고서야 어떻게 우리 아버지 같은 사람하고 살겠니? 완전히 상식과는 담을 쌓은 사람인데."

그 의견에는 지로도 공감했다. 어머니는 아버지의 왕 팬이다. 어디까지든 따라갈 결심을 하고 있다.

"아버지, 지금도 과격파야?" 모모코가 불안한 듯 물었다.

"경찰 입장에서는 영원한 위험인물이겠지. 하지만 아버지도 이미 혁명 같은 건 믿지 않는다고 하고…… 그래, 권력을 쥔 사람이 벌레보다 싫고, 국가가 하라는 대로는 죽어도 하기 싫은 한 개인이라고나 할까?"

누나가 재미있다는 듯 말했다. 분명 이제는 누나도 아버지의 팬이다.

그러면 나는 어떤가. 지로는 자문해보았다. 아버지에게는 감당 못할 성깔이 있었다. 앞으로 지로 자신이 그렇게 되고 싶은가 하면 대답은 노였다. 하지만 아들이라는 입장을 뛰어넘어, 저절로 마음을 빼앗기는 부분이 있는 것도 사실이었다. 토건회사와 경찰 앞에서 당당히 각목을 휘두르던 아버지의 당당한 모습은 영원히 잊을 수 없을 것이다. 전국의 사람들에게 저이가 내 아버지라고 자랑하고 싶을 만큼 용감한 모습이었다.

"나, 내일부터 아르바이트라도 찾아볼래. 선물가게든 찻집이든, 뭔가 일자리가 있을 거야."

"누나는 그래도 괜찮겠어?"

"그럼. 우선 너희부터 먹여 살려야겠지? 하긴 이 섬에서는 돈도 그리 많이 들지 않으니까."

가족이 있다는 든든함에 지로는 가슴이 뭉클했다. 다시 밥을 한 그릇 더 먹고 싶었다. 배를 곯는 일만 없다면 가족이 있는 한 어디서 살건 도쿄인 것이다.

그때 집 앞에서 자동차 멈추는 소리가 났다. 부엌 창문으로 붉은 불빛이 보여서 경찰차라는 것을 알았다. 빗속에 누군가 차에서 내려 현관문을 두드렸다.

누나가 나갔다. 현관문 너머에 비옷을 입은 아라가키 순경이 창백한 얼굴로 서있었다.

"저어, 설마 그렇지는 않겠지만 요코 씨의 아버지, 여기 오시지 않았어요?"

"예? 아라가키 씨랑 공공회관에 있지 않았어요?"

누나가 되물었다.

"그럼 베니 씨도, 모르시지요?"

"물론이죠. 무슨 일 있어요?"

"잠깐만요."

아라가키 순경은 일단 경찰차로 돌아가더니 무전기 마이크를 들고 연락부터 취했다.

"여기는 1호차의 아라가키. 우에하라 이치로, 베니, 두 용의자 모두 공공주택에는 나타나지 않았음. 이어서 부근을 수색하겠음. 오버."

"아라가키 아저씨. 무슨 일 있었어요?" 지로가 현관 앞에 나가서 물었다.

"좀 그렇다." 아라가키 순경이 현관 안쪽으로 들어섰다. 모자를 벗고 젖은 얼굴을 손수건으로 닦으며 말했다. "우에하라 씨와 베니 씨가 어딘가로 사라졌어."

"사라지다니요?"

"빠른 이야기로, 도주입니다. 눈을 잠깐 뗀 사이에 창문으로 도망쳐버렸어요."

"엑? 바보 아냐? 경찰이 열 몇 명이나 있었잖아요?"

누나가 서슴없이 한심하다는 비난을 퍼부었다.

"아뇨, 태풍이 심하게 부는 데다 일이 이렇게 마무리된 터에 설마 도주할 줄은 예상도 못했죠. 게다가 체포 직후에는 협조적인 태도여서 그만……."

"그만, 뭐예요?"

"일 끝내고 뒤풀이랄까 위로회랄까······."

누나가 미간에 주름을 잡았다.

"요컨대 소주 한 잔씩, 술판을 벌였군요?"

"이건 비밀로 해주세요." 아라가키 순경이 난처한 듯 손을 맞잡았다. "우에하라 씨도 베니 씨도 함께 마셨다구요."

"그러니 더 나쁘죠. 그래서요, 우리 엄마는요?"

"부인은 어차피 바로 석방될 것이고 여성이기도 해서 소장 숙직실을 혼자서 쓰시게 했지요."

"야에야마 경찰은 정말 태평하군요." 누나가 차갑게 웃었다.

"그게요, 이런 사안은 처음이었고, 톡 까놓고 말하자면 우에하라 씨나 베니 씨나 야에야마를 너무 사랑해서 저지른 일이라 이시가키 출신 상사가 감동해서······."

"어머, 착한 분이시네. 친구해야겠어요."

"죄송합니다······."

"뭐, 별일이야 있겠어요? 이거, 원래는 일면 기삿감도 못 되는 사건이잖아요? 집을 못 내놓겠다고 버티는 것쯤 도쿄에서는 일상다반사예요."

"하지만 이미 전국적으로 알려진 사건이라서······."

누나가 손을 허리에 짚고 큰 한숨을 쉬었다.

"알았어요. 함께 찾아봐요. 근데 어디를 수색해야죠?"

"일단 케이티개발과 자마 의원 숙소에는 대비를 해놨어요."

"그건 낭비예요. 개인적인 공격을 할 사람이 아니에요. 우리 아버지를 잘못 보셨네요."

"죄송합니다……."

아라가키 순경이 모자를 쓰고 다시 고개를 숙였다.

"그럼 나도 갈 거야."

지로도 따라나서려고 했지만 누나가 만류했다.

"밤도 늦었고, 지로와 모모코는 집에 있어. 만일 아버지가 오면 히라라 스토어 전화를 빌려서 내 휴대폰으로 연락해. 절대 놓치면 안 돼."

"알았어……." 떨떠름했지만 누나 말을 듣기로 했다.

"뭐하자는 거야, 아버지도 참. 이 판에 도망쳐서 뭘 어쩌겠다고?" 누나가 방한용 후드 점퍼를 챙겨 입었다. 아라가키 순경이 "맞습니다, 도망갈 이유가 없기 때문에 우리도 방심을 한 거예요"라고 변명을 했다가 누나의 날카로운 눈총을 받았다.

"이거 일 났네, 일 났어." 아라가키 순경이 무슨 주문(呪文)처럼 자꾸 중얼거렸다. "자, 먼저 엄마 있는 데부터 가보죠." 누나가 앞장서서 아버지 일행의 수색에 나섰다.

지로는 말없이 배웅했다. 모모코와 물끄러미 마주보았다.

"아버지, 어쩌려고 그럴까?"

"내가 어떻게 알겠냐, 그 속을."

정말 아버지는 일이 이렇게 된 판에 뭘 어쩌자는 걸까. 그쪽 토지에 대해서는 이미 승산이 없다는 걸 잘 알고 있을 텐데.

"정글에 들어가서 자급자족의 생활을 하려나?" 모모코가 말했다. 그럴싸하다는 생각에 지로는 다시 우울해졌다. 야성에 눈을 뜬 아버지는 열대림쯤 척척 개척해버릴 것 같다.

"그러면 나는 안 따라갈래."

"나도."

방에 돌아와 식탁을 정리했다. 싱크대에서 나란히 설거지를 했다. 둘 다 입을 열지 않았다.

문득 설거지하던 손을 멈췄다. 굽혔던 허리를 쳐들었다. 모모코를 보았다. 모모코도 멀거니 선 채 귀를 기울이고 있었다.

빗소리에 섞여 뭔가 묵직한 저음이 들려왔기 때문이다. 땅을 울리는 잔향(殘響)이 아직도 집 안에 감돌고 있었다.

또 다시 들렸다. 일순, 불꽃놀이인가 하고 생각했다. 생각하자마자 곧바로 그럴 리 없다고 지워버렸다. 첫째로, 비가 퍼붓는 밤인 것이다.

다이너마이트……?

마음속으로 중얼거리다 문득 핏기가 가셨다.

"뭔가 폭발하나 봐……."

모모코가 새파랗게 질려서 말끝을 길게 늘였다.

우르릉.

이번에는 분명하게 들렸다. 틀림없었다. 폭발음이었다.

분명 아버지다. 아버지 말고 누구겠는가. 지로의 심장이 빠른 종을 쳤다.

52

신발을 꿰고 밖으로 뛰어나가자 다른 집에서도 사람들이 나오고 있었다.

"뭐야?" "무슨 소리야?" 저마다 한마디씩 떠들었다.

남쪽 지평선에 붉은 빛이 보였다. 새까만 어둠 속에 그곳만 진한 붉은 빛으로 찢겨있었다.

"불이네, 불!" 누군가가 말했다.

"그쪽에는 민가가 없을 텐데?"

"자마 토건의 자재 창고야. 아마 케이티 사무실 가건물도 거기 있을 걸?"

지로는 눈앞이 피잉 돌았다. 이제 아버지 짓이라는 건 의심의 여지가 없었다. 형무소에 들어가리라는 것도 의심의 여지가 없었다.

도저히 가만있을 수가 없어 지로는 자전거에 올라탔다. 우산도 없이 빗속을 온 힘을 다해 달렸다. 멀리서 땡땡땡 종이 울렸다.

가로등도 없는 길을 달렸다. 자동차가 몇 대나 지로를 앞질러 갔다. 대부분은 구경하러 가는 이들이었다. 낮밤으로 아버지가 두 번씩이나 사람들을 모아들이는구나. 분명 섬이 생긴 이래 최대의 사건일 것이다.

소방차가 사이렌을 울리며 앞서 달려갔다. 섬의 청년단들이 옆 발판에 매달려있었다. 경찰차도 달려왔다. 조수석에 누나가 타고 있었다. "지로!" 차 문을 열고 큰소리로 외친다. "혹시 아버지가?"

"나도 모르지만, 아버지가 그런 거 아냐?"

누나가 머리를 움켜쥐었다. 운전석에서 아라가키 순경의 얼굴이 굳어버렸다.

"엄마는?"

"엄마도 사라졌어!"

뭐라고? 설마! 지로는 울부짖고 싶었다.

"먼저 가 있을게."

경찰차가 날카로운 엔진 소리를 내며 작아져갔다.

엉덩이를 들고 페달을 밟아댔다. 거센 빗발이 용서 없이 온몸을 때렸다. 그나마 이 날씨가 구원이었다. 이만한 빗발이면 불은 금세 진화될 것이다. 적어도 나무나 풀에 옮겨 붙을 일은 없었다.

숨이 차고 목이 말랐다. 입을 벌려 비를 받아마셨다. 시야가 뿌옇게 흐려서 어디를 달리는지도 알 수 없었다.

이미 아무 생각도 나지 않았다.

가까스로 현장에 도착하니 주변이 온통 사람들로 떠들썩했다. 가볍게 백 명은 될 것 같았다. 라이트가 환하게 비치고 있어서 놀랐다. 그렇구나, 보도진도 태풍에 발이 묶여있었지. 폭발음이 났으니 당연히 맨 먼저 달려왔을 것이다.

불길은 거의 잡혀가고 있었다. 트럭이 검은 연기를 올렸다. 고무 타는 냄새가 코를 찔렀다. 조립식 사무실은 날림이었는지 그만한 불에 벽이 날아가고 지붕도 무너져 내렸다.

마이크를 들고 실황중계를 하는 리포터가 있었다. 소화 작업에 렌즈를 들이대는 카메라맨도 있었다. 가장 직위가 높아 보이는 뚱뚱한 경관이 기자들에 둘러싸여 있었다.

"화약 관리는 어떻게 했나요?"

"현재 조사중입니다."

"자마 사장은 지금 어딨습니까?"

"케이티 책임자는 무사한가요?"

"숙소에서 대기중이에요. 하 참, 한꺼번에 묻지 좀 말아요."

"경위를 제대로 설명해줘야지요."

"어쩌다가 용의자들을 놓쳤냐구요!"

"우리도 지금 정신이 없다고!" 경관의 목소리가 거칠어졌다.

"그런 말이 어딨어?"

"피해 상황만이라도 가르쳐줘야지."

"이봐, 우리 쪽 인원은 열 명밖에 안 돼. 태풍 때문에 배가 뜨지 않으니 지원도 없고, 이 인원으로 전부 다 할 수는 없는 거 아뇨!"

"용의자는 겨우 세 사람이야. 열 명이나 있었으면서 무슨 소리요?"

"에잇, 시끄러워! 수사를 방해하지 마!" 마침내 경관이 분통을 터뜨렸다. "인원이 부족하다잖아. 당신들 상대할 틈이 없어!"

"한마디로 용의자들을 죄다 놓쳤잖아? 괜히 우리한테 화풀이

하지 말라고."

"우리야 상관없지만, 우선 출입금지 로프라도 쳐야 하는 거 아냐? 현장의 기본이잖아. 증거 보전이 안 되겠어, 이러다가는."

"도무지 제대로 하는 게 없군, 시골 경찰이라. 완전히 공황에 빠졌어."

"우리야 상관없지만, 술 냄새도 나는 거 같은데?"

"시끄러! 시끄러!" 경관은 기자들을 밀어내고 청년단 쪽으로 갔다. "어이, 현도에 비상선 칠 거니까 도와줘."

"비상선요? 감시하라고요? 이런 한밤중에 그건 좀 어렵죠." 청년단의 리더가 머리를 긁적거리며 귀찮다는 듯 말했다. "게다가 우리는 상관도 없는 일인데."

"우리 섬의 일대 사건이야. 좀 협력해주면 어디 덧나?"

"일대 사건이라니, 흉악범이라면 또 모르지만 상라 어른의 친지인 우에하라 씨인데, 일대 사건은 무슨? 섬사람들에게 위험할 일도 없고 기껏해야 자마 씨 트럭하고 중장비가 불탄 것쯤 뭐 그리 대단하다고……."

"아아, 됐어. 부탁 안 해."

경관이 얼굴을 붉히며 자리를 떴다. 경찰 쪽이 가장 허둥거리고 명령 계통이 하나로 통일되지 않은 것처럼 보였다. 그저 우왕좌왕할 뿐, 누구 한 사람 도움이 되지 않았다.

"지로!" 누나가 지로를 알아보고 뛰어왔다. "다행이다, 부상당한 사람은 없대. 그게 제일 걱정이었는데."

"아버지하고 엄마, 어디로 갔지?"

"글쎄. 아예 쿠바에 망명이라도 해버렸으면 좋겠다. 쿠바라면 이따금 만나러 갈 수도 있을 텐데."

누나의 그 말에는 진심이 담겨 있었다. 지로도 그렇게 생각했다. 아버지가 일본에서 살아가는 건 무리다. 도무지 굽힐 줄을 모르는 것이다.

"어이, 베니가 저기 있다!"

그때 구경꾼들의 반대쪽에서 고함소리가 났다. 모두 일제히 돌아보았다.

"저기 나무 밑에서 자고 있어. 어두워서 몰랐는데, 저거, 베니 맞지?"

"어디야, 어디! 당장 잡아!" 경관이 외쳤다.

아라가키 씨를 선두로 경관들이 뛰었다. 보도진이 그 뒤를 쫓았다. 당장 라이트가 비춰졌다. 지로도 누나도 달렸다. 사람들을 헤치고 앞으로 나갔다. 정말로 자재 창고 옆 잡목림 속에 마치 비라도 긋는 사람처럼 베니 씨가 누워있었다.

"베니 씨!" 지로가 이름을 불렀다. 베니 씨가 얼굴을 들고 슬며시 미소를 지었다.

"잠깐, 잠깐!" 경관이 사람들을 가로막았다. "다들 물러서. 위험물을 소지했는지도 몰라."

다이너마이트를 떠올리며 보도진과 구경꾼들이 얼굴빛이 하얘져서 뒤로 물러섰다. 지로와 누나만은 물러서지 않아서 맨 앞줄이 되었다.

"나는 아무 것도 소지하지 않았습니다." 베니 씨가 말했다. 천천히 일어나 앉더니 티셔츠를 펄렁 뒤집어 보였다.

"당신이 했어?"라는 경관.

"그렇습니다. 나 혼자 했습니다. 시사를 죽인 복수입니다."

"신병 확보! 체포하라!"

경관들이 돌진하여 베니 씨를 일으켜 세웠다. 베니 씨는 완전 무저항이었다. 카메라 플래시가 터졌다.

"우에하라 부부는 어디 있나?"

"나는 당하면 복수를 합니다. 어차피 국외 추방입니다."

"그걸 물어본 게 아냐. 우에하라 부부는 어디 있어?"

"산속으로 들어갔습니다. 토지를 개척하고 거기서 산다고 했습니다. 더 이상 쫓아가지 마십시오. 그 두 사람은 이제 자유인입니다."

"장난치나? 사실을 말해!"

경관이 베니 씨의 멱살을 잡고 흔들었다.

"사실입니다. 정글은 누구의 것도 아닙니다."

"그럴 리가 있어? 거기도 국립공원이라고. 나라 땅이야, 나라 땅!" 경관이 하늘을 우러러보며 한탄했다. "아아, 내일은 산으로 사냥을 나가야 하나? 이거 참, 본서에 뭐라고 설명을 해야 한담."

"베니 씨, 어떻게 탈주했지요?" 기자 한 사람이 물었다.

"그건 말입니다……."

"아니, 말 안 해도 돼! 조사는 우리가 할 테니까."

경관들이 급하게 에워싸고 베니 씨를 경찰차로 연행했다. 머리 하나만큼 삐죽이 튀어나온 베니 씨가 지로를 향해 윙크를 보냈다. 으이그, 저런 태평한…….

비가 가까스로 잦아들고 있었다. 어느새 바람도 가라앉은 모양이었다. "내일은 날씨가 좋아서 사냥 나가기 좋겠네 뭐." 누군가 경관들을 조롱하듯 한마디를 내던졌다. 여기저기서 쓴웃음이 터졌다.

하늘을 올려다보니 한밤중인데도 구름의 윤곽이 보였다. 상공에는 아직도 바람이 센지, 서쪽에서 동쪽으로 급하게 흘러갔다.

누군가 뒤에서 지로의 셔츠를 잡아당겼다. 고개를 돌려 바라보았다. 모모코였다.

"아!" 모모코를 깜빡 잊어버리고 있었다. 지로가 미안하다는 말을 하기도 전에 모모코가 먼저 "쉬잇!" 하고 둘째손가락을 입에 댔다. 심각한 표정으로 자기를 따라오라는 눈짓을 한다.

"뭐야, 왜 그래?"

지로의 물음에도 모모코는 설명을 해주지 않았다.

누나와 얼굴을 마주보며 아무튼 따라갔다. 섬사람들도 하나둘 귀갓길에 오르고 있었다.

자재 창고 한구석에 오지로 아저씨의 트럭이 서있었다.

"너희들 집까지 데려다주려고 기다렸다."

주위의 눈을 의식해서인지 어색하게 태연한 척하며 말했다.

무슨 일인가 하면서도 우선 하라는 대로 했다. 자전거를 짐칸에 싣고 셋이 올라탔다. 트럭이 출발했다.

"모모코, 왜 그러니? 무슨 일 있어?"

누나가 물었다. 모모코가 둘레둘레 주위를 둘러보았다.

"유난 떨지 마. 아무도 안 들어."

기다리다 못해 지로가 재촉을 했다.

"저기……." 모모코가 몸을 내밀고 소리를 낮추어 말했다. "아버지랑 엄마가 있는 데를 알아."

"어디, 어디 있는데?" 누나와 둘이서 아연 활기를 띠었다.

"오빠 나간 뒤에 아버지랑 엄마가 공공주택에 찾아와서 요다 할아버지하고 오지로 아저씨를 불러달라고 했어. 그래서 나는 아저씨하고 여기로 오고, 아버지랑 엄마는 요다 할아버지하고 시라하마 항구에 갔어."

"무슨 소리야? 좀 더 자세히 말해봐." 지로가 쐐쳤다.

"아버지하고 엄마, 지금부터 파이파티로마에 갈 거래."

"파이파티로마?" 누나와 둘이서 합창으로 외쳤다.

"그래. 언젠가 엄마가 말했던 그 섬. 그래서 누나하고 오빠에게도 이별 인사를 할 거라고 불러오랬어."

"그거, 정말이니?" 누나가 콧등을 찌푸리며 물었다.

"정말이야. 베니 씨는 아버지를 도망치게 해주려고 일부러 불을 낸 거래. 설마 다이너마이트까지 터뜨릴 줄은 몰랐나 봐. 그래서 아버지랑 엄마가 좀 놀랬어."

"모모코, 너를 놀리려고 농담한 거 아니냐?"

"나를 왜 놀려?" 모모코가 어이없다는 듯 볼이 부었다.

"파이파티로마라는 건 전설이라고."

"나는 모른다니까……."

"엄마도 간대?"

"응. 처음에는 아버지 혼자만 가려고 했는데 엄마도 따라가겠다고 해서……."

누나가 큼직한 한숨을 쉬었다.

"모모코, 너는 아버지하고 엄마가 멀리 떠나도 괜찮아?"

"파이파티로마에 집을 지으면 곧장 데리러 온대."

"흥, 그래서?" 누나가 내뱉듯이 말했다. "행복한 부부시네." 그렇게 중얼거리고는 짐칸에 벌렁 누워버렸다. "엇, 말도 안 돼! 달이 떴잖아!" 갑자기 엉뚱한 감탄사를 터뜨렸다.

지로는 하늘을 올려다보았다. 아직 가랑비가 흩뿌렸지만 곳곳에 구름이 걷혀서 그 틈새로 둥근 달이 얼굴을 내밀고 있었다. 마치 아래 세상을 어여삐 여긴다는 듯이.

"이런 우스운 얘기는 도쿄 친구들한테 해봤자 아무도 안 믿어줄 거다." 누나가 한숨 섞인 소리로 말했다. 거의 체념한 목소리였다.

지로도 말이 나오지 않았다. 그렇구나, 아버지와 어머니는 떠나려고 하는구나. 하지만 이런 예감도 있었다. 도쿄를 버렸을 때부터 우리 가족은 또 다른 매듭으로 강하게 얽인 것이다. 꼭 함께 있지 않더라도, 날마다 말을 나누지 않더라도 언제 어디서든 이어져 있는.

"파이파티로마······." 누나가 그 이름을 읊조렸다.

오지로 아저씨의 트럭은 사람들이 떠나간 현도를 내달렸다.

항구에 도착해 보니 요다 할아버지가 종이상자에 채운 식량을 배 위의 아버지에게 건네고 있었다.

"오우, 요코, 지로. 모모코한테 이야기 들었지? 일이 그렇게 됐다." 아버지가 달빛 아래, 하얀 이를 내보이며 말했다.

"잠시 이별이지만, 반드시 데리러 올 거야." 어머니도 소녀처럼 얼굴이 환했다.

"진심이야?" 누나가 미간을 좁히며 부둣가에 섰다. "이런 큰일을 터뜨렸으니 내일부터는 지명수배자 신세가 될 거라구."

"무슨 상관이냐? 우리는 일본을 탈출하는 거야. 와하하." 아버지는 전혀 개의치 않는 기색이었다. "그나저나 베니가 아주 요란하게 한 탕 해치웠더군. 요다 씨가 전화로 알려주던데, 설마 다이너마이트를 터뜨릴 줄이야. 그 녀석도 진짜 사나이다."

"참내, 바보 아냐? 베니 씨까지 끌어들이고."

"베니는 베니 나름대로 행동한 거야. 후회는 없을 거다."

누나가 입을 꾹 다물고 고개를 저었다. 그 사이에도 차곡차곡 짐이 실렸다. 오지로 아저씨는 자신의 트럭에서 쌀가마니를 떠메고 왔다. "이거, 이별 선물이야." 그러면서 배 위로 건네주었다.

"다들, 말리지 않으실 거예요?"

누나가 요다 할아버지와 오지로 아저씨를 향해 물었다.

두 사람은 별 이상한 소리도 다 듣겠다는 듯 도리어 어리둥절한 표정이었다.

"이치루 씨는 선조 대대로 우민추(오키나와 방언으로 어부를 가리키는 말-역주)니까 괜찮아"라는 요다 할아버지.

"그럼, 야이마 바다가 있는 곳이면 어디서든지 살 수 있고말고"라는 오지로 아저씨.

누나는 저항할 마음이 사라졌는지, 그 자리에 쪼그리고 앉았다.

"요코, 그런 얼굴 하지 마라. 아버지와 엄마는 인간으로서 잘못된 일은 하나도 하지 않았어." 어머니가 배에서 부두로 내려와 누나 앞에 앉아 말했다. "남의 것을 훔치지 않는다, 속이지 않는다, 질투하지 않는다, 위세부리지 않는다, 악에 가담하지 않는다. 그런 것들을 나름대로 지키며 살아왔어. 딘 한 가지 상식에서 벗어난 것이 있다면 그저 이 세상과 맞지 않았던 것뿐이잖니?"

"그게 가장 큰 문제 아냐?"

"아니. 우리가 사는 세상은 아주 작고 작아. 이 사회는 새로운 역사도 만들지 않고 사람을 구원해주지도 않아. 정의도 아니고 기준도 아니야. 사회란 건 싸우지 않는 사람들을 위안해줄 뿐이야."

"여기서 그런 얘기 해봤자, 글쎄……."

"얘, 일어서봐." 어머니가 누나를 일으켜 끌어안았다. 귓전에 무언가 속삭였다.

"응. 나도 이 세상에 태어나서 좋았어." 누나의 대답만 들렸다.

"모모코." 다음으로 누이가 불려가고, 꼭 안겼다.

"금세 데리러 올게, 모모코. 약속해."

"응, 기다릴 거야."

모모코는 순수했다. 아버지와 어머니를 굳게 믿고 있었다.

"지로." 마지막으로 지로를 끌어안았다. 어머니는 팔을 등 뒤에 돌리자마자 "어라, 키가 또 컸네?"라며 눈이 휘둥그레졌다.

"응. 이곳에 온 뒤로 5센티쯤 컸나 봐. 나도 놀랐다니까."

누나가 그렇게 말하며 곁에 와서 나란히 섰다. 키 165센티미터인 누나의 눈의 위치가 약간 위에 있었다.

"다음에 만날 때는 엄마나 누나보다 더 크겠다."

"아버지보다 커버리기 전에 돌아오는 게 좋을 걸?"

누나가 우스개 삼아 말했다.

"어디, 어디?" 아버지가 배에서 내려왔다. 지로 앞에 섰다. "뭘, 아직 꼬맹이네." 뻔뻔스러운 웃음을 날리며 지로의 머리를 난폭하게 쓰다듬었다.

"지로, 전에도 말했지만 아버지를 따라하지 마라. 아버지는 약간 극단적이거든. 하지만 비겁한 어른은 되지 마. 제 이익으로만 살아가는 그런 사람은 되지 말라고."

"응. 알았어……."

"이건 아니다 싶을 때는 철저히 싸워. 저도 좋으니까 싸워. 남하고 달라도 괜찮아. 고독을 두려워하지 마라. 이해해주는 사람은 반드시 있어."

"그거, 엄마 얘기?"

"그렇지. 실은 떼놓고 가려고 했는데 한사코 따라간다고 고집을 부리잖아."

"그래서 너희는 한결 마음이 놓이지?" 어머니가 자식들을 향해 말했다. "엄마가 함께 따라가니까 너무 걱정들 하지 마라. 막판에는 엄마가 정확히 브레이크 역할을 할 테니까."

그럴까? 그러면 왜 지금은 브레이크를 밟아주지 않는 거지? 지로는 그렇게 생각했지만, 입 밖에 내지 않고 그냥 두었다.

"파이파티로마라는 섬, 진짜 있는 거지?" 모모코가 물었다.

"있지." 아버지가 망설임 없이 대답했다.

그 순간 하테루마 앞쪽 태평양 위에 섬 하나가 덜렁 솟아난 게 아닐까, 하는 생각이 들 만큼 강력한 확신이었다.

어느새 구름은 사라지고 비도 넣었나. 바람이 잦아들고 물결도 잔잔해졌다. 달빛 아래 너른 바다가 찰랑찰랑 흔들렸다. 바다는 캄캄했지만 생물처럼 번들거렸다. 군데군데 안개가 서려있었다. 그 아름다움에 문득 현실이 아닌 듯한 착각이 몰려왔다. 이건 길고 긴 꿈이 아닐까. 눈을 뜨면 우리 모두 도쿄의 나카노 집에 있는 게 아닐까. 그런 생각까지 머리를 스쳤다.

나는 지금 꿈과 현실 중 어느 쪽에 있는 걸까. 도쿄의 현실과 남쪽 섬의 꿈. 뜨뜻한 밤기운에 감싸여 지로는 의식의 반절이 공상으로 내달렸다. 이 이별이 전혀 슬프지 않은 것은 무슨 까닭인

가. 아홉 살의 모모코조차 마법에 걸린 소녀처럼 부모님과의 이별을 순순히 받아들이고 있다. 어째서 우리는 말없이 아버지, 어머니를 떠나보내는가.

"그럼, 간다. 다들 건강하게 지내." 어머니가 배에 탔다. 아버지가 경례 자세를 취하더니 조타실로 들어갔다. 시동이 걸렸다. 라이트가 바다를 향해 깜빡였다.

요다 할아버지가 부두에 묶여있던 로프를 벗겨 배 안으로 던졌다. "댕겨오더라고!" 그런 말도 함께 던졌다. 잘 다녀오라는 뜻이리라.

배가 부둣가를 떠난다.

"잘 다녀오세요!" 모모코가 큰소리로 외쳤다.

"몸조심해!" 누나가 손을 흔들었다.

지로도 뭔가 말하려고 했다. 하지만 이별의 말이 생각나지 않았다. 머뭇머뭇하는 사이에 삼십여 미터나 멀어져버렸다.

"그거 내 배야!"

뜻밖에 튀어나온 말이었다.

"꼭 돌려줘야 해!"

들었는지 말았는지, 그 순간 아버지가 잠깐 돌아보았다. 어머니는 더욱 크게 팔을 흔들었다.

배는 앞바다를 나아갔다. 물안개 속에 이따금 숨어가며 그림자가 점점 작아져갔다. 수평선 너머로 그 그림자가 사라질 때까지 내내 지켜보고 있었다.

그 사이에 두어 번 무릎 관절이 삐걱거렸다. 다시 키가 크는 모양이었다.

53

뜨끈뜨끈한 밥에 후리카케를 뿌려 지로는 세 그릇을 뚝딱 해치웠다. 후리카케는 집에서 직접 만든 것이었다. 생선뼈를 튀겨서 가루를 내고 가다랭이포를 섞었다.

"지각해도 난 몰라." 누나가 식기를 정리하며 거만하게 말했다. "뒤에서 가니까 괜찮아." 밥을 입에 잔뜩 퍼넣은 채 대꾸했다. 모모코는 토끼와 멤생이 사육 당번이라 아까 참에 학교에 갔다.

두부가 들어간 된장국으로 억지로 밥을 삼켰다. 누나의 요리 솜씨는 썩 훌륭했다. 있는 재료만으로 그럴싸하게 두 가지는 만들어냈다. 게다가 갈무리하는 데 선수였다. 무 잎사귀 하나도 버리지 않고 장아찌를 담았다.

"지로. 저녁 밥, 쌀만 씻어둬."

"응, 알았어."

지로도 집안일에 본격적으로 힘을 보탰다. 형제 셋이서 보내는 섬 생활이었다. 누나는 지난주부터 오바라 항 근처의 선물가게 겸 레스토랑에서 일을 하기 시작했다. 관광 시즌이라 낮 시간에는 엄청 바쁜 모양이었다.

다 먹은 그릇을 씻어놓고 책가방을 짊어졌다. 누나와 함께 공공주택을 나섰다. 누나는 스쿠터로 출퇴근을 했다.

"누나, 중간까지만 태워줘."

"안 돼. 학교 교칙은 지켜야지."

요즘 들어 누나는 완전히 보호자처럼 굴었다.

뛰는 걸음으로 등굣길을 서둘렀다. 히라라 스토어 앞에서는 아주머니가 비질을 하고 있었다.

"안녕하세요?"

"어라, 지로, 안녕? 싹이 날락 말락 하는 감자가 잔뜩 있으니까 학교 끝나고 가져가거라."

"네, 알았어요. 고맙습니다."

섬사람들은 변함없이 다정했다. 날마다 누군가가 무언가를 나눠주었다. 돈이 없어도 불안하지 않다는 건 얼마나 멋진 일인가. 정치와 경제 따위 필요도 없네, 라고 아버지 같은 소리를 하고 싶어진다.

지로는 책가방에서 봉투를 꺼냈다. 어젯밤에 삿사에게 편지를 썼다. 편지를 주고받기로 했던 약속은 잊지 않았지만, 하루하루가 너무 바쁘게 돌아가는 바람에 내내 쓰지 못했었다. 공공주택으로 옮긴 뒤에야 조용히 생각을 가다듬을 시간이 났다. 누나와 모모코가 자꾸 들여다보려고 해서 손으로 가려가며 썼다.

편지를 써내려가면 약간 로맨틱한 기분이 들 줄 알았더니 꼭 그렇지도 않았다. 솔직히 말하자면, 지금은 나나에 쪽이 더 마음에 들었다. 어쩌면 삿사도 마찬가지일 것이다. 열두 살이란 마음이 옮겨 다니기 쉬운 나이인 것이다.

"아주머니, 우표 좀 주세요."

지로가 말했다. 히라라 스토어는 무엇이든 다 판다.

"아, 그래, 얼마짜리?"

"도쿄까지 얼마예요?"

"그런 건 전국이 다 똑같은 거야." 깔깔깔 웃음을 샀다.

80엔짜리 우표를 붙이고 스토어 앞의 우편함에 넣었다. 이런 편지였다.

사사키 가오리에게

건강하게 지내니? 나는 잘 지낸다.

텔레비전 뉴스에 나왔으니까 너도 알고 있겠지만, 그게 우리 가족이다. 삭목을 휘두른 사람이 아버지고, 집의 기둥을 붙들고 있었던 게 어머니, 순경 아저씨의 등판을 후려친 건 누나야. 모모코는 알고 있겠지? 키가 큰 외국인은 베니라는 사람. 베니 씨는 우리의 친구야. 전 세계를 방랑하고 다닌다는 캐나다 사람.

우라비치 숲에 있었던 우리 집은 없어져버렸어. 섭섭하기는 하지만 어쩔 수 없다고 생각해. 전기도 없고 수도도 없는 생활은 캠프 같아서 재미있었지만, 역시 화장실은 수세식이 좋고 텔레비전도 있는 편이 좋은 것 같아. 지금은 집세 2만 엔의 공공주택에서 누나와 모모코와 나, 셋이서 살고 있어. 그럭저럭 괜찮은 집이야. 아버지와 어머니는 안 계셔. 그 이야기는 다음 편지에 쓰기로 할게. 간단히 설명할 수 있는 이야기가 아니기 때문이야. 아무튼 살아 계시니까 안심해라. 뉴스에서는 정글에 들어갔다고 나왔지만, 그건 거짓말이야.

이 섬에 온 뒤로 나는 여러 가지 일들을 경험했어. 밭을 갈기도 하고 바다에 나가 고기도 잡고 염소 우리를 짓기도 했어. 배를 조종하는 것도 조금은 할 수 있어. 경운기도 운전할 줄 알아. 약간 어른이 된 기분이다. 하지만 가장 큰 경험은 섬사람들과 친해진 거라고 생각해. 섬사람들은 모두 착한 사람들이라 어려운 일이 있으면 뭐든지 도와줘. 아니, 별로 어려운 일이 없을 때도 자꾸 돌봐주려고 해. 공짜로 먹을 것을 나눠주는 건 도쿄에서는 생각도 못할 일이지만 여기서는 보통이야. 아마도 자기만 이익을 보려고 하는 사람이 없기 때문에 다들 친절한 것 같아. 도쿄에서 살 때, 아버지는 항상 "국가 같은 거 필요 없다"고 했었는데(우리 아버지는 아나키스트야. 무슨 뜻인지는 무카이에게 물어봐), 그 말뜻을 어렴풋이 이해하게 되었어. 욕심을 부리지 않으면 법률도 무기도 필요 없다고 생각해. 이것은 유치한 이상론인지도 모르지만, 여기 섬사람들을 보고 있으면 그런 감이 들어. 만일 지구상에 이런 섬만 있다면 전쟁은 한 번도 일어나지 않았을 거야.

학교는 재미있어. 담임은 야마시타 선생님이라는 젊은 여선생님인데 미나미 선생님과 비슷할 만큼 다정하게 대해주셔. 웃으면 눈이 강아지처럼 동그래져. 6학년 한 반, 학생은 두 명뿐이야. 나와 시라이 나나에라는 여학생. 이 여학생은 도쿄의 아자부에서 이곳에 전학 온 부잣집 아이인데 어른스럽고 공부를 잘해서 건방진 편이야. 거울보기를 좋아하고 옷도 꽤 많아. 별로 마음에 들지는 않지만, 단 한 명뿐인 한 반 친구니까 되도록 싸우지 않으려고 애쓰고 있어. 전교생이 일곱 명이고 나머지 다섯 명은 모두 나보다 아래 학년. 구로키처럼 불량한 학생은 없어. 무카이 같은 애늙은이 학생도 없어. 학교에서는 토끼와 염소를 기르고 있어. 학교 운동장에는 잔디가 깔렸어. 그래서 점심 먹고 쉬는 시간에는 맨발로 뛰어다니며 놀아.

자, 그럼 건강하게 잘 지내라. 미나미 선생님과 우리 반 친구들에게 인사 전해줘. 서투른 편지라서 미안하다. 이거 쓰는 데도 한 시간 넘게 걸렸어.

시간이 나면 답장해줘.

우에하라 지로

작문에는 아무래도 자신이 없었다. 하지만 편지를 하겠다는 약속은 지켰다. 그게 중요한 거다.

현도를 달려가다 건축 자재를 잔뜩 실은 트럭과 마주쳤다. 흙먼지를 올리며 숲 쪽으로 달려갔다. 슬슬 호텔 건설이 시작되는 모양이었다. 우라비치 숲의 집은 이미 다 철거했고, 아예 숲 전체를 울타리로 둘러쳐 버렸다. 반대모임 쪽 사람들이 아직도 간판을 세워두고 있지만 공사가 중단되는 일은 없을 것이다. 아버지가 섬을 떠나간 것 같다는 소리를 듣고 자마 사장도 완전히 기세를 되찾았다. 며칠 전에는 술집에서 오지로 아저씨와 대판 싸움을 했다고 한다.

수업 시작 5분 전에 교문으로 달려 들어가 열린 창문 너머로 교무실 선생님들께 인사를 했다.

"오늘 아침도 든든히 먹고 왔니? 4교시 때부터 배가 꼬르륵거리면 곤란해." 교장 선생님이 놀려댔다.

교실에서 나나에와 얼굴을 마주하자마자 두서없는 대화를 나누었다. "어젯밤에 드라마 봤어?" 그런 종류의 이야기였다. 우에하라 가에도 사흘 전부터 헌 텔레비전이 들어왔다. 물론 어디선가 얻어온 물건이었다.

수업 시작을 알리는 차임벨이 교사와 체육관에 메아리쳤다. 홈룸 시간에 선생님의 이야기를 들었다. 그래봤자 세상 돌아가는 이야기였다. 야마시타 선생님은 한 번도 지로의 집안일에 대해 캐묻지 않았다. 그것이 지로는 기분 좋았다. 그 사건에 대해서는 전혀 문제 삼지 않는다는 말을 들은 것 같아 마음이 편안했다. 우에하라 가는 이 섬에 완전히 받아들여진 것이다.

1교시는 수학이었다. 야마시타 선생님이 칠판에 방정식 문제를 써놓았다. "잠깐 과학 실험 준비를 해야 하니까, 잘 풀어놔라." 그렇게 말하고 교실을 나갔다. 파이카지 초등학교는 슬로라이프 학교다.

'메헤헤헤!' 교정 한구석의 움막에서 멤생이가 울었다. 문득 눈길이 향했다. 하얀 염소 뒤에는 푸르른 나무들이 울창하고 그 바깥으로는 눈이 아플 만큼 새파란 하늘이 펼쳐졌다. 문제를 푸는 것도 잊고 지로는 그 풍경에 흠뻑 빠져들었다.

저 하늘 아래 어딘가에 아버지와 어머니가 계신다…….

아버지와 어머니의 탈주 사건과 베니 씨의 폭파 사건은 유야무야 되어가고 있었다. 부상자가 나온 것도 아니고, 이제 끝났으니 됐다는 분위기가 야에야마 전체에 떠돌고 있는 것이다. 케이티개발과 자마 토건회사는 더 이상 반대파를 자극해봐야 불리하다고 생각했는지, 그 이후로 내내 침묵을 지키고 있었다. 경찰도 용의자를 놓쳐버린 불상사를 자꾸 들먹이고 싶지 않은지, 그저 조용히 막이 내리기를 기다리는 기색이었다. 체포된 베니 씨는 오키나와 현경 본부에 유치되었지만, 섬사람들이 감형 탄원서를 보낸 덕분에 짧은 형기로 끝날 것 같다고 한다. 집행유에도 가능하다고, 청취 조사를 나왔던 변호사가 말했었다.

아버지와 어머니는 공식적으로는 '이리오모테 섬 정글에서 행방불명'이라고 알려져 있었다. 그 사건이 있었던 다음 날 아침에 경찰은 산속 수색을 감행했지만 그건 다분히 매스컴을 의식한 퍼포먼스여서 단 하루 만에 중단해버렸다. 지금까지도 수많은 행방불명자들을 냈던 아열대림이라 수색은 불가능하다고 판단한 것이다.

섬사람들은 어디에서랄 것도 없이 정보를 주고받아서 아버지와 어머니가 이리오모테 섬을 떠났다는 사실을 잘 알고 있었다. 아라가키 순경조차도 이따금 모래사장에서 바다를 바라보며 "지로네 아버지와 어머니, 건강하게 잘 지내셨으면 좋겠다"라고 중얼거렸다.

들리는 소문에 의하면 아버지와 어머니는 하테루마 섬에 있다는 모양이었다. 상라 할아버지가 하테루마의 장로에게 인사를 넣어서 빈 땅을 내주었다고 섬의 아저씨 아주머니들이 이야기했었다. 면사무소며 경찰이 확인에 나서지 않는 것은 공연히 잠든 아기를 깨우고 싶지 않은 마음 때문일 것이다. 그냥 내버려두면 아버지는 아무 해도 끼치지 않는다. 보고도 못 본 척 해두는 게 상책이라고, 책임지기 싫어하는 사람들이 내심 판단을 내렸을 것이다. 이곳은 도쿄 같은 곳이 아니다. 한 가족이 자유롭게 살아간다 해도 아무런 문제도 일어나지 않는 '야이마 땅'인 것이다.

"파이파티로마가 아니고?" 모모코는 아무래도 불만스러운 기색이었다. "다행이네, 그나마 정신은 말짱했던 모양이지?" 누나는 안도하고 있었다. 지도를 찾아보니 하테루마는 일본의 가장 남쪽에 자리 잡은 섬이었다. 지도상에서는 사마귀만 한 점이었다. 분명 이리오모테보다 더, 주민 모두가 서로를 훤히 알고 살아가는 곳이리라.

"파이파티로마는 너무 좋은 곳이라 나중에 가려고 아껴둔 거야." 지로는 그런 말로 모모코를 달랬다. 최후의 낙원은 최후의 즐거움으로 아주아주 나중까지 아껴두는 게 좋다.

그 이야기를 들은 날 저녁 무렵, 셋이서 모래사장으로 바다를 보러 나갔다. "어휴, 진짜 못 말려." 누나가 그렇게 중얼거리며 작은 나뭇조각을 부메랑처럼 남쪽 하늘을 향해 던졌다. 파도 소리가 아버지의 방자한 웃음소리로 들렸다.

아버지는 다시 밭을 갈고 있을까. 바다에서 고기를 잡을까. 건장한 몸집을 가진 사람에게는 그런 생활이 더 어울린다. 인류는 돈을 지닌 시대보다 지니지 못했던 시대가 훨씬 더 길었다. 그러한 인류 끄트머리의 기억이 아버지에게만 진하게 남은 것이다.

아버지 좋을 대로 해도 괜찮아. 지로는 바다를 향해 중얼거렸다. 함께 사는 것만이 가족이 아니니까.

우리는 셋이서 매일매일 건강하게 잘 지내고 있어. 모모코는 화초 가꾸기에 눈을 떠서 작은 뜰에 화단을 만들었어. 집 주위를 온통 꽃으로 장식하고 싶다고, 제법 여자애다운 소리를 하고.

누나는 섬에 와서 더 예뻐졌어. 화장도 안 하는데 피부가 반짝반짝 윤기가 돌아. 아라가키 순경은 여전히 누나를 좋아해서 날마다 점심을 먹으러 누나가 다니는 레스토랑에 들락거리지만 누나는 상대도 해주지 않는 것 같고. 과연 이 사랑이 어떻게 될지, 섬 주민 모두가 지켜보고 있어.

나도 한층 늠름해졌지. 내 생각에도 가슴이며 팔뚝에 근육이 붙는 게 느껴져. 얼마 전에 양호실에서 키를 쟀는데 162센티미터. 진짜 성장기인가 봐. 그 대신 늘 배가 고파서 죽을 지경이야. 아무리 먹어도 세 시간 뒤에는 배가 꼬르륵거리는 통에.

그날 방과 후에는 나나에와 둘이서 '저녁 독서회' 당번을 섰다. 교장 선생님의 추천으로 〈아카하치 이야기〉를 낭독하기로 했다. 이 책은 아버지와 어머니가 섬을 떠난 다음 날, 교장 선생님이 건네주셨다.

"읽어보면 좋을 거야. 어쩌면 아카하치는 지로의 선조인지도 모르잖니?"

물론 선생님은 그런 이야기를 사실로 받아들이지는 않을 것이다. 지로 역시 내내 사기 치는 소리라고만 생각했다. 하지만 이 책을 읽어보고는 아카하치가 너무나 아버지와 흡사해서 그 우연성에 놀랐다. 아버지가 아카하치의 자손이 아니라 해도, 하느님은 이따금 이런 인물을 정기적으로 지상에 내보내시는 게 아닐까? 그런 운명 같은 것을 느꼈다.

다 읽은 뒤에는 흥분해서 이 사람 저 사람에게 아카하치와 우리 아버지가 너무 똑같다고 떠들고 다녔다. 이제는 약간 냉정을 회복했지만, 그래도 뭉클했던 느낌은 남아있었다. 조금은 아버지를 이해할 수 있게 해준 아카하치의 이야기였다.

지로는 방송실에서 마이크를 마주하고 낭독을 시작했다. 스피커에서 흘러나오는 목소리가 여름 바람을 타고 부근의 민가에 퍼져나갔다.

    지금으로부터 약 530년 전의 일입니다. 야에야마 군도의 남쪽 외딴 곳에 파이파티로마라는 작은 섬이 있었습니다. 그해에 유례없이 큰 태풍이 이 섬을 한바탕 휩쓸고 지나간 뒤, 한 척의 커다란 이국선이 좌초하여 바닷가에 밀려왔습니다. 이 배에는 커다란 몸에 붉은 머리털의 선장과 뱃사람들이 타고 있었습니다. 선장은 배를 수리하는 데 목재가 필요했기 때문에 그것을 찾기 위해 선원들을 데리고 섬에 상륙하였습니다.

선장과 그 일행은 산속으로 들어갔습니다. 그곳에는 작은 광장이 있었고 돌탑을 둘러싼 한 가운데에서 흰 옷을 입은 한 아가씨가 정성을 다하여 기원을 올리고 있었습니다. 그곳은 섬의 신을 모신 우타키였고 기원을 올리던 아가씨는 신을 모시는 여사제였습니다.

그해는 초봄부터 가뭄이 계속되어 모든 농작물이 타들어가는 바람에 섬사람들은 먹고살 걱정을 하고 있었습니다. 이런 때 섬의 사제는 우타키에 들어가 하루 빨리 풍성한 수확을 얻을 수 있게 해달라고 신께 기원을 올리는 것이 임무입니다. 우타기 숲은 제사가 있는 날을 빼고는 여사제 이외에는 아무도 들어갈 수 없었습니다. 특히 남자의 출입은 엄격히 금지되었습니다.

그런 곳에 갑자기 한 번도 본 적이 없는 괴이한 모습의 남자가 불쑥 나타났으니, 이를 어쩌나, 젊은 여사제는 그 자리에서 정신을 잃고 말았습니다.

깜짝 놀란 선장은 여사제를 안아 이엉 집에 옮기고, 다른 선원에게 명령하였습니다.

"어서 빨리 배에 돌아가서 약을 가져오너라!"

여기에서 마이크를 나나에게 바통 터치했다. 나나에가 그 다음을 읽어 내려갔다.

정신을 잃은 여사제는 꿈을 꾸었습니다. 하늘에서 한줄기 빛이 비치고 그 빛을 타고 내려오신 신께서 이렇게 말씀하시는 것이었습니다.

"이제 너의 몸에는 신의 아들이 깃들 것이니라. 그 아이는 야에야마 땅의 구세주가 되리니, 부디 안심하고 아이를 낳도록 하라."

정신이 들었을 때, 그녀는 혼자였고 주위에는 아무도 없었습니다. 여사제는 이 일을 어느 누구에게도 말하지 않았습니다. 그로부터 열 달 열흘이 지났을 즈음, 여사제는 사내아이를 낳았습니다. 눈이 파랗고 머리털이 붉은 아기였기 때문에 섬은 온통 난리가 났습니다. "이 아기는 인간의 자식이 아니다. 요괴의 자식이다." 소란을 피우는 섬사람들에게 여사제는 조용히 말했습니다.

"아니오, 이 아이는 신의 아들입니다. 크게 자라면 이 섬의 구세주가 되리라는 계시를 받았습니다."

너무도 당당하고 진술한 여사제의 태도에 섬사람들은 더 이상 아무 말도 하지 않았습니다.

붉은 머리털의 아기는 섬사람들로부터 '아카마지이(赤髮)'라고 불리며 귀여움을 받고 자랐습니다. 열 살이 지났을 무렵부터 자꾸자꾸 키가 크더니 열다섯 살 때에는 2미터 가까운 큼직한 사내대장부로 성장하였습니다.

그저 몸집만 큰 것은 아니었습니다. 영력(靈力)이 강한 모친의 피를 이어받아 "오늘은 동쪽 바다가 풍어다" "올해는 보리와 조가 풍작이다"라는 예언을 하였고, 그때마다 정확히 들어맞는 능력을 발휘했습니다. '아카마지이'라는 이름은 어느새 기(氣) 높은 지도자라는 뜻의 '아카아지'로 바뀌었고, 섬사람들의 존경을 받게 되었습니다.

병약하던 여사제가 세상을 뜬 뒤에도 아카아지는 뛰어난 솜씨로 서양식 배와 농기구들을 만들어내 지도자로서 섬사람들에게 점점 더 큰 신뢰를 얻었습니다. 아카아지가 만들어낸 도구들은 물물교환의 재료가 되어 섬에서 수확할 수 없는 쌀이며 야채를 섬사람들에게 가져다주었기 때문입니다.

"아카아지는 우야키비토(풍요롭게 하는 이), 우야기 이키이지야."

섬사람들의 크나큰 존경의 마음이 담긴 그 이름은 이윽고 '오야케 아카하치'로 바뀌어 야에야마 이외의 섬들에도 널리 알려지게 되었습니다.

아카하치가 이국의 선장과 여사제 사이에 태어난 아이라는 것은 초등학생이라도 알 수 있었다. 혹시 아버지의 머리카락이 붉은 것도 그 유전자 때문일까? 그런 엉뚱한 생각이 들기도 했다. 하긴 지로는 머리가 검은색이라서 영 앞뒤가 안 맞는 얘기였지만.

아카하치는 이윽고 파이파티로마를 떠나게 된다. 그 무렵 야에야마 군도의 하나인 이시가키 섬에서는 몇 명의 두령이 난립하여 영역 다툼을 벌이고 있었다. 그중에서도 힘 있는 지도자를 가지지 못했던 오하마무라(大浜村)에서는 자신들의 생명과 터전을 지키기 위해 이름이 널리 알려진 파이파티로마의 아카하치를 두령으로 모시게 되었다.

오하마무라라고 하면 바로 상라 할아버지의 마을이었다. 그래서 상라 할아버지와 그 마을 사람들이 아카하치를 존경하는 거구나, 하고 지로는 그제야 이해가 되었다. 그곳에 세워졌던 아카하치의 동상도 생각났다. 그야말로 야인(野人)다운 풍모였다.

마이크가 나나에게서 지로에게 건너왔다. 그 다음을 읽었다.

오하마무라의 두령이 된 아카하치는 마을의 젊은이들에게 괭이와 낫을 만드는 방법을 가르쳐 농사의 효율을 높였습니다. 마을 주위에는 돌담을 쌓아 외부의 공격에 대비하였습니다. 이제 마을 사람들은 마음 놓고 농사일에 전념하였고 오하마무라는 차츰 풍족한 마을로 발전했습니다.

그러나 아카하치의 명성을 달갑게 생각하지 않는 두령이 있었습니다. 그건 바로 미야코 섬(宮古島)의 나카소네 토요미야(仲宗根豊見親)와 나타후즈(長田大主) 부자였습니다. 이 부자는 원래 파이파티로마에서 미야코로 이주한 두령으로, 야에야마 전체를 지배하겠다는 야심을 품고 있었습니다. 한때 나타후즈와 아카하치는 친구 사이이기도 했습니다.

"이대로 가다가는 우리가 야에야마를 지배할 수 없다. 아카하치를 죽여라."

아버지의 명령을 받은 나타후즈는 계획을 세웠습니다. 여동생인 구이쓰바를 아카하치의 아내로 보내어, 방심한 틈을 타 잠자리에서 목을 벤다는 것이었습니다. 아카하치는 구이쓰바를 오래 전부터 잘 알고 있었기 때문에 이 결혼은 곧바로 성사되었습니다. 사실 아카하치와 구이쓰바는 어린 시절부터 서로를 좋아했던 것입니다.

부부가 된 두 사람은 무슨 일을 하건 함께였습니다. 꽃을 딸 때도, 불을 피울 때도, 단 한시도 떨어지지 않았습니다. 오하마무라 마을사람들도 두 사람을 이상적인 부부라고 우러러보았습니다.

그래서 아카하치를 암살하라는 오라버니의 명령을 받았을 때, 구이쓰바는 크게 놀라며 즉각 거절하였습니다.

"아버지의 명령이다. 감히 거역하겠다는 것이냐!"

"설령 부모형제의 인연을 끊으신다 하여도 그 명령에는 따를 수 없습니다. 아카하치와 저는 부부입니다."

그 결과, 구이쓰바는 정말 부모형제와 인연이 끊기고 말았고 온 일족이 그녀를 적으로 여기게 되었습니다. 고향인 미야코에 돌아갈 수 없게 된 것입니다.

이 사실을 알게 된 아카하치는 더욱 더 구이쓰바에게 애정을 쏟고 소중하게 아꼈습니다.

"사랑스러운 나의 아내여. 무슨 일이 있어도 당신을 놓지 않으리다."

두 사람은 더 한층 강한 인연으로 맺어졌습니다.

우리 엄마가 바로 구이쓰바구나……. 이 대목에서 지로는 특히 깊은 감동을 받았다. 부모가 서로 사랑하면 아이들도 행복한 법이지. 그런 낯간지러운 생각도 했다.

이야기는 여기서 점점 더 재미있어진다. 나타후즈가 아카하치 암살에 실패했을 무렵, 오키나와의 슈리(首里) 왕조는 미야코와 야에야마 지역을 자신들의 영토로 만들려 하고 있었다. 그 첫걸음으로 각 섬의 두령들에게 조공을 요구하였다. 슈리 왕조의 강력한 힘을 두려워하여 모든 두령들이 그 요구에 따르는 가운데 아카하치만은 그것을 거부하였다.

하하, 이건 정말 아버지하고 똑같다. "세금 따위는 못 내!" 지로는 그 말이 생각나서 저절로 웃음이 터졌다.

아카하치가 슈리 왕조의 요구에 응하지 않았다는 사실을 알고 나타후즈와 그 아버지는 지금이야말로 아카하치를 쓰러뜨릴 기회라고 생각했습니다. 그들은 오키나와로 건너가 슈리 왕조에 아카하치의 토벌을 호소하였습니다.

"아카하치는 흉포한지라 야에야마 백성들은 모두 그를 두려워합니다. 부디 왕조의 힘으로 아카하치를 처단해주십시오."

야에야마 정복의 기회를 엿보고 있던 슈리 왕조에게 이것은 마침 좋은 제안이었습니다. 극악무도한 두령을 처단한다는 대의명분이 생겨 당당히 전쟁을 할 수 있었던 것입니다.

슈리 왕조는 당장 군함 46척에 병사 3천명이라는 대군을 이끌고 이시가키 섬으로 향하였습니다. 가는 도중에 구메 섬(久米島)과 미야코 섬에서도 병사를 더하여 야에야마 지역이 열린 이래 최대의 전투가 벌어졌습니다.

왕조군은 나타후즈의 선도를 받아 오하마무라의 바닷가에 도착하였습니다. 해안의 조그만 언덕에서는 구이쓰바가 이끄는 여사제들이 나와서 왕조군에게 있는 힘껏 소리를 높여 주문을 퍼부었습니다.

"하늘이여, 분노의 뇌명(雷鳴)을 울리소서! 하늘이여, 저주의 불길을 피우소서!"

"악귀야, 물러가라! 악귀야, 물러가라!"

그리고 오하마무라 일대의 바닷가에는 아카하치의 젊은 군사뿐만 아니라 여인네와 어린애와 노인에 이르기까지 모든 마을 사람들이 죽창을 높이 들고 기다렸습니다. 섬이 지배를 당하느냐 마느냐 하는 전투였기 때문에 마을 사람들은 한 사람도 빠짐없이 죽을 각오로 이 땅을 지키기로 했던 것입니다.

쉽게 상륙할 수 없겠다고 판단한 왕조군은 기원을 하기 위해 데려온 제사장의 지시에 따라 밤이 되기를 기다렸습니다. 그리고 마을 사람들을 속일 꾀를 내었습니다. 아무도 타지 않은 작은 배에 관솔불을 밝혀 바닷가에 떠내려 보내고 마을 사람들이 거기에 정신이 팔린 사이에 다른 쪽 해안으로 상륙한다는 계략이었습니다.

이 계략이 성공하여 왕조군은 단숨에 마을에 상륙하였고, 혼란에 빠진 아카하치 군의 병사들을 차례차례 살해하였습니다.

왕조군은 병사의 수가 많았던 데다 본토에서 사들인 갑옷과 검을 가지고 있었습니다. 그에 비해 아카하치의 군대는 대부분 농사일을 하던 차림새 그대로였고 무기라고는 산돼지 사냥에 쓰이는 창뿐이었습니다. 애초에 전력에 너무도 큰 차이가 있었던 터라 이 싸움은 하룻밤 만에 끝이 났고, 승리를 거둔 왕조군은 집에 불을 지르고 여자와 어린아이까지 죽이는 만행을 저질렀습니다.

"어서 나와라, 아카하치! 나오지 않으면 마을사람들을 모두 죽일 것이다!"

얼마 안 되는 군세로 성을 지키고 있던 아카하치는 왕조군의 너무도 잔혹한 짓을 차마 보다 못하여 마을 사람들을 구하기 위해 검을 버리고 구이쓰바와 함께 성을 나섰습니다. 스스로 나아가 붙잡힌 것입니다.

왕조군의 본진에 끌려간 아카하치와 구이쓰바는 적군의 총대장에게 참수형을 선고받았습니다.

"이 반역자들. 나란히 목을 쳐주리라!"

불끈 얼굴을 쳐든 아카하치가 대답하였습니다.

"반역이란 신하가 주군을 배반하는 것이다. 우리는 한 번도 슈리의 신하가 되었던 적이 없느니라. 너희 왕이야말로 예전의 왕을 죽이고 그 자리를 빼앗은 반역자다. 그런 너희가 우리를 반역자라 하다니, 가소롭기 짝이 없도다. 힘으로 남을 굴복시킨 자는 반드시 누군가의 힘에 멸망하는 법. 너희 슈리 국도 머지않아 멸망의 날을 맞이하리라."

그 말을 들은 나타후즈가 급히 곁에서 끼어들었습니다.

"아카하치여, 황공하옵게도 슈리 국의 왕께 그런 무엄한 말을 하다니. 아버지를 배반한 구이쓰바와 함께 죽는 것이 마땅하리라."

아카하치는 웃으며 대답하였습니다.

"어리석은 자여. 너의 자손은 머지않아 악귀처럼 무거운 세금을 징수하는 저들로 인하여 지옥의 고통을 맛보리라. 나는 그런 일이 없는 세상을 만들고자 하였느니라. 비록 나는 여기서 죽임을 당하나, 나의 영혼은 아득한 저 남쪽 파이파티로마 섬에서 영원히 살리라. 이 섬 위에 남풍이 지나갈 때마다 이 아카하치가 불어넣은 자유의 바람인 줄 알거라."

아카하치와 구이쓰바는 그 자리에서 참수형을 당하여 오모토 산 중턱의 계곡 숲에 내던져졌습니다. 이윽고 그곳에는 성자

화(聖紫花) 나무가 무성하게 자라나, 지금도 여름이 되면 나란히 피어나는 두 송이의 꽃을 볼 수 있다고 합니다.

아카하치와 구이쓰바의 이야기는 이렇게 끝이 납니다. 후세 사람들은 이 전쟁을 일컬어 아카하치의 난이라고 하였습니다.

그러나 아카하치의 예언은 그 뒤에도 영원히 살아남았습니다. 그 백 년 뒤에는 본토의 사쓰마 군대가 오키나와에 쳐들어와 슈리 왕조를 무너뜨렸고 오키나와는 사쓰마의 영토가 되었습니다. 그리고 미야코와 야에야마에 '인두세(人頭稅)'를 강요하여 이곳 사람들은 지옥 같은 무거운 세금에 허덕였습니다.

그 뒤에 오키나와는 본토에 편입되어 슈리 왕조 자체가 완전히 사라져버렸습니다. 아카하치의 예언대로 된 것입니다.

아카하치는 누구보다 자유를 사랑하였습니다. 힘으로 인간을 억압하는 것을 끝까지 허락하지 않은 영혼이 지금도 저 먼 남쪽에서 바람을 보내오고 있습니다.

낭독을 마치고 지로는 차임벨을 눌렀다. 창문을 열자 정말로 남풍이 불어왔다.

아버지가 일으킨 바람일까나……. 지로는 그 바람을 가슴 가득 들이마셨다.

끝

| 역자후기 |

꿈의 섬 '파이파티로마'를 향해 가볍게 튀어보자!

　제131회 나오키상 수상작 《공중그네》에서 허연 바다표범처럼 뚱뚱한 정신과의사 이라부와 그 환자들의 이야기로 수많은 독자들을 배꼽 잡고 웃게 만든 오쿠다 히데오, 그가 나오키상 수상 이후 첫 작품으로 그만의 독특한 마법을 걸어 무거운 주제를 전혀 무겁지 않게 풀어낸 대작 장편 《남쪽으로 튀어!》를 발표하였다.

　《공중그네》를 읽으면 그 만화적인 한 장면 한 장면에 실컷 낄낄거리고 웃은 다음에 반드시 그 웃음의 의미를 곰곰 따져보는 과정이 오롯이 독자의 몫으로 남는다. 지나치게 반듯하고 무거워서 자칫 그 흐름을 타지 못한 이들에게 정신질환을 유발시킬 가능성이 있는 숨 막히는 일본의 문화 성향을 오쿠다 히데오는 독자 바로 곁에서 지극히 가볍고 명랑하게 집어주었다. 어깨에 잔뜩 힘이 들어간 일본 사회의 병적인 당겨짐을 헤실헤실 풀어준 것이다. 그런 힘이 바로 나오키상을 수상하게 된 이유라고 할 것이다.

그러나 오쿠다 히데오, 애초부터 배꼽 잡고 웃게 하는 작품만 쓰는 작가는 아니었다. 일본 문단에서는 드물게도 바로 지금 이 시각의 현안으로 떠오른 사회 문제들을 정면으로 다뤄온 전작들이 수두룩하다. 우리 독자들에게 《공중그네》가 먼저 소개되는 바람에 자칫 이 작가를 '웃겨주는 사람'으로 생각하기 쉽지만, 세 차례의 나오키상 노미네이트 중에서도 《마돈나》《방해》 등의 장편은 풍요 속의 빈곤에 시달리는 인간상을 그린 첨예한 사회소설이었다. 역작 《최악》에서는 자본주의와 합리주의가 지배하는 도시에서 변두리로 밀려난 이들의 '진짜로 팍팍한 최악의 일상'을 그려냈다. 그의 《공중그네》가 마침내 나오키상을 거머쥐게 된 것은 그러한 전작들의 진지한(그러나 결코 깃털 같은 가벼움을 포기하지 않는!) 노력을 모두 뭉뚱그려 그 노고를 치하한 것이라고 하겠다.

나오키상 수상 이후 첫 작품인 《남쪽으로 튀어!》에서는 오쿠다 히데오의 그러한 두 가지 특징, '진지함'과 '명랑성'이 절묘하게 조화를 이루고 있어서 일찌감치 그의 대표작으로 점찍어도 손색이 없을 것 같다.

아버지는 옛날에 과격파 운동권이었다! 아니, 지금도 걸핏하면 날뛴다!

젊은 시절에 무시무시하게도 '아시아 혁명 공산주의자 동맹'

(줄여서 '혁공동')에 가입하여 구리야마 의장의 오른팔이자 행동대장으로서 미일 안전보장 조약 개정에 반대하는 이른바 '안보파기 투쟁' 이후의 학생운동에서 눈부신 활약을 하였다. 정부 공안 및 내부의 대립 파벌인 오카다 파와의 대 혈전에서는 전설적인 투사로서 이름을 날렸단다. 이윽고 운동권의 권력 다툼에 염증을 느끼고 어느 날 분연히 자진 은퇴하였으나, 아직도 독립독행의 깃발을 내걸고 홀로 투쟁중이시다. 이즈음의 주요한 투쟁은 '국민연금 납부 거부'와 '세금은 못 낸다면 못 내!'.

현관 신발장 앞에는 체 게바라의 큼직한 사진을 붙여놓고, 아들에게는 '토마토케첩과 미 제국주의는 우리의 적이야!'라고 일갈한다. 국가 권력에 써먹기 좋은 인간을 양성해내는 것이 목적인 제도권 학교 같은 건 안 다녀도 된다고 권하는 한편, 수학여행 비용에 부정이 있다는 낌새를 채고 아들의 학교에 찾아가 교장과 담판을 벌인다. 대낮부터 집 안에서 데굴데굴 뒹굴다 이따금 자신의 이상론을 듬뿍 풀어 넣은 소설을 집필한다. 우익과는 부딪쳤다 하면 요란하게 난투극을 펼치고, 세력다툼에 골몰하는 좌익 인사가 순수한 젊은이를 이용하는 꼴을 보면 가차 없이 전봇대에 메다꽂는다. 공안 당국에는 아직껏 충분히 위협적인 인물이어서 걸핏하면 집 앞에 형사들이 진을 친다.

어머니는 '오차노미즈 여자대학의 잔다르크'로 통했던, 운동권에서도 이름난 미모의 여전사였단다. 운동권에 뛰어들어 아버지와 결혼하는 과정에 부모와 의절하였다. 자신의 순진하기 짝이 없는 감상적 사회주의에 회의를 느껴 운동권에서 은퇴한 후에는 작은 찻집을 운영하며, 천방지축 날뛰는 남편에게 은근슬쩍 브레이크를 걸고 있다.

이 집안의 아들인 우에하라 지로, 상식에 벗어난 행동을 일삼는 과격파 아버지 밑에서 몸과 마음의 고생이 막심하다. 하지만 아직 초등학교 6학년인 처지, 어떻게 움치고 뛰어볼 재간이 없다. 그의 소원은 '보통 아버지, 회사에 다니는 아버지'.

그러나 그에게는 매력적인 친구들과 열두 살 생일을 앞둔 소년다운 모험과 성장통이 있었다. 키는 작으나 담대한 세탁소집 아들 준, 척척박사에 애 어른인 도장집 아들 무카이, 의사 아들 린조, 이혼 가정의 불량아 구로키 같은 친구들. 몽정 회의(夢精會議)와 대중목욕탕의 여탕 훔쳐보기로 가슴이 두근거리는 그들 앞에는 중학생 깡패의 폭력을 어떻든 뚫고 나가야 하는 난제가 기다리고 있었으니…….

사회주의와 반미, 반체제의 기치를 내걸고 드라마틱한 활동을 펼쳤던 운동권 선배들의 시대는 그 옳고 그름을 떠나 치열하고도 순정한 열정이 넘쳤다. 그러나 지금 그들은 모두 어디서 무엇을 하고 있는가. 그들의 이상은 어디로 사라졌는가.─오쿠다 히데오가 이 소설을 쓰게 된 근본적인 의문이다. 우리의 정치사상적 현실과도 무관하지 않은 질문일 것이다.

아시아에서도 한국, 북한, 중국, 나아가 러시아와는 달리, 일본에서는 명목상의 공산당이 있기는 하지만 본격적인 사회주의 정권이 한 차례도 실현되었던 경험이 없고, 그만큼 그 사회주의적 성향이 이상적이고 순수한 양상을 띤다. 우리가 1985년 이후의 레닌 동상 철거를 사회주의의 붕괴로 인식하는 데 비해, 일본에서는 1979년 소련의 아프가니스탄 침공에서 이미 심정적인 절망 상태에 빠지는 것도 흥미 있는 대목이다. '일본 사회주의'의 이상은 어디까지나 '세계 만민의 공동 번영'인 터에 '사회주의의 이상적인 실현 국가'로서 내심 흠모하던 구소련이 아프가니스탄에 대해 무자비한 공격을 감행하자 일본의 사회주의자들은 망연자실, 운동권은 그 사상적 기반을 잃고 차츰 쇠퇴의 길을 걷는다. 한국에서는 국내 정치상황과 맞물려 보다 현실적으로, 구소련이 정권 차원에서 해체되기까지 사회주의의 붕괴를 유보한 셈이다.

그런 가운데서도 애초부터 사회주의 논의가 원천 봉쇄되었던 7, 80년대의 한국 운동권은 비교적 가깝고 손쉬운 언어인 일본어판 마르크스 레닌 및 사회주의 서적의 번역본에 많은 신세를 졌고 일본 운동권의 조직 운영 방식을 본떠 그 활동을 펼쳐왔다는 점은 부정할 수 없을 것이다. 사회주의와 민주주의의 대립으로 혹독한 동족상잔의 전쟁을 치르고 분단의 아픔까지 겪고 있는 우리나라에서 분단 이후의 철저한 봉쇄로 일본의 순수하다 못해 순진하기까지 한 사회주의와 학생운동의 영향을 받았다는 것은 역사의 아이러니가 아닐 수 없다.

한 인터뷰에서 오쿠다 히데오는 이렇게 밝히고 있다.

요즘은 학생운동을 했던 사람들은 잊혀져버렸지요. 하지만 내가 막 사회에 나왔을 무렵만 해도 한 세대 위의 사람들은 모두 학생운동의 냄새를 짙게 풍겼어요. 당시는 그들을 동경의 시선으로 바라보았는데, 나이를 먹으면서 보니 '그건 오류였다'라는 점이 잔뜩 나오더군요. 만일 학생운동을 했던 사람들이 그대로 순수하게 살아갔다면 우에하라 이치로 같은 인물이 되었을 거라고 생각합니다.

-2005년 6월 야후 저팬, 문예인터뷰

사회주의가 이미 구시대의 유물이 되어버린 21세기의 일본에서 잔류 운동권은 '때늦은 혁명 놀이로 각각 제 영역 지키기에 혈안이 된 자들, 이상의 실현보다 조직의 유지에만 급급한 자들, 세상과 점점 괴리된다는 것도 모르고 운동을 위한 운동에만 매달리는 자들', 즉 일종의 웃음거리가 되었다. 그런 속에서 여전히 반(反)권력과 반자본주의라는 이상의 깃발을 높이 든 채 꿋꿋이 저항하고, 속물적인 헤게모니 투쟁에 휩쓸리지 않기 위해 어느 단체에도 가입하지 않은 채 단독으로 행동하며, 자급자족의 슬로라이프를 추구하는 삶이야말로 진정으로 순수한 학생운동가의 후일담이라고 상정한 것이다.

우리 젊은 세대에게 오쿠다 히데오의 이러한 상정은 크게 시사하는 바가 있으리라고 생각한다.

이 세상에는 끝까지 저항해야 비로소 서서히 변화하는 것들이 있어. 노예제도나 공민권운동 같은 게 그렇지. 평등은 어느 선량한 권력자가 어느 날 아침에 거저 내준 것이 아니야. 민중이 한 발 한 발 나아가며 어렵사리 쟁취해낸 것이지. 누군가가 나서서 싸우지 않는 한, 사회는 변하지 않아.

그러나 옛 운동권 과격파 아버지는 새로운 시대를 떠메고 갈 아들에게 이렇게 덧붙인다. '사상 인간(思想人間)'으로서 그야말로 산전수전 공중전을 두루 겪은 우에하라 이치로가 아니고서는 도저히 할 수 없는 정직하고도 인간적인 말이다.

하지만 너는 아버지를 따라할 거 없어. 그냥 네 생각대로 살아가면 돼. 아버지 뱃속에는 스스로도 어쩔 수 없는 벌레가 있어서 그게 날뛰기 시작하면 미워쩡이 들이져서 네기 니기 이니게 돼. 한마디로 바보야, 바보.

그밖에도 작가는 제도권 교육의 맹점, 시민운동의 허구성, 동물적인 욕망과 소비를 유도하는 자본주의 체제의 무한 경쟁, 풍요 속의 빈곤과 같은 첨예한 사회문제들을 무리 없이 담아내고 있다. 오키나와를 중심으로 벌어지는 미일 관계의 알력까지 포함하여 이 책 한 권으로 독자들은 현대 일본사회의 문제점들을 마치 종합선물세트를 펼친 것처럼 두루두루 맛볼 수 있을 것이다.

게다가 이만큼 어려운 주제를 깃털처럼 가벼운 기분으로! 더구나 지금 우리사회의 문제점들이 미묘한 파장으로 반영되는 광경을 목격하면서!

　이 책의 또 하나의 축은 열두 살 소년의 '성장소설'이며 '모험소설'이라는 것이다. 아직은 이 세상의 희망과 정의를 믿고 긍정하는 나이, 하나둘 현실의 모순이 눈에 보이기 시작하는 속에서 무엇이 옳고 그른지 고민하며 우리의 주인공 우에하라 지로는 성장해간다. 과격하기는 해도 어물쩍 속이는 법이 없는 아버지와 어머니 밑에서 그는 자신의 머리로 고민하며 아직은 애매하나마 신세대의 새로운 상식을 창조해나가는 희망의 싹이다.

　그나저나 우에하라가의 교육방침은 감동적이다. 자신이 먹은 밥그릇은 반드시 자신이 씻어 엎는다. 된장국은 물론 돈가스에 튀김까지 척척 해낼 만큼 요리를 잘한다. 자전거 통학은 금지하며, 고급시계는 학교에 차고 가지 않는다는 교칙을 지킨다. 인생의 기본 규칙이 몸에 밴 기특한 초등학교 6학년! 그것이 바로 도쿄 나카노의 번화가에서 어느 날 갑작스레 머나먼 남쪽 섬으로 이사해야 하는 현실을 씩씩하게 감내하고 자신의 의지로 하나둘 개척해가는 지혜의 밑바탕이 아닐까.

　오쿠다 히데오의 문장은 주어를 생략하고 독자와 이미 공감한 부분은 과감히 잘라내면서 몹시 빠른 속도로 전개된다. 흐르는 영상 혹은 만화적인 기법을 연상시키는데, 그러면서도 그 비주얼

이 그려지는 장소는 만화가의 손끝이 아니라 어린 시절부터 만화라는 문화장르가 추억처럼 익숙하게 배어버린 독자의 머릿속이다. 우리가 공유한 만화라는 문화 현상을 바탕으로 작가와 독자는 친구처럼 함께 낄낄거리며 각자의 머릿속에 자기만의 영상을 그려나가는 것이다.

은행나무 출판사에서 이 책을 받자마자 머리에서 김이 폴폴 나게 읽었다. 이렇게 재미있을 수가! 부디 내 손으로 번역하게 해달라고 애걸복걸까지 했었다나 어쨌다나.

머나먼 남쪽 나라 비밀의 섬, 어느 국가의 영토에도 속하지 않으며 정치경제도 정부도 필요 없는 꿈의 커뮤니티 '파이파티로마'를 향해, 더 많은 독자들과 이 기쁨을 나눌 수 있기를 빌어본다.

2006년 7월

양윤옥

남쪽으로 튀어! 2

1판 1쇄 인쇄 2006년 7월 15일
1판 29쇄 발행 2025년 4월 1일

지은이 · 오쿠다 히데오
옮긴이 · 양윤옥
펴낸이 · 주연선

총괄이사 · 이진희
편집 · 심하은 백다흠 강건모 이경란 최민유 윤이든 양석한
디자인 · 김서영 이지선 권예진
마케팅 · 장병수 최수현 김다은
관리 · 김두만 유효정 신민영

(주)은행나무
04035 서울특별시 마포구 양화로11길 54
전화 · 02)3143-0651~3 | 팩스 · 02)3143-0654
신고번호 · 제 1997-000168호(1997. 12. 12)
www.ehbook.co.kr
ehbook@ehbook.co.kr

ISBN 978-89-5660-162-5 03830
　　　978-89-5660-160-1 (세트)

• 이 책의 판권은 지은이와 은행나무에 있습니다. 이 책 내용의 일부 또는 전부를 재사용하려면 반드시 양측의 서면 동의를 받아야 합니다.

• 잘못된 책은 구입처에서 바꿔드립니다.